Shay Bravo

HISTÓRICAMENTE INEXACTO

Traducción de Rosalba Michaca Fandiño

wattpad
by Montena

Históricamente inexacto

Título original: *Historically Inaccurate*

Primera edición: junio, 2022

D. R. © 2020, Shay Bravo

D. R. © 2022, derechos de edición mundiales en lengua castellana:
Penguin Random House Grupo Editorial, S. A. de C. V.
Blvd. Miguel de Cervantes Saavedra núm. 301, 1er piso,
colonia Granada, alcaldía Miguel Hidalgo, C. P. 11520,
Ciudad de México

penguinlibros.com

D. R. © 2022, Rosalba Michaca Fandiño, por la traducción

ISBN: 978-607-381-574-1

Impreso en México – *Printed in Mexico*

Para mis padres y mis hermanas.
Por siempre creer en mí.

1

Hay cincuenta por ciento de posibilidades de que me metan a la cárcel por lo que estoy haciendo ahora. ¿Es una buena idea? No. Lo que demuestra lo tonta que soy. Pero no sólo me culpes a mí, sino también al estúpido sistema de sociedades y sus iniciaciones, al menos el de Westray Community College.

La manija de la puerta hace clic y da vuelta, confirmando que la llave que me dieron es, efectivamente, la llave de la casa. Esto genera dos preguntas un poco preocupantes: ¿Por qué Anna tiene llave de la casa de los Winston? Y, ¿por qué la gente del Club de Historia quiere un tenedor?

Claro, podrían querer un tenedor viejo. Uno esperaría que una casa vieja tuviera tenedores antiguos, pero Anna no fue tan específica. La carta que Carlos me dio después de mi reunión con ella sólo me dijo que agarrara un tenedor de la cocina, que me tomara una selfie, y que saliera de la casa, con el tenedor, por supuesto. Todo eso para entrar en el club. Ni siquiera es un club reconocido nacionalmente, pero llena espacio en mi currículum.

La casa de los Winston no es la más elegante de nuestra ciudad. Son dos pisos, hechos de madera robusta y con un techo inclinado que recuerda a la arquitectura de principios del siglo XX. Compraron la casa en los 70 por un precio ridículamente bajo, ya que el edificio casi se estaba cayendo a pedazos. Les dieron una placa por remodelar el lugar y, con el tiempo, el barrio creció a su alrededor, incluyendo la antigua casa de mis papás, que se mudaron a Westray después de fugarse para casarse.

La Sra. Winston tiene un jardín bastante grande plantado frente a su casa, que se extiende a la parte posterior. Cuando era pequeña, andaba en mi bici por la calle y la veía trabajando en ese jardín frente a esa hermosa casa que nunca había pisado. Ella debe estar bien entrada en sus ochenta ahora, pero incluso en ese entonces su energía para la jardinería me sorprendía. Mi familia vivió en este barrio por un tiempo, antes de lo que pasó hace un año, cuando tuvimos que mudarnos de una casa a uno de los pocos edificios de departamentos en la ciudad. Es una buena zona de Westray, donde los árboles crecen altos y el pasto siempre parece más verde. Tengo puros buenos recuerdos de este barrio.

Sacudo la cabeza, tratando de concentrarme en la tarea en cuestión. Si Anna, la presidenta del club, no me mintió, los Winston se van a acostar bastante temprano. La oscuridad del pasillo debe indicar que están dormidos; espero que no signifique que estén tirados muertos en algún lado.

Mi teléfono vibra en el bolsillo de mis jeans y casi salto del susto.

Anna: Sol, has estado parada en el mismo lugar una hora. ¿Lo vas a hacer o no?

Miro mi teléfono y me lo vuelvo a meter al bolsillo. Puede pensar lo que quiera, me voy a tomar mi tiempo para hacer esto si significa que no voy a salir de aquí esposada.

Los universitarios hacen cosas estúpidas como ésta, ¿verdad? Además, los chicos blancos se salen con la suya con cosas mucho peores. Sin olvidar que, de hecho, no soy ni chico ni blanco.

Me enderezo y enciendo la pequeña linterna que traje para no distraerme por lo que apareciera en mi teléfono. El pasillo cobra vida con retratos de gente que no conozco y decoraciones de gatos en varios estilos. El angosto pasillo lleva a una pequeña sala con más fotos y un par de plantas que adornan casi cada superficie. Sobre uno de los sillones duerme un gato gordo y multicolor; se anima cuando paso lentamente a su alrededor, y luego vuelve a dormitar como si nada hubiera pasado.

La casa huele a viejo. Visita a tus abuelos o (en caso de que ya no estén contigo) una casa de retiro y entenderás. Y ellos valorarán tu compañía.

La sala se conecta con el comedor a través de una pequeña antesala que también da hacia las escaleras; el pasillo por el que acabo de pasar parece servir para conectar la sala al patio trasero y un pequeño baño. En el comedor hay una mesa con seis sillas y un pequeño tazón con plátanos, manzanas y brillantes uvas falsas. Un arco conduce a una cocina de color amarillo oro, limpia y con gabinetes blancos y barras oscuras, donde reposa un florero con girasoles sobre una mesa más pequeña. Ni siquiera cuando papá y yo limpiamos juntos la casa queda tan inmaculada como este lugar, dejando de lado el olor a viejo.

Junto al refrigerador, y justo al lado de una puerta (que posiblemente lleva al garaje), hay un juego decorativo de cuchara y tenedor, lo suficientemente grandes y pesados para noquear a alguien. Aunque sería un buen chiste tomarme una foto con *ellos* y largarme de aquí, estoy segura de que los del club me reclamarían por eso.

Voy de puntitas hacia los cajones y abro el que tengo más cerca, pero sólo hay espátulas y otros utensilios grandes. Lo cierro tan silenciosamente como puedo y paso al siguiente, más cerca del fregadero, y lo deslizo. Tenedores. Hay más cubiertos guardados en el cajón pequeño, y siento que estoy en una película de Indiana Jones y que acabo de descubrir un cofre del tesoro.

Agarro uno de los tenedores del fondo, saco mi teléfono, abro la app de la cámara y, rápido, tomo una selfie antes de meterme todo en el bolsillo trasero de mis jeans. Miro sobre mi hombro para asegurarme de que no hay un octogenario sorprendido con un pico, saco de mi bota un tenedor de la tienda de todo por un dólar. No se siente ni pesa igual que el tenedor que me estoy robando, pero lo coloco dentro del cajón, lo cierro y me regreso por donde vine.

Alguien enciende la luz del comedor.

Con el tenedor aún en mano, me congelo; miro boquiabierta al hombre parado bajo el arco entre la antesala y el comedor.

Grita.

Lanzo un alarido y luego me agacho a tiempo para esquivar lo que me lanzó (estoy segura de que era su teléfono), cuando empieza a correr hacia mí, empujo una silla a su paso. En el instante en que cae salgo de ahí.

Se me va el aliento cuando mi estómago golpea el barandal de la escalera.

—¡Hey! —grita el hombre, levantándose.

En vez de correr hacia la puerta por la que entré originalmente, como lo habría hecho cualquier persona con sentido común, entro en pánico y en un segundo decido subir las escaleras.

Corro hacia la primera puerta sobre el pasillo, me persigno, rezando porque no haya octogenarios dormidos adentro, y me meto; cierro la puerta tras de mí y le pongo seguro.

Enciendo mi linterna y suspiro aliviada.

En medio de la habitación hay una cama desordenada, un escritorio de un lado y una cajonera del otro. En las paredes hay algunos pósters y decoraciones, pero lo más importante está del lado izquierdo de la cama.

Una ventana.

Un fuerte golpe en la puerta me hace saltar.

—¡Oye, abre la puerta! —grita el hombre.

—¡Mira, no vine a robarme nada!

Lentamente, me alejo de la puerta y me acerco a la ventana.

—¡Por supuesto que no!

—Lo juro, sólo necesitaba un tenedor.

El pasador de la ventana está apretado, y mis dedos protestan por el dolor al abrirla.

Hay una pausa en el fuerte martilleo del otro lado de la puerta.

—¿Qué?

Con un gruñido, empujo la ventana para abrirla. Hay un árbol cerca, y puedo sobrevivir a un salto hacia una rama, creo.

—¿Qué que?

—¿Qué dijiste?

—Sólo vine por el tenedor.

—¿Un tenedor?

—Sí, esa cosa que usas para comer con…

—¡Sé lo que es un tenedor!

—¿Entonces por qué rayos preguntas?

Bajo la ventana hay una pequeña jardinera y luego sigue el techo inclinado. *Podría* deslizarme hacia abajo, pero sería muy probable que terminara con una pierna rota.

De pronto suena un clic y me doy vuelta para ver al hombre en la puerta, con una multiherramienta en la mano y la manija en el suelo.

Saco el tenedor de mi bolsillo y lo sostengo para que el hombre lo vea.

—Mira, sólo me llevo el tenedor, lo juro.

Busco la ventana, pongo un pie en la cornisa y trepo.

—Oye, ¿qué haces?

Se acerca y yo doy un paso atrás y casi me caigo, agarrándome del interior de la ventana.

—¡No te acerques! —ondeo el tenedor como un arma—. Voy a caer y morir, y será tu culpa.

—¡Irrumpiste en casa de mis abuelos!

—¡Por un tenedor!

—¿Para qué lo quieres?

—Yo… eso no es de tu incumbencia.

—¿Se trata de una estúpida broma de preparatoria?

Ahogo un grito y casi me suelto del marco de la ventana. El frío aire de enero me congela la nuca. Si no fuera porque mi cuerpo podría precipitarse al suelo en cualquier momento, la brisa sería agradable. En el camino, Carlos mencionó que era una noche grandiosa, antes de que Scott lo interrumpiera diciendo: "…para cometer un crimen".

—¿Preparatoria? ¿Parezco *yo* una preparatoriana?

—Actúas como tal.

—Pedazo de… —miro el árbol—. Esta conversación se terminó.

Deslizo el tenedor en mi bota y cruzo el alféizar con un respiro profundo; me dejo caer de lado para proteger mi teléfono y mi pie con el preciado cargamento. Las tejas oscuras están mojadas de rocío y terriblemente frías. Los jeans negros fueron una mala idea. Mientras mi cuerpo se desliza a mayor velocidad de la que esperaba, todo lo que se me ocurre para saltar del techo al árbol es sacar mi talón. El talón se atora en la tubería y me deja espacio para saltar y golpear una rama con el cuerpo.

Esto, por supuesto, suena más elegante que lo que pasó: yo gritando todo el camino hasta que me encontré con el doloroso abrazo de un roble.

De la ventana salen gritos, pero la sangre corriendo por mis oídos hace mucho ruido para poner atención. En vez de eso, me enfoco en el árbol. Recientemente le podaron algunas ramas, y sobresalen en lugares extraños, como pequeños escalones.

—Qué bien, no estás muerta —mira por la ventana, su cabello rizado se mueve ligeramente con la brisa nocturna—. Pensé que tendría que llamarles a mis abuelos para avisarles sobre un cadáver en el jardín; ahora sólo tengo que decirles que invadiste su casa.

—Te propongo esto —mis brazos están a punto de ceder; la corteza del árbol me pica la piel—. Tú nunca me viste y esto no pasó.

—¿Te llevas el tenedor?

—Me llevo el tenedor.

Se me resbala el pie y el impacto de la caída me arranca un grito de la garganta. Rodar y cubrirme la nuca es todo lo que logro hacer mientras las raíces del árbol se encuentran con mi cuerpo. Veo destellos blancos en los párpados y siento un repentino dolor en la pierna izquierda; pero, cuando abro los ojos, sigo entera y parece que no tengo nada roto.

—¡Mierda! ¿Estás viva? —pregunta desde arriba.

Con cuidado, flexiono mis dedos, asegurándome de no tener nada dañado, y me levanto. Mi pierna protesta levemente, pero no es nada de lo que no pueda ocuparme después. Me toco el trasero para confirmar que mi teléfono esté en su lugar. Sólo espero que la pantalla no se haya estrellado, porque no me alcanza para uno nuevo.

—Estoy bien.

—Te lo merecías.

—¿Estar bien?

—Nah, la caída.

La diversión en su voz me hace burlarme, y mi venganza es levantarle un solo dedo. Él levanta ambas manos, pintándome dedos también.

—Como dije, esto *nunca* ocurrió.

Detrás del árbol está el portón por el que entré en el jardín, cerca de un pequeño cobertizo y un huerto; el sendero está decorado con piedras y lleva hacia el callejón de grava detrás de la casa.

—Te escuché la primera vez —se recarga en la cornisa; luce totalmente entretenido.

—Esta vez es en serio.

—Voy a llamar a la policía.

Cojeo hasta el portón, tratando de ignorar la risa que viene del segundo piso, cuando me detengo.

—¿Puedes cerrar la puerta trasera? Creo que la dejé sin llave.

—Espera, ¿tienes una llave de la casa?

Corro, ignorando el dolor que emana de mi pierna.

—¡Oye!

—¡Esto nunca pasó! —abro el portón y salgo al callejón.

Alguien me toma del brazo y me aleja de la cerca. Si no fuera por su cabello azul habría gritado. Corremos por el callejón; nuestros pasos llenan las calles rápidamente, mientras más gente se une a nuestro pequeño séquito.

Giramos bruscamente a la izquierda y corremos por la banqueta, pisando varios charcos, hasta que llegamos a la camioneta color vino que parece de señora y que nos trajo a este lado de la ciudad hace apenas media hora.

Anna me empuja hacia la parte trasera de la camioneta, mientras los demás miembros del club se suben en diferentes sitios. El conductor es Scott, que trabaja en un Pizza Hut; lo que explica el ligero aroma a salsa marinara y queso mozzarella.

—¿Por qué gritabas? —pregunta Anna tan pronto como Scott arranca la camioneta. En el radio suena "More than a Woman", de los Bee Gees.

—¡Me enviaron en una misión suicida para *esto*! —le pongo el tenedor en las manos—. Y no me recordaron que los Winston tienen un nieto. ¿Para qué quieren un tenedor? Esto ni siquiera parece una iniciación.

—¿Te quieres iniciar? —pregunta Carlos desde el asiento de atrás.

—*Shut up,** Carlos —es mi mejor amigo; técnicamente, la razón por la que estoy aquí, para empezar. Dijo que no podía perderse de verme lograr esto.

—Al menos no tuviste que tomarte una foto en hombros de los fundadores de la ciudad —eso ocurrió en octubre y lo había hecho sólo en ropa interior, lo que hizo un poco más divertidas las fotos que me enseñó después. Su comentario no calma mi ira.

—Tú no tuviste que allanar una casa.

—Qué raro, nadie tenía que hacerlo. ¿Llamó a la policía? —Anna mete el tenedor en su bolsa. Lleva una chamarra

---

* En el libro original, Sol y su familia utilizan expresiones en español. Para mantener la esencia de la historia, se tradujeron al inglés. [N. del E.]

anaranjada que no debería haber usado si planeaba infringir la ley.

—No… al menos no lo creo.

Scott gira a la izquierda, las luces de la calle se desdibujan al pasar y él mueve la cabeza al ritmo de la música. Lo malo de ir en la parte trasera es que no hay cinturones de seguridad y, con sus habilidades para manejar, lo más que puedo hacer es aferrarme al asiento gris de Carlos y rogar por mi vida.

—Entonces vas a estar bien. ¿De cuántos años se veía?

—Entre dieciocho y veintidós, supongo.

—Cuando dijiste nieto pensé en un niño de seis años o algo así —dice Scott desde el asiento del conductor.

—Amigo, ¿por qué habría estado rogando por mi vida? Si hubiera tenido seis años, podría haber mentido y dicho que era el ratón de los dientes.

Levanta su dedo índice, sin quitar sus ojos del camino.

—Ya no importa. Mándame la foto y ya—Anna vuelve a atraer mi atención; un coche nos toca el claxon mientras Scott se pasa una luz amarilla.

—¿Por qué hacen esto?

—Es divertido —dice Scott.

—Y ahora estás a salvo —agrega Carlos.

—Y se hace desde que inició el club —Anna choca mi pierna con la suya—. Estarás bien.

Mientras el tipo no me demande… Me muerdo la uña, la ansiedad se me acumula en el estómago. Todo lo que hay que hacer ahora es esperar a ver qué pasa mañana pero, cuando la camioneta llega a la entrada de la Westray Community College, o WCC, como la llamamos, no puedo evitar sentir que ésta no será la última vez que vea al nieto de los Winston.

2

La cocina es la mitad del departamento, así que papá y yo acostumbramos a comer en el sillón. La ventana sobre el fregadero da hacia el este y, en la mañana, los rayos del sol resplandecen a través del pequeño rectángulo. Cada vez que no puedo dormir, me levanto muy temprano, hago una jarra de café y miro un buen rato por la ventana con una taza caliente en las manos, como hoy.

Tenemos un pequeño balcón al lado del departamento, pero recuerdo ver a mi madre hacer lo mismo en nuestra otra casa cuando era pequeña: sosteniendo su taza de café y absorbiendo la luz matinal por la ventana de la cocina. Hay dos pájaros parados sobre los cables que pasan por el dúplex, respiro cerca del vidrio y dibujo a un tercero en el vapor.

—*Good morning.*

Uno de los pájaros se va.

—*Good morning* —bosteza. Volteo y veo a mi padre, que se acerca y me da un beso de buenos días en la mejilla.

—Es lunes. ¿Por qué te ves tan cansado? —sonríe y va hacia la barra, donde lo espera una taza verde junto a la jarra de café.

Tratando de no pensar en mis tonterías de la noche anterior, tomo un sorbo de mi taza.

—Los lunes son razón suficiente para verse cansado.

Mi padre tiene la extraña habilidad de anhelar el trabajo como un adicto, trabaja cuarenta o cincuenta horas a la semana en proyectos de construcción y encuentra cositas que hacer los fines de semana para mantenerse ocupado. Afortunadamente, duerme como una piedra, así que no tuve problemas anoche al salir a escondidas a las dos de la mañana.

—¿Tienes clases temprano? —ya trae su ropa de trabajo, aunque apenas son las seis y media de la mañana.

—Mm-hmm —tengo clase a las nueve pero, considerando que voy a la escuela en bici, debo salir como a las ocho y media. A veces parece que la escuela sólo tiene espacio para unas veinte bicicletas. Si puedo encontrar un poste junto a mi edificio sin recibir una multa, es una bendición.

Una vez vi una bici encadenada a un arbusto afuera de la guardería. Los niños de la guardería toman en serio su educación, en serio.

—¿A qué hora regresas a casa? —pregunta.

—Alrededor de las cinco.

—¿Trabajas hoy?

—Si quieres comer fuera, yo también —trabajo en la biblioteca como asistente: acomodo libros, ayudo a la gente a encontrar ese texto que, obviamente, tienen enfrente, los inscribo para sacar sus credenciales.

—Hay mucha comida en la casa —papá señala el refrigerador—. No pasarás hambre por días.

—Por horas, probablemente. Había un poco de carne seca, así que te hice unos tacos para el almuerzo —me acerco al microondas y saco la bolsita que envolví para él minutos antes de que entrara en la cocina. (No usé el microondas, los dejé ahí para que se conservaran calientes, no soy tan mala cocinera.) Mamá se levantaba temprano cada mañana para prepararle al almuerzo, así que lo hago siempre que puedo para que no consuma comida rápida todos los días—. ¿Ves? Seré una buena ama de casa.

Papá se ríe y toma la bolsa:

—Pensé que no querías ser ama de casa.

—Y no quiero, haré que mi marido haga la mitad del trabajo, como debe ser. Pero sé que *grandma* te pregunta cómo cocino —mi abuela no me ha visto desde que era una bebé, y casi nunca hablamos. Por lo que sé, entiende que el mundo es diferente ahora, aunque piensa que debería cocinar y limpiar para mi papá desde que mamá no está.

Papá me pone una mano en la cabeza y me alborota el pelo. Me alejo y le doy un manotazo mientras termina su café.

—Me tengo que ir o se enoja el jefe.

El inglés de mi papá es algo que no ha mejorado con los años; de hecho, es algo que a su jefe le molesta porque evita que ascienda en la compañía, pero dudo que alguna vez se enoje con mi padre, ya que trabaja mucho. Papá tenía la piel muy clara de joven pero, tras años de trabajar bajo el duro sol californiano, su piel se oscureció, casi es del mismo tono de la mía, aunque yo la saqué de la familia de mi mamá.

—Ok, ten cuidado.

Papá se va y considero dormir otros treinta minutos, pero probablemente pospondría la alarma cinco veces antes de levantarme de nuevo y, entonces, sí se me haría tarde. En vez de eso, me meto a la regadera, maldiciendo cuando me golpea el agua fría, y me lavo el cuerpo tan rápido como es humanamente posible. Al terminar, me cepillo los dientes, me meto en unos jeans, lucho por cerrar el botón, me pongo un bra deportivo (porque hoy no puedo lidiar con varillas) y encuentro una camiseta cualquiera entre la pila que lavé la semana pasada y no he acomodado.

Estoy a medio camino de la puerta principal cuando un aspecto clave de mi vida me hace detener en seco.

—¿Michi? ¿Michi? —bajo mi mochila y espero a que me maúlle de regreso.

Mientras checo su tazón de agua y el de comida para asegurarme de que estén llenos, llega, ronroneando entre mis piernas. Me aseguro de que ella no morirá sin mí, me coloco la mochila de nuevo, tomo la llave del candado de mi bici y me encamino hacia la puerta.

Westray es un pueblo bastante pequeño; la gente dice que lo sería más si no hubieran abierto la universidad comunitaria en los 80. La ciudad se ubica una hora y veinte minutos al noroeste de Chico y muy cerca de las montañas, que se ven azules a la distancia. Muchas personas que siempre han vivido aquí se conocen, sobre todo en barrios más pequeños como en el que crecí, pero la escuela atrae a más gente de las zonas circunvecinas. Lo malo de Westray es que es muy montañoso, y rodar se convierte en una faena.

El sonido de llantas rechinando, seguido de un bocinazo, casi me tira de la bici. El corazón se me sube a la garganta al ver el brillante señalamiento de cruce de peatones y, luego, de vuelta al sedán gris que casi me atropella hace unos segundos.

—Tengo la prioridad, imbécil —es un murmullo, no el grito que quisiera darle al conductor, pero no hay tiempo de hacerlo a dos cuadras de la escuela.

Sigo pedaleando hacia el otro lado de la intersección antes de que alguien más trate de matarme, mi mente viaja a la última vez que un coche no falló.

Considerando que llegué más temprano que de costumbre, encuentro un lugar decente para mi bici. Pusieron máquinas de

Starbucks el otoño pasado, así que los alumnos siempre acaparan esos lugares, pero el edificio de Ciencias Sociales y del Comportamiento (el CSC) también tiene una pequeña cafetería, propiedad de la universidad. Compro una taza antes de clase, mi segunda del día; mi récord son doce en unas veinticuatro horas.

—¿Ya estás con la cafeína? Te van a dar temblores —Diane me golpea el hombro con el suyo tan pronto como salgo de la cafetería, el peso de su mochila casi me tira.

—Amiga, es mi segunda taza de la mañana.

—Eres una adicta —acaba de cambiar su estilo, de cabello ondulado a largas trenzas que casi le llegan a la espalda baja, y se ven hermosas cuando se las quita del hombro mientras caminamos a clase.

—Soy una estudiante normal. Tú, por otro lado, eres superhumana.

Se pone una trenza tras la oreja.

—Eso ya lo sabía.

Diane y yo nos conocimos el semestre pasado, pero ya nos decimos groserías, lo que para mí significa que somos bastante cercanas. Tuvimos tres clases básicas juntas, y pasamos más noches de las que recordamos revisando materiales y apilando guías de estudio, también llorando por exámenes que reprobamos totalmente.

—Me siento muerta, no quiero ir a clase —digo.

—No vayas, sáltatela.

—Oye, el semestre apenas empezó. Todavía no quiero reprobar.

Se ríe mientras entramos a la clase de Herencia Estadounidense 102.

—Ay, por favor, sé que sólo vienes a clase por...

No hay necesidad de que siga para que sepa que se refiere al chico en el último asiento de la segunda fila. Una vez comenté que era guapo y, de vez en cuando, me molesta con eso. En realidad, me gusta la clase, el material es abundante y la profesora es divertida, lo que normalmente evita que me quede dormida.

—No soy yo la que alguna vez se quedó despierta toda la noche mensajeando a alguien.

Nos sentamos en escritorios adyacentes, esperando a que empiece la clase mientras el salón se va llenando lentamente con más compañeros.

—¿Disculpa? Yo me duermo a una hora decente. No sé de qué hablas.

—Diane, me mandaste mensaje a las dos de la mañana para preguntarme si le enviabas o no un texto de buenas noches.

Diane empezó a hablar con Natalie hace dos semanas y parecía que se estaban llevando bien. Sin embargo, Diane es la clase de persona que cae con facilidad, si la sonrisa tonta en su cara es alguna señal.

—Es tan linda, no lo puedo evitar.

—Entonces, dile.

Con un resoplido, me golpea la mano con su lápiz.

—¡Auch!

—No me dijiste cómo estuvo anoche.

Si cree que no capté el cambio de tema, subestima mis poderes de intuición. Me vuelve a golpear la mano.

—Ay, cálmate —tomando en consideración los moretones que descubrí en mi torso esta mañana, ya puedo empezar un blog *grunge* en Tumblr. Tal vez tengo un esguince en el tobillo y pedalear fue una lucha, haciendo a un lado el incidente del coche—. Casi me asesinan anoche, si sirve como resumen.

—¿Qué? —dice Diane.

—No me mires así, me estás asustando. El asesinato puede ser un poco exagerado, pero sí me caí de un árbol.

—No puedo decir que me sorprende. Te metiste a casa de alguien...

—¿Quién se metió en la casa de alguien? —pregunta el chico que se sienta enfrente de mí, con los ojos brillando de interés.

—Mi tío —es una salida rápida, y Diane ignora mi mirada fingiendo ver su teléfono—. Alguien se metió a su casa anoche.

—Vaya, eso está muy mal.

—Lo sé.

La profesora entra en el salón, y siento el pecho más ligero cuando pone su bolsa sobre el escritorio frente a la clase.

—Le sigo diciendo que se mude.

—¿Dónde vive?

Mierda...

—En Minnesota.

En sus ojos veo claramente que se dispone a hacer otra pregunta.

—Buenos días a todos —dice la Dra. Olivarez.

Mi interrogador se da vuelta y volteo a ver a Diane, quien me ofrece una mirada de disculpa.

Si termino en la cárcel será su culpa.

Checo alrededor de las once. El segundo piso de la biblioteca bulle de tanta gente que el mínimo espacio de la fábrica de explotación que llamamos cuarto trasero es un pedazo de cielo para mí. Aquí tenemos todos los libros dañados y los que necesitan acomodarse, en otras palabras: mi trabajo. Es el sueño húmedo de un estudiante de Letras: estar rodeado de libros todo el tiempo.

En noviembre pasado me uní al personal de la biblioteca, más por necesidad que por gusto. Papá luchaba para pagar las cuentas, y sentí que no estaba dándole lo suficiente a mi familia, así que intenté hacer más. En muchos lugares me rechazaron por no tener experiencia previa o un medio de transporte confiable, así que busqué dentro de la escuela algo que me permitiera estudiar y no preocuparme por llegar a tiempo al trabajo. Mi profesora de Inglés 101, la Dra. Mendoza, nos escuchó a Diane y a mí un día después de clase y mencionó que uno de sus estudiantes de maestría trabajaba en la biblioteca, y que había vacantes.

Doce dólares la hora, veinticinco horas a la semana, es suficiente para ayudar con el súper y un par de servicios. Además, papá pudo tomar sus ahorros y enviárselos a mi mamá.

Empujo el carrito que dice *Sol*, le lanzo un beso a Matilda, cuyo turno acaba de terminar, y me contesta poniéndose las manos en la cara.

—Diviértete —me dice.

—Sabes que lo haré.

Los estudiantes inundan la biblioteca las dos primeras semanas de clases, en busca de libros y materiales que necesitan y seguramente cuestan demasiado. La librería del campus está en el primer piso, así que no se puede evitar el desorden del edificio. El flujo de gente entrando y saliendo es bastante estresante la primera semana, pero la segunda es aún peor. Estaría bien si el alboroto fuera sólo en la librería, pero mucha gente también busca libros en los otros pisos, así que los tranquilos pasillos de la biblioteca se convierten en algo así como un baile de *slam*.

Ahora que es la tercera semana del semestre, las cosas deberían entibiarse un poco más pero, por el número de alumnos buscando y tratando de encontrar cubículos libres, tengo el presentimiento de que la semana aún será un poco caótica.

Coloco un tomo del *DSM-IV* de vuelta en su estante.

—Sol, ¿puedes ayudar a Karim en circulación? —me pregunta Miranda mientras devuelvo el carrito al cuarto trasero.

—Claro.

La estación de circulación es, literalmente, un escritorio circular en medio de la biblioteca, donde los alumnos obtienen información y credenciales. En general, no vienen tantos estudiantes, y yo me la paso dando vueltas en mi silla mientras Karim finge estar ocupado.

Karim habla con algunos alumnos cuando abro la pequeña puerta que lleva al círculo interno de escritorio. Agarro mi silla y le digo al siguiente grupo de estudiantes que yo los puedo ayudar, ajustándome a la calma en la que ha caído el día.

Quince minutos después lo veo a *él*.

Para ser honesta, no lo reconozco de inmediato. Lo que recuerdo de anoche es su piel oscura, su cabello corto y rizado y, más que nada, su voz.

Levantando un dedo acusatorio hacia mí, grita:

—¡Tú!

Entonces grito. Karim salta en su asiento, volteándose para verme, pero conozco mi trabajo lo suficientemente bien para saber que lo que hice está prohibido, he roto el código dorado del edificio en el que estamos.

Regla número uno de la biblioteca: no gritar.

Regla número dos de la biblioteca: no correr.

Regla número tres de la biblioteca: no perder la compostura.

Ok, ésa última la inventé, pero el punto es: me van a correr.

—Sol, ¿estás bien? —Karim me mira con curiosidad cuando me paro y hago mi silla a un lado.

David, el de las fotocopias, lo calla y yo tomo mi ritmo; los libreros y los alumnos se vuelven borrosos hasta que mi destino está al alcance de las manos. Como recompensa a mi entrada, Frank y Olga dejan de hablar, pero yo los despido y la puerta se cierra tras de mí con un discreto clic.

—Estoy bien, ignórenme —digo mientras encuentro un buen librero para descansar la espalda y levantar las manos para cubrirme la cara ardiendo; algo que, para cualquiera que me escuchara, no estaría bien, pero valoro que hayan vuelto a lo que estaban haciendo.

Se abre la puerta y me contengo de decir: *"Fuuuck!"* en voz alta. No es el tipo de lenguaje que quieres gritar frente a tu supervisor, que es quien entra.

Miranda es una mujer de 37 años y 1.75 metros, que tiene dos cacatúas y cinco lagartos. Me dijo los nombres de sus mascotas mientras me pasaba libros o cuando convivimos en la comida; se reía y me mostraba fotos de dichas mascotas. Ahora no se ríe.

—Sol, ¿qué pasó?

—Lo siento, no debí gritar. Vi a alguien y me trajo malos recuerdos.

—¿El joven allá afuera?

—No nos conocimos en las mejores circunstancias. No volverá a suceder, lo prometo.

En general, nunca pasa nada conmigo. Soy buena para mantener un bajo perfil en cuanto al trabajo y las clases, carajo, incluso en la prepa no era popular ni impopular, sólo era Soledad.

Siento cómo se me calienta la cara y se me retuerce el estómago. Esto es posiblemente lo más vergonzoso que me ha pasado desde que me caí en el recreo en la secundaria. Totalmente de cara en el suelo, así. Nunca te recuperas de algo así, no si te está mirando el chico guapo de segundo año.

—No te preocupes, no pasará.

—Ok, pero fue muy divertido.

—¿Te estás riendo de mí?

—Un poco.

Trato de reírme también, pero no puedo sacar su imagen de mi mente.

—¿Puedes ayudar a Karim? Te fuiste en medio de su turno —Miranda me detiene la puerta—. Por cierto, si tienes problemas con el chico de hace rato, dime. Le pediremos a seguridad que lo saque.

Estaría mal pedírselo, en todo sentido. Yo debería estar en problemas, no él.

Cuando salgo, algunos alumnos me miran, ocultando una risa detrás de sus manos, pero los ignoro mientras regreso hacia la parte interior del escritorio de circulación. Karim termina de atender a alguien cuando me siento. El chico de hace rato no se ve por ningún lado.

—¿Qué pasó? —pregunta Karim, rodeando para agarrar unos papeles de la impresora.

—No me corrieron —digo.

—O sea, con el chico. Fue un momento de Cenicienta —recorre la biblioteca, toma su teléfono y me lo pasa—. Alguien los puso en la historia de la escuela.

Se me enfría la sangre. Abro rápidamente su app y paso de la opción de cámara a sus *stories*. Por supuesto, encuentro el video. Empieza justo después de que el chico me señala con el dedo y dice: "Tú", en voz muy alta. Entonces grito y corro. La chica que toma el video lo corta antes de que yo entre al cuarto trasero; aunque no importa porque en el siguiente video también estamos el chico y yo, desde un ángulo diferente. No me sorprende por qué todos se me quedaban viendo.

—¿Y si te conviertes en un meme? —Karim toma de nuevo su teléfono.

La fama de internet: la más buscada y también la más despreciada por la juventud en estos días. No hay manera de que ese video compita con los verdaderos amos de internet: los videos de gatos, aunque es interesante considerarlo.

—Si me convierto en meme me haré rica, y no compartiré mi dinero contigo.

—Cuánto rencor.

Le aviento un clip y finjo sonreír cuando un estudiante se acerca al escritorio.

Voy saliendo del elevador cuando recuerdo que tengo que ir al súper. No es una complicación, considerando que el supermercado más cercano está dos cuadras al norte de la escuela. El problema es meter todo lo que necesito en la canasta de mi bici.

No ando en bicicleta para ser ecológica. Papá y yo no tenemos dinero para otro coche, así que estoy atrapada en el ciclismo; al menos mantiene mis piernas con buen aspecto. Ya quiero que llegue el verano para usar shorts y vestidos.

Le digo adiós a Linn, en el escritorio principal de la librería, empujo las puertas de cristal de la biblioteca y le doy la bienvenida al aire frío de enero que golpea mis mejillas. El sol se asoma a través de los árboles plantados afuera de la biblioteca, que dan la sombra suficiente para que se sienta más frío que diez grados.

—Hey.

El chico de ayer está recargado en uno de los árboles, con un audífono puesto y el otro le cae por su chamarra color vino, tiene ambas manos en los bolsillos de sus jeans. Como el bloque de clases no termina hasta las 5:45 p.m., las banquetas están vacías. Unos cuantos alumnos están reunidos en las mesas de picnic, pero están lejos. No me sorprende que esté aquí, de hecho, tengo que reconocerle haber pensado en este plan, pero me molesta un poco que haya pensado en esperarme.

—¿Debería pedir una orden de restricción?

—¿No debería ser yo quien diga eso? —responde.

—Tú eres el que vino a mi trabajo.

La biblioteca está abierta para los *estudiantes*, que es lo que soy. Tú fuiste quien gritó como si le fuera a disparar.

El soporte para bicis de la biblioteca se ubica bajo un árbol, a unos tres metros de mí, así que no hay manera fácil de deshacerme de él. Cuando camino hacia mi bici, me sigue de cerca.

—Mira, fue lindo encontrarte de nuevo… —muevo mi mano en su dirección.

—Ethan.

—Bueno, *Ethan*, me tengo que ir.

—Vamos a ignorar el hecho de que allanaste…

Dando vueltas, intento ponerle una mano en la boca, pero la desvía fácilmente con un paso atrás. Aun así, mi corazón late a cien por segundo mientras trato de descubrir si alguno de los estudiantes cercanos pudo haberlo escuchado decir eso.

—Ten cuidado con lo que dices en público.

—Podría considerarse un ataque.

—Tú eres quien me está siguiendo. Eso es acoso.

Ethan no parece creerme para nada, lo cual es grosero, y continúa siguiéndome hacia el soporte de bicicletas.

—Mira, anoche no llamé a la policía.

Se relaja la tensión en mis hombros. La ausencia de policías en mi zona me había dado una buena idea de que él no había dicho nada, pero escuchar la confirmación de su parte fue un alivio.

—Lo agradezco como no tienes idea. ¿Quieres una palmada en la espalda? ¿Unos Skittles? ¿Un cupón de Burger King?

—La llave de la casa de mis abuelos sería más apropiada.

—No la tengo.

—Mentira.

—Lo juro que no —mi candado se abre y la cadena se desata. Me previnieron sobre los ladrones de bicicletas en la escuela, así que papá me compró un buen candado y una cadena gruesa para asegurar que no me robaran mi única forma de transporte—. Si la tuviera, y *no* la tengo, te la daría. No fue mi idea entrar a casa de tus abuelos, pero te prometo que nunca volverá a pasar.

—Pero la cosa es, chaparrita, que no quiero que circule una copia de la llave de mi casa por ahí…

—Espera, ¿me llamaste *chaparrita*?

—*Eres* bastante chiquita.

—Mido más de 1.67 cm.

—Yo mido 1.88. Eso significa que eres más bajita que yo.

El sol se filtra entre las ramas sobre nosotros y crea figuras en su piel y ropa. Me recuerda a alguien, pero no sé exactamente a quién. Tal vez a sus abuelos, a quienes nuca he conocido, o tal vez nos conocimos y se nos olvidó; no estoy muy segura. Si estudia aquí, existe la posibilidad de que lo haya visto por ahí y, simplemente, no lo haya notado hasta ahora.

—Ya sé que no confías en mí.

—Así es.

—Pero te juro, por mi honor, que nadie entrará a tu casa de hoy en adelante.

—¿Tu *honor*?

—¿Por qué haces que esa palabra suene tan sarcástica?

Una ligera brisa sopla por el campus, hace crujir algunos árboles alrededor y me hace desear haber traído una sudadera. Nuestros inviernos son lo suficientemente templados para llevar sólo un suéter ligero o una playera de manga larga, pero hoy ha sido un día bastante difícil, y no debería sorprenderme que la Madre Naturaleza aún no hubiera terminado conmigo.

—Me parece difícil de creer que una persona que se metió en mi casa por un tenedor tenga mucho *honor*. Ni siquiera me has dicho para qué necesitabas el tenedor en primer lugar.

—¿Crees que voy a regresar a tu casa para robarme a tu gato? —es innegable, es una posibilidad.

—Es una reliquia familiar de doce años. Debo mantenerlo a salvo.

—¿Cómo se llama?

—Tal vez te lo diga si me dices tu nombre.

—No caigo en trucos baratos como ése, Ethan.

—Qué pena, quería hacer un reporte a la policía.

Ok, está bien, pero no puedo seguir perdiendo el tiempo aquí. Miro al cielo y veo que el sol matinal se ha convertido en una tarde gris y, con el viento más frío cada minuto, empiezo a pensar que amenaza una tormenta para esta noche. La lluvia siempre es una mala noticia si tengo que pedalear a casa, aunque podría molestar a Carlos o a Diane si se pone muy feo.

—Bien, te daré la llave, pero no la tendré hasta que me reúna con mi cl… gente —aunque conseguir la llave de Anna parece imposible, considerando todas las reglas y tradiciones del club que ella menciona.

—No te creo.

—Tendrás que hacerlo o llamar a la policía, como dijiste, aunque agradecería si no lo hicieras —me quito la mochila y la coloco en la canasta trasera de mi bici. La frontal es pequeña y sólo le caben unas cuantas cosas, pero papá salió al rescate y me encontró una grande de metal que soldó a la parte trasera, la cual me permite cargar muchas cosas hacia y desde casa.

Antes de subirme, le extiendo la mano a Ethan.

—Tu teléfono.

Sus ojos cafés se entrecierran, pero se saca el teléfono del bolsillo, lo desbloquea y me lo pasa. Por su lenguaje corporal, puedo decir que espera que me vaya con su dispositivo. No lo culpo, pero es un poco dramático.

Grabo mi número y uso el emoji del sol como chiste local, así como para mantener el anonimato.

—Aquí está. Mándame un mensaje y guardo tu número. Te aviso cuando tenga la llave.

—¿Cuándo crees que será eso?

—Cuando te mande el mensaje.

—No revelas mucho, ¿sabías?

No sé si lo dice con interés o molestia pero, de cualquier modo, da un paso atrás, dejándome espacio para empujar mi bici hacia la banqueta. Con una patada, reviso que ninguna de mis llantas haya perdido aire desde la mañana. Mi bici ha pasado por mucho este último año, así que ya me acostumbré a revisar que esté en forma a cada rato.

Pongo un pie en un pedal:

—Un buen ladrón mantiene sus secretos bien guardados.

—Ya llegué —digo al empujar la puerta del departamento, con bolsas de plástico colgando de mis brazos. Michi corre hacia mí, maullando como si la hubiera dejado sola una década en vez de diez horas —*Hello, my love*.

Fuera de Michi, la casa está vacía. Papá llega a casa como a las seis y media, lo que significa que aún tengo tiempo de hacer algo de cenar o pedir pizza, dependiendo de la flojera que tenga. Mamá tenía la comida lista cuando él llegaba a casa: carne guisada, entomatadas, flautas o hasta mole si le daban ganas; aun cuando ella misma era maestra y llegaba a casa apenas una hora antes que él. Aunque sé que mis menjurjes no son nada comparados con los de ella, hago lo mejor que puedo.

Mi teléfono vibra y miro el reloj instintivamente.

Ah, yo creo que ya va en el autobús, pienso.

Me sacudo las manos en los jeans y abro el mensaje de texto.

Mami: Acabo de salir del trabajo. ¿Qué tal tu día?

Yo: Bien, estoy en casa. ¿Qué tal el clima en Monterrey?

Pasó muy rápido. La gente involucrada dice que así pasan las cosas hoy en día.

Mamá me estaba enseñando a manejar hacia el súper más lejos de casa; en realidad, lo estaba haciendo bien. El día estaba soleado y seco, y el tráfico estaba leve para un sábado por la tarde. Si me respondían de las universidades a las que había solicitado, mis papás me iban a ayudar a comprar un coche pequeño.

Estábamos en la autopista y un camión se salió de la carretera a mayor velocidad de la que yo esperaba y se estampó directo contra nosotras. Nuestro pequeño Pontiac se retorció tanto que me pregunté si el choque me habría matado si el camión nos hubiera golpeado un poco antes.

Después de eso, todo pasó volando, pero recuerdo despertar y ver a papá en el hospital, con las manos sobre los ojos. Los de Inmigración y Control de Aduanas (ICE, en inglés) habían detenido a mi mamá y la estaban procesando para deportación. Ella dijo que iba a solicitar una salida voluntaria, porque la gente que la detuvo la asustó haciéndole pensar que nunca tendría una segunda oportunidad de no ser así.

—Pero, ¿eso es ilegal, no? Podemos hacer algo al respecto; podemos llamar a un abogado o algo… llamar al tío Ramón, o…

—Nada —dijo, encogiendo los hombros—. Ya procesaron su información, no hay nada que podamos hacer… nada.

Dijo que no podíamos hacer nada al respecto.

Creo que papá nunca lloró por lo que pasó. Por mi parte, traté de mantener las apariencias de que todo iba a estar bien con él. Si él lo iba a manejar bien, yo también. Excepto cuando estaba cerca de mamá o sola en la noche, entonces las paredes se me venían encima y no paraba de llorar.

Michi recarga la cabeza contra mi muslo, recordándome que tiene hambre y que no le he abierto la lata de atún a la que le ha estado maullando desde que la saqué de la bolsa. Cuando le pongo el tazón de comida en el suelo, veo la avalancha de mensajes que me ha llegado.

Anna: *Recuerda la junta de esta semana. Tendremos una pequeña fiesta de disfraces.*

Carlos: *Anna, es lunes.*

Anna: *Sólo quería recordarles en caso de que lo olvidaran ;)*

Scott: *¡Hey! ¿Me puedo vestir como Hamilton?*

Alan: *Amigo, yo me iba a vestir de Hamilton.*

Scott: *Me visto como Lafayette si tú te vistes de Hamilton, hermano.*

Silencio el chat de grupo mientras preparo todo para la cena. Después los atiendo. La manija de la puerta hace clic y papá entra con la caja de herramientas en la mano y su camisa gris de botones casi negra de sudor.

—*I'm home!* Ya llegué.

—Bienvenido a casa —respondo, desbloqueando mi teléfono para ver el mensaje nuevo que me acaba de mandar mamá.

Mami: Hoy llovió. Los extraño.

Un trueno hace que la ventana de la cocina tiemble un poco. Las primeras gotas de lluvia caen sobre la banqueta de afuera. Al menos la lluvia nos reúne hoy, aunque ahora ella viva a cientos de kilómetros.

3

Una monja entra al edificio de Artes.

No, no es un chiste. Hay una monja en el Edificio de Artes.

Soy yo.

Yo soy la monja.

Esto es lo que no te dicen en las clases de catecismo: los hábitos de las monjas son endiabladamente incómodos. Pesan, son calientes y, con seguridad, no se hicieron para verse bien. Antes de que me lancen piedras: crecí como católica (es raro no ser católico en un hogar mexicano). No he puesto pie en una iglesia desde que tenía como doce años, y estoy bastante segura de que ardería en llamas si lo hiciera.

¿Por qué, entonces, estoy vestida de monja?

Sor Juana Inés de la Cruz.

Era una perra ruda, te puedo decir eso. Nació en los 1600 y estaba hambrienta de conocimiento, y se metió a un convento en vez de casarse porque, en aquellos días, el matrimonio habría obstaculizado sus estudios. Sor Juana era tan inteligente que invitaron a cuarenta académicos (hombres) a probar sus conocimientos. Filósofa, dramaturga y poetisa, escribió para el rey de España y fue reconocida por sus habilidades.

Pude haber comprado un vestido viejo y elegante, como los que usaba antes de volverse monja, pero la mayoría de su trabajo se conoció después de que se uniera al convento. Además, eso hubiera costado más que este disfraz, que consiste en tres sábanas y una sudadera de gorro color café y despedazada. Bendita sea Diane y sus habilidades de costura.

Debo estar ofendiendo a tanta gente en este momento... Doy vuelta en el pasillo que me llevará al club. Tan sólo es un salón de clases que el Club de Historia usa cada semana para sus juntas. No hay un salón oficial, pero resulta ser el mismo que está disponible para reservar, así que nos hemos apoderado de él cada sábado. De hecho, Scott mencionó que iba a escribir nuestros nombres debajo de las sillas, pero Alan le recordó que eso era vandalismo. Entonces, Carlos sugirió escribir "Propiedad del Club de Historia" en un post-it y pegarlo en el techo.

—Mierda, no es cierto —Scott salta del escritorio de profesor, en el que estaba sentado hace un segundo, y evalúa una rebanada de pizza de las cajas que nos dio. Hace una reverencia exagerada. Lleva un suéter blanco de cuello de tortuga y un abrigo azul; en realidad, tiene las mismas habilidades para las manualidades que yo (al menos lo intentamos). Su cabello está recogido hacia atrás, a manera de padre-fundador-pero-a-la-moda, y, debo admitirlo, se le ve bastante bien.

—Hermana, ¿qué te trae hasta aquí?

—Golpear tu trasero —paso junto a él, haciendo fila para la pizza.

—Uy, me encantaría que me golpearan el trasero.

—Diablos, Scott —río ligeramente—. No pongas celoso a Alan.

Alan y Scott tienen una amistad de coqueteo que descubrí rápidamente en las dos reuniones pasadas en las que he estado. Cuando termino mi comentario, Alan me lanza una mirada desde el borde de su vaso.

—No te robes a mi hombre, Sol.

—Jamás podría —le aseguro, tomando una rebanada de pizza de la caja cerca de Scott.

Los nuevos miembros no debemos traer comida, ya que se supone que para nosotros es una especie de fiesta. Aunque no tenemos tantos integrantes, me sigue sorprendiendo la cantidad de comida que pudieron reunir: cuatro cajas de pizza, cuatro botellas grandes de Coca-Cola, refresco de naranja, Sprite y Dr Pepper, así como un par de bolsas de papitas y una caja de agua.

Los estudiantes están hechos de comida chatarra.

—¿Quién se supone que eres? —Alan se recarga en una de las sillas cerca del pizarrón. Su atuendo se parece más a la versión de Hamilton de la puesta en escena de Lin-Manuel Miranda que a la figura histórica. Es mitad, o totalmente, puertorriqueño, por lo que deduzco de su español, y el cabello negro le llega hasta los hombros así que, a él también, le queda muy bien el *look*.

—Adivina —o sea, éste *es* un club de Historia. Si no lo saben, me ofenderé un poco. Carlos, sentado contra la pared, abre la boca, pero yo mantengo la mano levantada—. Tú no puedes hacer trampa, eres mexicano.

Cierra rápido la boca.

—No es justo. ¿Tienes idea de cuántas monjas son famosas en el mundo? —pregunta Scott, cruzando las piernas.

Anna llega corriendo, seguida por los otros dos miembros faltantes del club.

—Ah, ya sé…

—Sor Juana —responde Anna antes de que Alan pueda. Su cabello azul hasta la barbilla está cubierto por una peluca color café oscuro, que cae en ondas sobre sus hombros. Lleva un vestido de rayas amarillas y blancas, que se abre para mostrar sus jeans oscuros debajo. No es lo que consideraría de moda, pero se le ve bien.

—Ésa soy yo —digo—. Pero ¿tú quién eres?

—Sylvia Rivera —Anna se quita el cabello de un jalón—. Una gran figura para el movimiento trans, y mi reina.

—Me vestí como Nikola Tesla porque creo que era tranquilo, tenía muy buenas ideas de ingeniería, y encontré la ropa suficiente para logarlo —dice Carlos, encogiéndose de hombros y poniéndose de pie.

—Eres tan aguafiestas.

—Soy práctico, no como Sol.

—¿Lo eres? ¿Recuerdas lo que pasó en sexto? —levanto las cejas.

En sexto grado, Carlos saltó de la ventana de su cuarto en el segundo piso con un paraguas, porque pensó que el truco de Mary Poppins era muy bueno y necesitaba comprobación científica.

—Oye, *don't open your mouth or I'll tell them what happened in* la prepa. No abras la boca o les digo lo que pasó en la prepa.

En pocas palabras: a ambos nos castigaron en la escuela por "perturbar la paz del salón". Era la clase de Arte y, cuando Carlos me embarró pintura azul en la camiseta blanca, tuve que vengarme, no había de otra, y el hecho de que la maestra se interpusiera entre nosotros fue, parcialmente, su culpa.

—Ni siquiera lo pienses.

—¿No te encanta cuando la gente empieza a hablar en un idioma que no entiendes? —pregunta Alan.

—Sí, vivo para eso —responde Ofelia, uno de los miembros del club que entró con Anna. Siempre me recuerda esos pósters *art déco* de los años 20, sólo que con cabello largo y rojo, desordenado en este momento. Lleva un vestido gris que le arrastra un poco por detrás.

—Rápido, Scott, di algo en alemán —Alan le da un codazo a Scott.

—No sé alemán.

—Lo que sea.

—*Ich spreche kein Deutsch* —dice.

Carlos y yo nos detenemos para mirar a Scott, atónitos. Alan parece ligeramente impresionado.

—¿Qué rayos dijiste?

—Te lo dije, no hablo alemán, y sólo sé decir eso —Scott se encoge de hombros, los botones de su abrigo destellan cuando se recarga en el escritorio—. Sé decir eso en la mayoría de los idiomas, en caso de que algún día me pierda en un lugar desconocido.

—¿En serio? —Ophelia tiene flores en el pelo y, ahora que pongo atención a su disfraz, me recuerda a la Ophelia de *Hamlet* de John William Waterhouse—. ¿Qué tal en japonés?

—私は日本語が話せません。

—De algún modo, siento que nos está insultando en diferentes idiomas —dice Carlos y me toma del codo.

—¿Y en inglés? —Alan toma un bocado de papas mientras habla.

—*I don't speak English.*

—Bueno —Anna se endereza y camina hacia el centro del salón—, antes de que Scott empiece a hablar en vulcano, deberíamos comenzar la reunión.

—La jefa ha hablado —Scott se levanta y se sacude la camisa.

—La *reina* —dice Ophelia.

—La *emperatriz* —dice Alan.

—La *más hermosa de todas* —Carlos le da un sorbo a su refresco.

—Los odio a todos —dice Anna, riéndose al sentarse en el escritorio, mientras el resto de los miembros del club toma asiento frente a ella.

Aunque nuestro club es ridículo, hay algunas cosas que hacemos de la manera tradicional. Necesitamos horas de crédito comunitario, así que ayudamos en los eventos de la escuela y nos promovemos tanto como es posible. Hay oportunidades de voluntariado en el museo local y en el Departamento de Historia de la escuela, y tenemos recaudaciones de fondos y fiestas del club de vez en cuando. En realidad, lo único raro de nuestro club es el proceso de iniciación.

—Así que nuestra querida Soledad por fin completó su reto la semana pasada —hurgando en su bolsa, Anna saca una copia impresa de la selfie que le mandé el sábado pasado. El costado todavía me duele de la caída del árbol afuera de la casa de Ethan.

Siento el teléfono pesado en el bolsillo de mis jeans. Ethan me ha enviado tres mensajes en los últimos cuatro días, preguntando si ya recuperé su llave, pero me prometí no contactarlo hasta tener información válida sobre la llave para no darle información sobre mí. Entre más anonimato, mejor.

—Ahora es miembro oficial del club —Anna anima a todos a darme una ronda de aplausos, lo que se siente fuera de lugar y me incomoda, pero trato de creérmela y espero nunca tener que volver a sacar a colación lo que hice por esta organización.

Después, discutimos durante horas y Carlos, que es el vicepresidente del club, y yo nos apuntamos para asistir en el Departamento de Historia.

—Recuerden preguntar a sus profesores si pueden o no hacer anuncios sobre el club —dice Anna, quitando un pedazo de cebolla de su rebanada de pizza—. Necesitamos que tres miembros más cumplan con los requisitos.

—¿Cuáles requisitos? —pregunto.

—Necesitamos un cierto número de integrantes para que nos consideren una organización escolar. Si no tenemos eso, no nos dan financiamiento y, tal vez, no podríamos participar en ciertos eventos escolares —Carlos se encoge de hombros—. O algo así.

Alan, nuestro diseñador gráfico no oficial (porque es el único que puede dibujar algo más que muñecos de palitos, y porque tiene una cuenta de Adobe), nos pasa un par de pósters antes de irse. El diseño es de la era victoriana, y a *mí* me llamarían la atención si me los topara.

EL CLUB DE HISTORIA

¿Temes nunca estar satisfecho?

¿Estás hambriento por pasar tiempo con los muertos en el museo local?

¿Buscas una manera de matar el tiempo porque eres un solitario nerd de la Historia?

¡No temas más! ¡Tenemos la respuesta para ti!

Encuéntranos cada sábado a las 10 a.m. en el LA135.

La contraseña es: pandemaiz (no lo cuestiones).

Parece legítimo. Siento un poco de culpa al pensar en atraer estudiantes desprevenidos a una sociedad que les pide tareas atrevidas para poder entrar; sin embargo, pongo los papeles en mi fólder y toqueteo mi asiento en busca de mi mochila. Mientras tanto, Anna termina su conversación con Ophelia, y me levanto para preguntarle sobre el problemita de Ethan.

—¿Hay alguna posibilidad de recuperar la llave de la casa de los Winston? —digo.

Anna se toca la nuca para soltarse un pasador de la peluca.

—¿Olvidaste algo allí? ¿Te interesa el voyerismo de ancianos?

—¿Qué? ¡No!

—Es broma. No todos comparten los gustos de Carlos.

—¡Te escuché! —grita Carlos.

—De cualquier modo, ¿por qué? —se quita la peluca para dejar ver una gorra que cubre su brillante cabello azul.

—Su nieto. Recuerda que te hablé de él.

—Resulta que tengo pésima memoria —podría ser sarcasmo, pero aún no la conozco lo suficiente para estar segura. Cuando conocí a Anna hace un par de semanas, parecía un poco fría. Carlos me aseguró que ella es así, manteniéndose en alto como la cara y la lideresa del club. A los miembros más antiguos parece caerles muy bien, así que tal vez aún no llego a ese punto.

—Amenazó con decirle a la policía.

—Ah, claro, él.

—Me pidió que le devolviera la llave de la casa.

—¿No le has dicho que cambie las cerraduras? —se le desata el pelo y caen mechones azules sobre sus hombros. De algún modo, me agrada la manera en la que chocan con los colores de su atuendo.

—No había pensado en eso.

Se da golpecitos en la sien, tomando algunos documentos del escritorio.

—Mira, es posible devolverle la llave, pero estaríamos rompiendo políticas del club. Nuestro sistema es sensible a la información, y no quisiéramos que gente incorrecta se enterara de lo que hacemos —se le empieza a dibujar una sonrisa—. Aunque…

—¿Por qué tengo un mal presentimiento acerca de esto?

—Si lo reclutaras para el club, todo esto se arreglaría.

Las palabras salen volando de mi boca antes de que pueda pensar bien en lo que dijo.

—Es una pésima idea. Invitarlo a meterse al club no sólo me pondría en una posición incómoda, sino que él también podría representar una amenaza para el club —no sólo podría ver lo que hacemos dentro del club sino que, si quisiera, podría traer a todo el Departamento de Policía de Westray. Sólo porque no llamó a la policía una vez, no significa que no estará tentado a hacerlo en el futuro. En la historia de las malas ideas que seguramente no funcionarán, ésta está junto al Caballo de Troya.

—Si él quisiera, ya lo habría hecho, ¿no crees? ¿Quién sabe? Tal vez le interesamos más que él a nosotros. Además, necesitamos todos los integrantes que podamos reunir.

Saca un sobre desgastado, hecho de papel grueso, como algodón, que tiene un sello de cera dorado con el logotipo del Club de Historia. Es una invitación directa que sólo se entrega a candidatos prioritarios. Sólo una vez he visto una carta así: cuando Carlos me entregó una.

Durante el primer semestre me sentí perdida. Sí, tenía a Carlos y a Diane, y también mi trabajo, pero sentía que ninguno de mis esfuerzos daba resultados. Sin mi mamá, perdí un pilar de mi familia nuclear; era raro no tenerla aquí y, ahora que había empezado un nuevo capítulo en mi vida, no tenerla era desconcertante, incluso físicamente doloroso a veces. Para ser alguien que nunca había conocido a sus parientes lejanos, perder a mi madre fue como perder una parte de mí misma.

No podía dejar solo a papá, no en esa situación y considerando las deudas futuras por cuotas legales, así que el WCC era la única opción además de las clases en línea. Mi futuro pasó de ser una aventura emocionante a un vagabundeo sin rumbo entre la niebla.

Carlos había intentado varias veces que socializara más, pero, después del verano, todo lo que quería era enfocarme en la escuela y no meterme en la clase de problemas que preocuparía aún más a mis papás. Así que, en las vacaciones de invierno, llegó con un sobre, prometiéndome un lugar para pasar el rato que no fuera la casa o el trabajo. Un club para el que ya estaba sobrecalificada por estudiar Historia.

—No se pierde nada con intentar —dice Anna, extendiéndome la carta.

Tomo el sobre con renuencia.

—Si se niega a meterse, estoy segura de que encontraremos el arreglo adecuado —dice.

—¿Cómo puedes estar tan segura?

—No eres el primer miembro a quien sorprenden, y no serás la última, Sol —dice, poniéndose la mochila sobre los hombros—. No te preocupes, encontraremos la manera de que estés tranquila.

—Eso suena ominoso.

—Tenemos nuestros métodos —Anna hace un guiño—. La reunión terminó, chicos. Recuerden sus horas y que nos reuniremos en una semana. Si tienen preguntas, no duden en mensajearme a mí o a Carlos.

Entonces sale, tan grandiosa como cuando hizo su entrada.

Una vez en el pasillo, saco mi teléfono para mensajear a Ethan. Nada muy complicado o que lo alarme.

> **Yo:** Tengo noticias sobre tu llave. ¿Podemos vernos en la cafetería de Ciencias Sociales y del Comportamiento mañana o el lunes?

Carlos me pone el brazo sobre los hombros.

—¿Adónde vamos, Sor Soledad? —la esquina de su bigote de Tesla se le está despegando del labio, y siento la urgencia de arrancárselo.

—¿Quieres ir al Starbucks e incomodar a la gente?

—Obvio —levanta el codo para que lo sostenga. Lo tomo con alegría malévola—. Yo pago.

—¿Qué hice para merecerte? —recargo mi cabeza en su hombro.

—Tal vez sacrificaste a una persona o dos en una vida pasada.

—Las monjas no creen en vidas pasadas.

—Eso es lo que te hace especial, eres una monja impía.

—¿Rezar durante el día y hacer *witchcraft* en la noche?

—Exactamente.

Conozco a Carlos desde hace tanto tiempo que, legalmente, ya deberíamos ser hermanos. Cuando era más joven, les pedía a mis papás un hermano o hermana pero, cuando fui mayor, supe que yo había sido un embarazo de alto riesgo y que, después de tres abortos involuntarios, el doctor le aconsejó a mi madre dejar de intentarlo, por su propia salud.

Entonces, en sexto grado, Carlos y yo nos hicimos amigos. Tenía otros amigos, por supuesto, pero Carlos era como el hermano que nunca tuve; como si mis propios deseos se hubieran materializado en la clase de Ciencias del segundo periodo, cuando estaba perdido en la escuela después de mudarse a los Estados Unidos desde Sonora, México. El papá de Carlos es estadounidense, así que él ya sabía inglés cuando nos conocimos, y no lo retrasaron en el sistema escolar. Ambos estábamos muy lejos de nuestros parientes, éramos unos niños y, durante los últimos siete años, siempre habíamos estado el uno para el otro, en las buenas y en las malas.

Aunque salía con Tyler cuando deportaron a mamá, fue a Carlos a quien llamé llorando aquella noche desde el hospital. Se quedó al teléfono conmigo durante cinco horas a pesar de que estaba pasando las vacaciones de invierno en México. De hecho, Carlos fue el único que intentó ayudarme durante todos esos meses, ya que no quería molestar a mis papás con mis emociones volátiles. Honestamente, no sé dónde estaría si él no hubiera estado allí conmigo.

4

Fue a papá a quien se le ocurrió lo de las llamadas matutinas a mamá. Las hacemos dos veces a la semana, los martes y jueves, y fue su manera de darnos una llamada sólo de chicas para que pudiéramos ponernos al día o, como él lo decía "hablar de cosas de mujeres". Incluso lo dijo al salir por la puerta, despidiéndose de mí, cuando le pregunté si iba a pasar por café de camino al trabajo. También existe la posibilidad de que lo haya dicho porque una vez, hace un par de meses, me arrastré hasta la cocina quejándome de cólicos y él no sabía bien cómo manejarlo.

No necesitábamos una hora extra para hablar. De hecho, mamá y yo nos mensajeábamos y nos llamábamos bajo nuestras propias condiciones, pero ella accedió y era bonito tener una hora extra en la mañana, dos veces a la semana, dedicada a ponerme al día con ella.

—Como el Día de Gracias es una festividad estadounidense, creo que debería visitarlos en Navidad —empujo la puerta del refrigerador y llevo la jarra de leche a la barra de la cocina, donde espera mi tazón de cereal—. Y yo voy a pagar mi boleto de avión, ustedes no tienen que preocuparse por el dinero.

Había visitado a mamá una sola vez desde que se *mudó* a México. Así quería hacerlo ella y así lo acordamos. Monterrey es una ciudad grande, y ella vive en el área metropolitana.

Es la tercera ciudad más grande de México, y está a hora y media de donde ella creció antes de que la trajeran a Estados Unidos, cuando tenía seis años. Cuando mamá regresó, una tía lejana le ayudó a encontrar un departamento, y se supo que era una excelente maestra de inglés.

Le ayudamos a mudarse a su pequeño departamento de una recámara, y bromeamos acerca de que era una casa de vacaciones pero, cuando fue momento de despedirnos en la puerta, papá tuvo que arrancar a una de brazos de la otra mientras llorábamos horriblemente. Ella juró que podíamos visitarla cuando tuviéramos tiempo, sobre todo en las vacaciones o días festivos; después de todo, soy ciudadana nacida en los Estados Unidos, y papá obtuvo su residencia con la Reforma y Control de la Ley de Inmigración de 1986, después de trabajar en el campo de adolescente. Podíamos seguir visitándola, y nos ilusionaba, pero después de un par de semanas de vivir sola, recibió una llamada de un desconocido que le dijo que sabía que tenía familia en los Estados Unidos, y que los tenían vigilados.

Su tía le aseguró que esas llamadas ocurrían de vez en cuando, normalmente era gente que pretendía ser parte de algún cártel u otra organización criminal para sacarle dinero a las personas desprevenidas, pero mamá ya no se sintió segura y ya no quiso que papá o yo la visitáramos tan seguido.

—Hmm —la voz de mamá llena el aire; su taza de café es la única imagen en la pantalla de mi teléfono mientras se prepara el desayuno—. ¿Pero con quién va a pasar Navidad tu papá?

—Puede ir si quiere, es residente —contesto.

—Ya dijo que tiene que trabajar, ¿recuerdas?

—Sí, pero quiero verte.

Mi madre es hermosa, tiene el cabello negro y grueso y una piel que parece no envejecer nunca. Tiene cuarenta y dos y podría pasar por alguien de treinta; sin embargo, últimamente he empezado a notar signos de estrés: las ojeras y las líneas sobre su frente cuando arruga las cejas y piensa en los riesgos de traer a su joven hija a una ciudad que, muchos dicen, es peligrosa. Pero yo no tengo miedo. Carlos visita a su familia en Sonora cada dos meses, y está absolutamente bien. Siempre siento que es injusto que mis papás me protejan así, incluso si lo hacen por amor.

—Ya veremos qué pasa. No quiero que papá esté solo —dice mamá.

Me encojo de hombros y le doy una cucharada a mi cereal. Tampoco es que quiera dejar a papá solo en Navidad, pero a ella no la vi las vacaciones pasadas y parece que ha pasado una eternidad desde febrero. Papá la ha visitado un par de veces desde que todo pasó, pero yo no he tenido oportunidad de verla desde aquel día en su departamento, y yo soy la ciudadana de la casa.

—¿No se te hace tarde? Tus alumnos van a llegar antes que tú —le digo.

—*Oh, yeah*. Deberían ocupar el tiempo en que no estoy ahí para hacer realmente su tarea en vez de pedir prórrogas —mamá da clases de inglés en una escuela privada de Monterrey y, aunque no tiene el mejor sueldo, le alcanza para la renta—. ¿Cómo va la escuela?

—Bien —responder con la boca llena no es digno de una dama, y parece que ella piensa lo mismo por la mirada que me echa.

—¿Te has unido a algún club este semestre?

—Al Club de Historia —ella echa un vistazo rápido sobre su cámara, lo que me muestra que tenía razón acerca de que se le hace tarde, pero estas llamadas matutinas se sienten como mi vida antes de que todo pasara: sentada a la mesa de la cocina en la vieja casa, compartiendo el desayuno antes de la escuela, planeando las vacaciones de *spring break* o un viaje familiar de fin de semana.

—¿Te gusta?

—Sip, es divertido y está Carlos —solía aparecerse más por mi casa cuando estábamos en la prepa, tras asegurarle varias veces a mis papás que no estábamos saliendo. A veces incluso lo llevábamos a acampar en el lago; después de todo, papá valoraba un par de manos extra para buscar leña y para tener alguien con quien ir a pescar.

—Excelente, *sweetheart*. Tengo que irme. Te mando mensaje más tarde.

—Ok, *mom*, ten cuidado —le mando un beso y ella me lo devuelve antes de colgar; su imagen se congela y luego se pone en negro.

Ethan y yo quedamos de vernos en una cafetería en la escuela; así, podría continuar con mi tarea cuando se fuera. Tengo un mal presentimiento, y no se trata de que, probablemente, no haré la tarea y me la pasaré vagando en las redes sociales la mayor parte de la tarde. Es más fácil ver a otros felices en sus propios posts; hace que la vida parezca más fácil y tolerable de lo que es en realidad.

El sobre que me dio Anna resplandece desde la mesa. Abro mis mensajes y leo los últimos.

Ethan: ¿Entonces te veo adentro?

Yo: Sí, estaré ahí como a las diez

Ethan: Ok

Ethan: En camino

Michi salta a la silla junto a la mía y ronronea mientras le acaricio la cabeza. Alcanzo el sobre.

—Bueno, aquí vamos.

Me quito el cabello del hombro, mirando a mi alrededor mientras abro la puerta del café. Hay algunos estudiantes tecleando en sus laptops y una o dos personas mayores, probablemente profesores, hablando entre ellas mientras toman sus tazas de café. La luz baja permite que florezcan los hípsters y, de fondo, suena un jazz suave, lo que crea una estética de blog de estudio.

Ethan lleva una chamarra de mezclilla sobre una camiseta amarilla, un color dorado que casi combina con el armazón de sus lentes redondos. Voltea cuando me acerco.

—Ya era hora. Pensé que se me iba a hacer tarde para mi clase —dice Ethan mientras me siento frente a él y me resisto a mirar su taza de café. Un poco de cafeína me caería bien en este momento.

—¿Qué clase tienes? —es una pregunta tan estudiantil. Estamos condicionados para buscar compañeros a los que podamos obligar a entrar en grupos de estudio. Así es como nos conocimos Diane y yo, por la necesidad de conexión.

—Biología.

El material del sobre se siente aterciopelado cuando lo coloco sobre la mesa, el sello de cera brilla ligeramente bajo la luz del foco que cuelga sobre nosotros.

—Ah, ¿vas a estudiar Medicina?

—No, Ciencias de la Computación. ¿Qué es esto?

Sólo hay dos salidas del café. Una lleva al vestíbulo del edificio de Ciencias Sociales y del Comportamiento, y la segunda es una entrada al área del patio exterior, que tiene mesas de metal con sombrillas blancas para los estudiantes que prefieren comer sus sándwiches de seis dólares rodeados por los sonidos de la naturaleza. Tomo nota mental de estas dos puertas de cristal para que esto no se convierta en una escena de persecución impulsada por la adrenalina… de nuevo.

—Mira, Ethan, no fue mi idea. Nada de esto lo fue. Si te vas a pelear con alguien, asegúrate de que no sea yo.

—¿Por qué me pelearía contigo?

—Sólo estoy tratando de ser clara. Soy parte de un club. Somos bastante normales fuera de nuestras ceremonias de inducción, y ellos quisieran que yo, bueno, te reclutara.

Pasan unos buenos cinco segundos y su rostro no se inmuta.

—¿Eres parte de un culto?

—Abre el sobre y lee la carta, Ethan.

Para mi sorpresa, lo hace y, con cuidado, rompe primero el sello de cera y saca el papel, prensado en caliente, sobre el que está impresa la carta. Dicen que las cartas están escritas a mano y, si es así, estoy segura de que no la escribió Carlos, ya que su caligrafía apenas puede describirse como un medio de comunicación humana. Qué bueno que nació después de la invención de las computadoras, o estaría en graves problemas.

Los ojos de Ethan recorren la página antes de mirarme, luego regresan al papel. Los entrecierra lentamente.

—¿Qué significa esto?

—¿No lo leíste?

—No trates de bromear.

Sentada, resisto la necesidad de jugar con mi cabello. No lo culpo, yo también me haría preguntas, pero tengo demasiada tarea y muy poco tiempo para preocuparme por esa clase de cosas. Santa Gema Galgani, patrona de los estudiantes, me ha fallado. Porque, sí, aunque no creo en santos, no rechazaría un poco de ayuda sagrada en mis calificaciones.

—Los chistes son mi mecanismo de defensa —mascullo mientras me enderezo.

—¿Qué?

—Es irrelevante. ¿Has intentado cambiar las cerraduras?

—Lo hice, el día después de tu allanamiento —no parece divertido, aunque, ¿quién puede culparlo?

—¿Entonces para qué quieres la llave? —pregunto.

—Si tu club logró hacerlo una vez, ¿qué los detiene de hacerlo una vez más? Seguiré haciendo preguntas hasta que conozca a tu presidente. Alguien debe poner un alto a estas tonterías.

—Entonces únete al club.

—¿Sí escuchas lo que estás diciendo? —Ethan está a punto de estrellar su cara contra la mesa. Subrepticiamente, saco mi teléfono para grabar cualquier cosa que haga.

—¿Quieres ver al presidente y preguntarle cómo operamos? Muy bien, ya tienes la invitación.

—¿Para unirme a sus actividades ilegales?

—Es tu decisión, y no es totalmente ilegal si yo tenía una llave —tensa los hombros. La irreverencia no me llevará a ningún lado con él—. Ethan, siento lo que pasó, pero no me dejarán entregarte la llave a menos que te unas o logres convencer a mi presidente.

—¿No te da miedo lo que podría haber pasado si tuviera una pistola? Podrías estar muerta por un club.

Bueno, mierda, si lo planteas así…

—No puedo hacerte otra oferta. Tómalo o déjalo.

—Esto es una mierda —sacude la cabeza, arruga la carta y la lanza sobre la mesa. Se pone la mochila en los hombros y sale aprisa de la cafetería, sin mirar de nuevo la bebida que dejó.

Cuando oigo el tintineo de campanillas en la puerta, dejo caer la cabeza sobre los hombros. El hecho de que haya dormido sólo tres horas anoche por ponerme al día con las lecturas de mis clases, no ayuda para nada. Por un lado, me pregunto si manejé las cosas como era debido; por otro, no puedo lograr que me importe un carajo.

Es injusto, *debería* importarme, y siento una punzada de culpa en el pecho, que hace que desee poder quitarle la llave a Anna y dársela a Ethan, pero no me siento motivada para hacerlo.

Solía mirar hacia el futuro con ilusión. Quería aprender a manejar, entrar a la universidad en un estado diferente, viajar y entender mi vida. La sorpresa es que aún podía hacer todo eso, pero ya no se siente bien. Se siente como si le diera la espalda a mi familia, y no estoy segura de por qué. Ver a mi padre sentado en esa silla de hospital. Ver a mi madre en el aeropuerto. Es como si el universo me pidiera hacer algo que no puedo. Todo pasó tan rápido que todo lo que pude hacer fue mirar con horror.

Pero no puedo detenerme; la tarea no se detiene, mi trabajo tampoco y, mientras a duras penas sigo con mi vida, no puedo preocuparme por un chico que ya cambió las cerraduras de su casa.

Pero eso no me hace una mala persona, ¿o sí?

Suspiro y miro la charola de pasteles. Un panqué no resolverá mis problemas, pero seguro que le sentará bien a mi estómago, vacío después de pedalear hasta acá sólo para que me rechazaran la carta.

Después de comprar un muffin de chocolate y un latte frío, salgo del café; me detengo en la mesa en la que nos sentamos y agarro los restos de la carta de Ethan. Afuera, el sol brilla y la brisa es agradable y fresca. La universidad se compone de un grupo de edificios diseñados por alguien que amaba las ventanas y el concreto. Luce moderno, seguro, y los pinos de azúcar le dan una estética de leñadores. No fue una mala opción de escuela; papá ni siquiera fue a la escuela.

Estoy consciente de que tengo más privilegios que muchos en mi situación. En algunos casos, la gente como yo no va a la universidad y, el hecho de que pueda tener educación y trabajo, aun con los problemas económicos en mi hogar, es grandioso. Pero, mientras miro el campus y a los alumnos iniciar sus rutinas diarias, no puedo evitar pensar que las cosas hubieran sido mejores si nada de esto hubiera pasado. Como si hubiera otra Sol en un universo alterno, viviendo una vida feliz, y me da envidia. Envidia de lo que pudiera haber sido.

Obviamente, esto me lleva a la culpa y a sentirme mal, y a buscar a esa gente que *es* feliz justo ahora. De ahí que las redes sociales y ver videos en internet me aseguren que hay gente con vidas perfectas, en vez de regodearme en mi propia miseria.

No obstante, tengo que llegar a clase, aunque es temprano, pero al menos disfruté mi comida cara y caminé por el campus. Me quedo con el sabor de la felicidad que puede traer la simplicidad de una mañana tranquila de martes.

5

Puede que la carrera de Diane sea Biología, pero ve suficientes programas y películas como para que fuera Cine. Hemos intentado ver series al mismo tiempo, pero ella siempre las termina antes que yo. Así que empezamos a ver una película a la semana en nuestros propios tiempos, y hablamos de ella cuando ambas ya la vimos. Sin embargo, con todo lo que está pasando, no he logrado hacer ni siquiera eso.

Su abrigo color coral sobresale entre los demás estudiantes cuando me detengo cerca del soporte para bicis fuera de la biblioteca. Es miércoles, lo que significa que tuve el fin de semana y un par de días más para ver lo que me dijo pero, por mi falta de mensajes, ambas sabemos que no lo he hecho. La expresión de su cara mientras se acerca es suficiente para que yo asuma una postura defensiva mientras agarro mi mochila y me preparo para protegerme de su ira.

—Soledad Gutiérrez.

—¿Sí?

—¿La viste o no la viste?

Bajo mi mochila y volteo totalmente hacia ella, la tomo por los hombros, esperando que nuestra amistad no termine en cuanto digo:

—No, lo siento.

—¡Sol!

—Estaba ocupada, ¿ok? Las cosas están un poco complicadas por Ethan. Juro que veré la película esta noche, después de terminar mi ensayo.

Es mentira. Desde que empecé la escuela aquí no he tenido mucho tiempo para ver cosas, sobre todo porque paso la mayor parte de mi tiempo haciendo cosas en la casa, en el club o en la escuela.

—Es lo mejor que he visto, no entiendo cómo aún no la ves. Necesito que te pongas al día para la temporada de premiaciones —entramos en la biblioteca mientras una manada de estudiantes intenta forzar la puerta. Esto ocasiona unos empujones que sólo han experimentado los que han acampado afuera de Best Buy tres días antes del Black Friday.

Normalmente no me gusta venir a la biblioteca cuando no trabajo, pero tengo que trabajar en un ensayo de investigación para la clase de Historia. Teníamos que entregarlo hace una semana, pero el profesor amplió el plazo. Los profesores indulgentes son un regalo del cielo.

Se abren las puertas del elevador para mostrar el tercer piso. En esta área se encuentra la mayoría del equipo de cómputo y las mesas que permiten a los grupos reunirse entre los libreros y viejas cintas de video. Aunque se supone que es un lugar silencioso, hay un murmullo persistente entre los alumnos que no se permite en ningún otro lado. Me da un poco de alivio ya que, casi todo el tiempo, este lugar es tan silencioso como un cadáver.

Instalamos nuestra estación de estudio en una de las mesas más cercanas a los ventanales. Me quito la chamarra y saco el fólder en el que tengo las notas del libro que buscamos: *Doce años de esclavitud*. Los hombres rebeldes y, sobre todo, las mujeres del pasado, siempre me han causado fascinación.

Solomon Northup defendió lo que sabía que era correcto y no perdió la esperanza, incluso después de que lo secuestraran y vendieran para ser esclavo durante doce años. Su historia es una entre muchas de mediados de los 1800, cuando la creciente tensión entre los estados del norte y del sur estaba a punto de estallar en una guerra.

—¿Qué pasó con Ethan?

Tan sólo por un momento, ya no quiero hablar de Ethan; sólo quiero enfocarme en estudiar, pero su nombre me atormenta desde ayer. Diane se ha mantenido al tanto de lo que ocurre en el club y en la escuela y, por el momento, se siente como un lazo a la normalidad.

—Creo que se terminó, pero no estoy segura. Se fue sin llevarse la invitación al club.

—Estás loca al haberte unido a ese club —saca un marcatextos de su bolsa, uno de esos que ves en aquellos pizarrones estéticos en internet y que fueron la única razón por la que empezaste a llevar una agenda antes de rendirte porque tu letra era horrorosa.

Me encojo de hombros y le paso las notas que escribí.

—Es verdad, pero ya estoy dentro.

—Suena a algo que diría alguien que está en un culto.

—Ay, vete al carajo. Te dije que Ethan dijo eso.

—No está equivocado.

Me molesta que haya tanta lógica en sus argumentos. Sacudo la cabeza y le doy un sorbo a mi café casi frío.

—La cosa es así —digo al bajar mi taza—, los clubes escolares son una mierda.

Diane se recarga, asintiendo.

—Tenemos un club de anime, por el amor de Dios. No hablo mal del anime, me encanta *Dragon Ball Z* y *Attack on*

Titan tanto como al chico introvertido, pero "Presidente del club de anime en el Westray Community College" no suena atractivo en el currículum de nadie.

—Cuando me postulé para el Club de Historia no sabía que tendría que entrar a la casa de los Winston para entrar. Carlos fue a mitad del pueblo y subió la estatua del fundador en ropa interior a las dos de la mañana en octubre. Anna, la presidenta, logró llegar al techo de la escuela y dejó caer una foto gigante de Obama…

—Espera, ¿fue ella? —Diane parece sorprendida, no la culpo. Nadie sabe quién hace qué hasta que estás dentro del club. Técnicamente, estoy violando las políticas al decirle pero, considerando que el vicepresidente es también mi mejor amigo, no tengo mucho qué temer.

—Ya se han metido a la oficina del decano de la universidad y robado documentos clave. Han nadado desnudos en la fuente de la plaza, han… Ni siquiera sé cómo obtuvieron las llaves de los Winston, en primer lugar —bajo la voz cuando un grupito de chicos pasa por nuestra mesa—. Sólo me dijeron que debía sacar un tenedor, y lo hice, y ahora estoy en medio de este desastre.

—Eres parcialmente responsable por este desastre.

—Diane…

—Sólo digo.

—Sí, lo arruiné, pero espero que todo se arregle.

—Y que no te metan a la cárcel.

—*Diane…* —me pongo los dedos en la frente, ambas sabemos que lo que dice me está calando y, aunque está totalmente en lo cierto, no me ayuda en este momento.

—En serio, no quiero que te metan a la cárcel. ¿A quién voy a molestar cuando no estés?

—Ok, lo entiendo, ¡gracias! ¿Podemos regresar al ensayo? —tal vez todo esto es una serie de malas decisiones que tomé porque quería ser parte de algo más, y volverá a mí para vengarse, pero no necesito que me lo recuerden cuando es momento de ser una alumna normal.

Alrededor de las seis de la tarde del jueves, recibo el primer mensaje. Apenas terminé mi turno en la biblioteca, y estoy más que lista para irme a casa, cuando siento la vibración en la pierna. Por un momento pienso que es mamá, antes de darme cuenta de que es demasiado temprano para que haya terminado sus clases de la tarde.

Busco en mi bolsillo, mientras el miedo me recorre lentamente la columna. Podría ser Anna con noticias del club o, quizá, Carlos, preguntando si vamos a pedir pizza y vernos uno de estos días, pero sé quién es.

Debí haberle puesto otro tono a esta notificación, así sabría quién me buscaba. Desbloqueo mi teléfono y veo la barra de notificaciones antes de cometer el error de hacerle saber que ya leí su mensaje.

Ethan: ¿Dónde se reúnen?

Conteniendo el impulso de responderle con sarcasmo, le envío el número de nuestro salón y los horarios en los que nos reunimos el fin de semana, y luego alejo mi teléfono en cuanto puedo.

El aire es agradable y fresco en esta época del año; frío, pero no tanto como para necesitar bufanda. Coloco mi mochila en la canasta trasera de mi bici y me muevo para destrabar el candado. Horas antes, el soporte estaba tan lleno que tuve que encadenar mi bici en el último poste, rezando para que no me multaran.

Pero, tan pronto como se desata la cadena, la bicicleta cae con todo y mi preciada carga, incluida mi laptop.

—¡Mierda, no! —me arrodillo, sin aire en los pulmones mientras casi le arranco el cierre a la tela. No es que tenga una MacBook ni nada por el estilo. Incluso con un trabajo, no tengo el dinero para comprarme un producto de Apple, ya no digamos una de sus laptops.

Mi computadora parece estar bien o, al menos, la pantalla no está estrellada. Con alivio, la pongo de nuevo en la mochila y me la coloco encima antes de subir a mi bici y, finalmente, me alejo del soporte y voy hacia la banqueta.

Siento una vibración en la pierna. Ethan tendrá que esperar hasta que llegue a casa para que empiece a preocuparme por todo lo que va mal en mi vida.

Aunque ya la reinicié tres veces, la pantalla de mi laptop dice: *Tu PC presenta un error sin arreglar y necesita ser reiniciada.* Claro, me identifico con mi computadora con ese mensaje, pero eso no cambia el hecho de que no tengo dinero para una laptop nueva.

Michi maúlla a mi lado, presionando su cabeza contra mi antebrazo. Como no respondo, se sienta en el teclado y me mira direto al alma con ojos que dicen: "Dame de comer".

Mis papás me van a dar el sermón de que no puedo tener cosas bonitas por más de dos meses antes de echarlas a perder. En parte es cierto, pero no necesito que me lo restrieguen en la cara. Los convencí de comprarme un par de cámaras baratas en Walmart como regalo de Navidad que pueden atestiguar eso; pero ahora que gano mi propio dinero me compro mis propias cosas, y descompongo mis propias cosas, lo que duele el doble que si hubieran sido regalos.

Pero ganar mi propio dinero no ha cambiado mucho. El dinero paga los recibos, para aligerar la carga de papá de pagar todas las cuentas de la casa y luego enviarle dinero a mamá. Con los recibos de servicios y un par de salidas con mis amigos cada mes, me quedo con unos sesenta dólares para meter en mi cuenta de ahorros.

Con tres meses que he trabajado, menos tres semanas de las vacaciones de invierno en que la biblioteca estuvo totalmente cerrada, me quedo con unos cien dólares que he guardado para visitar a mamá en el futuro. Dinero que ahora está perdido porque, por lo que parece, tendré que comprar una computadora nueva. De vuelta al inicio, una vez más. Es como si el universo amara pintarme el dedo sin importar nada.

Gruñendo, levanto a Michi, que maúlla en protesta, me acuesto en mi cama y la acomodo sobre mi estómago mientras le acaricio la cabeza.

Podría buscar computadoras viejas en tiendas de empeño, pero así compré mi primera laptop y murió un mes después. Aunque la biblioteca tiene un laboratorio informático la mayor parte del día, sigo necesitando una computadora para mi clase en línea y para los ensayos que escribo a las dos de la mañana.

En vez de darle de comer a mi gata y hacer de cenar para mí y mi papá, agarro mi teléfono y mensajeo a Diane.

Yo: Si te doy cinco dólares, ¿me atropellarías con tu coche?

Está acostumbrada a mis chistes malsanos. El humor es lo que me hace seguir adelante, eso y recordar que un día la humanidad dejará de existir. Bajo mi teléfono y miro al techo. Diane responde casi de inmediato. Ver mi pantalla casi me hace olvidar mi laptop.

—Mierda —me vuelvo a sentar, Michi se ofende porque me atreví a moverme cuando estaba quedándose cómodamente dormida sobre mi pecho.

No le mandé mensaje a Diane.

Ethan: ¿Estás bien?

Empiezo a teclear un largo mensaje, algo como: *"Bueno, mi computadora murió, tengo hambre, y mi gata no me quiere porque la bajé"*, antes de darme cuenta de lo que estoy haciendo y borrarlo.

Yo: Perdón lol no era para ti

Ethan: No respondiste a mi pregunta

Me siento confundida pero, entonces, bajo hasta el mensaje que había estado ignorando toda la tarde. Me preguntaba si podíamos vernos antes de la reunión del club de esta semana.

Yo: Claro, te puedo ver ahí con un amigo

Ethan: Suena bien

Bajo mi teléfono. Michi se me acerca cuando vuelve a sonar.

Ethan: Sobornar a gente para atropellarte es un poco sombrío. ¿Has intentado comer helado?

Yo: lmao, lo intentaré, gracias

Esta vez, cuando silencio mi teléfono, tomo a Michi en mis brazos, me levanto de la cama, y voy a la cocina por un poco de comida para ella y para mí.

6

La cosa con el trabajo voluntario en la oficina del Departamento de Historia es que: es un asco.

No estás superfeliz al respecto, los de la oficina no están superfelices al respecto, y el único que sale ganando es el decano del Departamento porque no tiene que verte a ti, o a los demás secretarios, lloriqueando. Es una muerte lenta. Acomodar volantes, sacar la basura, llevar cartas a diferentes oficinas, resistir la tentación de jugar Buscaminas en las viejas laptops del Departamento.

No me lo tomen a mal, seguro que hay muchas oportunidades grandiosas de voluntariado y gente apasionada por ellas. Ésta simplemente no es una de ellas.

—Si pusiera una foto de tu cara en este momento, apuesto a que no podrías notar la diferencia —dice Carlos, golpeando algo contra mi hombro.

—¿Qué significa eso? —me quito el post-it que me pegó en la camiseta. Es una mala versión mía zombificada que parece que está a punto de quedarse dormida.

—Si sigues mirando el reloj, la gente va a pensar que eres una estatua en vez de una voluntaria —trata de pegarme otra nota, pero le lanzo una mirada letal y se detiene—. No deberías dejar que las secretarias te vean tan aburrida o se van a quejar.

—¿Y tú quién eres? ¿La policía del voluntariado?

—No, pero soy el vicepresidente de tu club. Si te corren del Departamento por no hacer nada, podrían ponerte a prueba en el club.

Entrecierro los ojos.

—Eso va en contra de las políticas del club y, literalmente, fui a entregar un mensaje al edificio de Negocios hace cinco minutos —sé lo que quiere. Tiene un bonche de revistas educativas que debe entregar en las oficinas de los profesores y el muy flojo no quiere mover el trasero.

No es que no conozca a los profesores, de hecho, me encantaría ponerme al día con algunos de ellos; a fin de cuentas, algunos académicos valoran que sus estudiantes los visiten fuera de las horas de oficina para conversar, también son personas. Carlos me arrastró al voluntariado esta mañana, cuando mencionó que estaba retrasada en mis horas, pero mi mente simplemente está en otro lado.

—¿Por qué no te ayudo con los correos que has estado revisando mientras vas a entregar esos ensayos a los profesores? —acerco mi silla a la suya.

—Creo que estoy bien.

—¿En serio?

—En serio.

Nos quedamos viendo. Cinco minutos después ambos tenemos media pila de revistas y caminamos por el pasillo. El edificio de Artes es uno de los más viejos del WCC, tiene grandes ventanas a lo largo de un par de pasillos que dan al suroeste de la plaza y permiten a los alumnos ver los demás edificios. Los pisos de concreto tienen puntos blancos y hay pósters de las obras y conciertos próximos en las paredes. Las oficinas de los profesores están en el tercer piso, y el sol brilla particularmente esta mañana mientras caminamos por el pasillo.

—Piénsalo, es más rápido por aquí —coloca una revista en el archivero sobre la puerta del profesor.

—Como sea, no te voy a hablar en cinco minutos.

—Me acabas de hablar.

—Cállate.

—Acabas de hacerlo otra vez.

Enrollando una revista en mi mano, me le acerco como si fuera a golpearlo, cuando recuerdo algo. Saco mi teléfono, que ha estado mudo porque no quería ser la voluntaria que se la pasa en el teléfono todo el tiempo. Todavía quedan unas dos horas antes de la reunión del club, y poco más de hora y media antes de que vea a Ethan afuera del edificio de Artes.

Carlos empuja su cabeza contra la mía, tratando de echar un vistazo a la pantalla de mi teléfono.

—¿A quién mensajeas?

—A nadie —lo empujo de un codazo y chillo cuando me golpea el costado—. Para.

—¿A tu novio?

—¡Cállate!

—Empezó con un tenedor, ¿cómo terminó así?

—Carlos…

—Era sólo un tenedor. Era sólo un tenedor.

—¿Sabes qué? Jódete —aviento mis revistas al suelo frente a él—. Diviértete entregando el resto de éstas.

Se ríe mientras me alejo.

—Sabes que es broma, Solecito.

—No me importa, me caes mal.

—Te compro un raspado después de la reunión si me ayudas.

En las afueras del pueblo hay un pequeño lugar de raspados al que nos gusta ir de vez en cuando. Así me atrapa siempre, eso o el IHOP. Sin importar qué, sabe que funcionará y lo he maldecido muchas veces por eso.

—¿Me comprarás *the vulcano*?

El vulcano es chamoy con jugo de limón, piña y fresas, cubierto con chispas y polvo de chile, osos de gomita y chicles. Increíblemente poco sano y celestialmente bueno.

—Eso y todo lo que quieras.

Finjo considerar su oferta un segundo, antes de agarrar la pila de revistas que tiré y me apresuro por el pasillo, con el chillido de mis tenis seguido por los de Carlos.

—¿Qué representa este club exactamente? —pregunta Ethan mientras caminamos hacia el salón del club. Carlos lo sigue midiendo. Lo bueno de tener reuniones los sábados es que hay menos estudiantes que entre semana; claro, están los raros a los que les gusta estar en el vestíbulo o que vienen a tomar café con su profesor favorito pero, fuera de eso, los pasillos están vacíos.

—Seguro que crees que es una entidad ilegal que fabrica drogas y les roba dulces a los niños —digo.

—Lo que realmente es una probabilidad —añade Carlos.

—En realidad, somos el club escolar promedio, pero con un proceso de iniciación peculiar —continúo.

—Nos gusta divertirnos —señala Carlos.

—¿Quebrantando la ley? —a Ethan no le divierten nuestras bromas.

—¿No es eso lo que dije? —Carlos pone su brazo sobre mis hombros—. ¿No fue así, Sol?

—No noté la diferencia —respondo.

Ethan parece querer estrangularnos a los dos, pero ya llegamos al salón del club.

Sacudiéndome el brazo de Carlos de los hombros, volteo hacia Ethan.

—No amenaces a Anna o al club durante la reunión. Así no ganarás amigos.

Al abrir la puerta, encontramos a Alan y a Ophelia sobre un escritorio en el que hay una charola con los restos de dos sándwiches. No se ve a Anna por ningún lado. Hay dos chicas sentadas al fondo del salón, hablan en voz baja, y sólo nos miran por un momento antes de volver a lo que estaban haciendo.

—¿Qué pasa? —pregunta Carlos pavoneándose.

—Es por el sándwich —dice Alan.

—No es por el sándwich —agrega Ophelia, aunque, por la forma en que lo dice, me hace sentir que sí es por el sándwich—. Está siendo dramático porque olvidó especificar sus restricciones alimentarias.

—¡Está tratando de matarme!

Ophelia levanta las manos ante ese comentario y se aleja, se lleva la comida mientras Carlos se acerca a Alan y a Scott.

No pongo atención a la conversación sobre que Alan es alérgico al atún y la oscura teoría de que Ophelia intenta envenenarlo. También hay por ahí un chiste sobre Shakespeare.

—Así que *éste* es tu culto —dice Ethan.

—Te dije que no lo llamaras culto.

—¿Dónde está su líder?

—Presidente.

Cuando nos encontramos afuera del edificio, lo primero que Ethan le preguntó a Carlos fue si era el líder de mi culto, seguido de si estaba enterado de que yo sobornaba a la gente para que me atropellara. A Carlos le divirtieron ambas preguntas, pero sí, estaba enterado porque lo había sobornado varias veces en el pasado para que me atropellara; si no, ¿qué clase de amigos seríamos?

—Y prefiero el título de emperador —le dijo a Ethan.

—Es mejor faraón —contesté.

Me siento en un escritorio más cerca de la puerta, Ethan me sigue. Carlos y los otros tres siguen discutiendo sobre comida, pero la conversación parece haber cambiado a si puedes ser, o no, alérgico a cosas como la sal y la pimienta.

Ethan se quita los lentes, los mira, y se los vuelve a poner mientras se sienta en el escritorio frente a mí.

—¿Entonces, Sol? Así te llamas, ¿verdad? —dice.

—Eso no importa.

—No me has dicho tu nombre.

—Te di una pista.

No puedo culparlo por saber sólo un idioma, pero al menos podría haber investigado.

—*Sol* es "sun" en inglés*…

—Eres española…

—Latina, mexicana, no española. Eso es un idioma, o se usa para referirse a la gente de España, que no es mi caso.

A Ethan se le escapa una risa y levanta la mano:

—Perdón, fue lo primero que me vino a la mente. Entonces, ¿por qué te uniste a este grupo? —pregunta.

De repente, siento como si estuviera en una entrevista para la que no me preparé. Pero, mientras pienso en buenas ideas para desviar cualquier cuestionamiento que me lleve a revelar información personal, entra Anna, el pelo azul le contrasta con su chamarra anaranjada.

—Hola, mis niños —trae dos cajas de refresco y algunas bolsas colgando de su codo derecho. Adonde quiera que va, parece dueña de la situación, y su caminar encaja con ello. Ojalá

---

* En el original: "*Sol* means sun in Spanish—" [N. del E.]

yo tuviera esa clase de energía—. Perdón por llegar tarde, no hace mucho que me desperté y me di cuenta de que tenía que pasar al súper por algunos bocadillos para todos ustedes.

Ethan me toma del brazo y susurra:

—¿Ésa es su líder?

—Nuestra líder, sí, Sr. Vives-en-un-culto.

—No, o sea, ésa es Anna Howard.

—Sí, y tú eres Ethan Winston…

—¿Sabes mi apellido? —dice, abriendo mucho los ojos.

—No, conozco el apellido de tus abuelos; supongo que llevas el mismo.

Carlos comparte con Anna la conversación sobre el sándwich envenenado, del cual Ophelia, que come su propio almuerzo, está harta, y no nos ha visto a mí y a Ethan juntos en una esquina del salón.

—¿Qué? ¿Es tu exnovia o algo? —honestamente, el drama sería una buena distracción.

—No exactamente.

Anna se ríe y voltea para revisar el salón, nos mira.

El salón entra en silencio. Esto es digno de una telenovela y desearía haber traído café o pan dulce para comer mientras observo.

En los labios de Anna aparece una ligera sonrisa mientras dice:

—Hola, vecino.

Ethan se pone rígido, y los otros integrantes del grupo y yo nos miramos. Hay estática en el aire cuando ella se dirige a él.

—Hablaré contigo al final de la reunión. Primero arreglaremos algunas cosas para los demás.

Él no responde, pero la mezcla de sorpresa e ira latente en su postura me dicen que esta plática probablemente no será fácil.

La reunión trata de actividades básicas del club. Anna explica el proceso de iniciación y responde las preguntas de los novatos. Les asegura a todos que el club es normal e inocuo y que nunca pondría a nadie en peligro, pero evita las preguntas sobre cómo serían exactamente los retos. Ethan permanece en silencio durante todo el suplicio.

Cuando se levanta la sesión, Ethan y Anna hablan en un rincón del salón. Intento esperar para ver si pasa algo interesante, pero Carlos me aleja y me saca por la puerta.

—¿Quieres venir un rato a mi casa? —pregunta. Es común que seamos los primeros en salir y, mientras caminamos por el pasillo, siento que es otro sábado normal.

Sin embargo, un par de pasos después, el fuerte azotón de la puerta del salón me recuerda que hoy no es un sábado normal y, mientras Ethan pasa caminando rápido, presiento que esa plática con Anna no salió tan bien como secretamente lo esperaba.

—De hecho, voy a checar de qué se trata. Luego te mando mensaje —desengancho mi brazo del de Carlos y sigo al tipo enojado que se dirige al edificio de Artes.

7

—Ustedes son vecinos. ¿Cuál es el problema? —pregunto, recargándome en un lado del pasamanos mientras lo veo caminar en torno a la torre del patio.

Hay un pequeño parque que puedes cruzar si vas hacia el estacionamiento de los de primer año (el peor estacionamiento, por cierto, y otra razón por la que prefiero la bicicleta) desde la parte trasera del edificio de Artes. Asumo que el parque está aquí en caso de que algunos alumnos tengan niños, o tal vez para los profesores que tienen una guardería cercana al trabajo, aunque la mayor parte del tiempo son los estudiantes quienes pasan tiempo aquí para comer sus almuerzos cuando hay buen clima. Hoy, de hecho, no hay buen clima. El sol está alto en el cielo, cálido aunque estamos casi a fines de enero. Aunque el viento está fresco, el metal del parque amenaza con quemarme a través de la blusa y dorarme la piel.

Ethan suspira y se quita los lentes al sentarse en la parte superior de la resbaladilla. Caminamos hasta aquí de camino a su coche después de la reunión; no dijo una sola palabra en todo el camino, pero me esperó para que desatara mi bici y caminara con él, así que supongo que tiene algo que decirme.

—Ya no somos vecinos.

—Entonces, ¿cuál es el problema?

Voltea a verme. Sin los lentes, su cara me hace decir: *Wow, no está nada mal.*

—No importa.

—Dime o nunca recuperaremos tu estúpida llave.

—Él, quiero decir, ella, y yo tuvimos algo en la secundaria, pero puede que la haya rechazado.

—¿Era tu novia?

—No, nunca salimos. Fue antes… nos besamos una o dos veces y después me mudé con mis abuelos y fuimos a diferentes escuelas —se pone los lentes, como si al tenerlos esto fuera más claro.

—No crees que todo esto sea una especie de plan para vengarse de ti, ¿verdad? —miro mi teléfono. Diane mandó un mensaje para pedirme que vaya a su casa a ver la película que nunca vi, pero aún no le contesto. En realidad, debería ordenar la casa y trabajar en ese ensayo antes de cualquier otra cosa.

—¿Lo crees?

—No. Nadie guarda rencores tanto tiempo, han pasado años y, por lo que sé, tiene novio. ¿De qué hablaron después de la reunión?

Ethan se encoge de hombros y se desliza por la resbaladilla anaranjada.

—De que necesitan más integrantes para mantener el club, y que no podía devolver la llave porque eran las políticas, a menos de que yo fuera miembro también.

—¿Le preguntaste cómo obtuvo la llave en primer lugar?

—¿Tú crees que no?

Me masajeo la sien, el fantasma de un dolor de cabeza canta en mi oído "I Feel It Coming", de The Weeknd.

—Compláceme, Winston.

—Ella afirma que se la dio un exmiembro del club que conocía a mis abuelos. Le dije que es mentira, pero se encogió de hombros y dijo que está bien si no le creo.

Eso suena sospechoso, pero no conozco a Anna lo suficiente para saber si miente o no. No comparte muchas cosas, aunque no puedo decir que yo no haga lo mismo. Al mismo tiempo, parece esa chica *cool* que quieres que sea tu amiga pero no sabes cómo acercarte.

Miro mi teléfono para revisar cuánto tiempo he pasado aquí y no en casa, que es donde desearía estar. Pedalear será un martirio.

—¿Qué vas a hacer?

—¿Sobre qué? —pregunta con una mueca.

—El club. ¿Te vas a meter?

Entre más hablamos Ethan y yo sobre el club, más empieza a sonar como una organización oculta en la que la gente queda extasiada con sus integrantes. Aunque la disolución del club por falta de miembros suena mejor a que me enjuicien.

Y tal vez me metan a la cárcel.

Dios, ¿cuándo entré a este extraño universo paralelo de mi aburrida vida?

—¿Estás loca? ¿Violar la ley? Sol, si alguien como *yo* —señala su cara— entra a la casa de alguien más, me disparan. Sin hacer preguntas, sólo pum. Muerto.

—No digas eso —hago una mueca.

—¿Estoy equivocado?

—Ok, podría pedirles no ponerte en ninguna situación en la que corras el riesgo de que te disparen.

—¿Cómo? ¿Has visto las noticias últimamente? Podría ir caminando por la calle y… —se pasa las manos por el pelo, se le tensan los hombros al exhalar. Una parte de mí quiere ponerle una mano sobre el hombro para reconfortarlo pero, al no saber cómo va a reaccionar, opto por ofrecerle mi mejor idea—. No puedo perder el tiempo, Sol, no puedo darme ese lujo.

—Tengo una buena fuente —aunque Carlos, que saltó de la ventana de un segundo piso con una sombrilla y se rompió la pierna cuando éramos más jóvenes, no es necesariamente la mejor de las fuentes—. Si no quieres meterte, está bien, pero tienes que jurar no decirle a nadie lo que pasa en el club. No a mí, a Anna.

—¿Por qué todo vuelve a ella?

—Es la presidenta, Ethan, todo pasa por ella. Si algo le pasa a alguno de nosotros, todo caerá sobre ella.

No estoy del todo segura si fue su actitud relajada cuando me descubrieron, o el hecho de que siempre parece estar por encima de todo, lo que me sugirió que no me habría metido en tantos problemas si me hubieran descubierto. Su iniciación fue mucho más pública, y también la de Carlos; realmente me hace preguntarme sobre la implicación del club con el WCC, o incluso con la misma ciudad de Westray.

—No es posible que creas que confío en ti —entrecierra los ojos cuando una brisa pasa por el patio; los árboles a nuestro alrededor se mueven lentamente bajo el cálido sol de media tarde.

—Ya es así, de otro modo no estaríamos parados aquí, ¿o sí? Además, no me iría nada bien si te mintiera.

—¿Entonces qué obtienes a cambio de ayudarme?

—Una conciencia limpia, supongo. La vida no siempre se trata de lo que obtienes o no. Ahora, acepta un poco de amabilidad y cree en mí un minuto.

A veces sólo tenemos la amabilidad de los extraños, incluso si el extraño es la persona que te metió en esa situación en primer lugar. Quiero hacer las cosas bien con él, si acaso para poder perdonarme a mí misma. No quiero ser la persona mala en la vida de Ethan, alguien que se mete a su casa y después se va sin importarle las repercusiones de sus acciones.

—¿Cuál es tu plan para convencerlos de que no me asignen nada ilegal?

—No puedo asegurarte que no será ilegal, pero no tendrás que meterte a casas ni cosas así.

—¿Cómo?

—Fácil. Amenazaré con renunciar.

—¿Es en serio? Pasaste por todo eso para entrar, ¿sólo para salirte?

Levanto las cejas, me bajo del pasamanos y camino hacia él.

—¿Ahora estás de mi lado?

—Claro que no. Sólo digo que me parece ridículo que violaras la ley voluntariamente…

—Nunca dije que lo hice voluntariamente.

—¿Te amenazaron? ¿Te forzaron a entrar en mi casa?

Otra vez tiene razón, maldito sea.

—Trato de ayudarte, Ethan. Si no te das cuenta, bien, ve tú mismo por la llave, pero es menos probable que te la den a ti que a mí. Siento mucho lo que pasó, pero no me voy a quedar aquí rogándote que me creas cuando actúas como un idiota.

—Yo… —sacude la cabeza— …lo siento, supongo.

Me sorprende escucharlo decir eso. Siento la ligera tentación de grabarlo con mi teléfono para presentar la grabación y librarme de una sentencia en la cárcel, pero sería tentar a la suerte.

Me mira por debajo de sus lentes con la cabeza ladeada y esa sola acción, por sí misma, me hace querer aceptar su disculpa, pero continúo a la defensiva para mantener mi postura. Tiene todo el derecho del mundo de desconfiar de mí, y me siento como la mala persona en esta situación; seguro hay algo que pueda hacer por él.

—Déjame ayudarte. Juro que te devolveré tu llave.

—Y el tenedor.

—¿Qué?

—También quiero el tenedor. Si es posible.

—¿Por qué?

—Para mi tranquilidad, no lo sé. No me gusta la idea de que haya gente por ahí con las cosas de mis abuelos. No merecen que les pase nada como esto. Nunca le han hecho daño a nadie —suspira—. Quiero que las cosas vuelvan a la normalidad, Sol.

Los árboles susurran a nuestro alrededor, el viento sopla y hace sonar las cadenas del columpio unos segundos, mientras se hace un silencio entre nosotros.

Aunque estaba lista para abrir la boca y protestar una vez más, sólo necesito ver su rostro para comprender el sentimiento. El hecho de obligarlo a estar en una posición incómoda, incluso a pequeña escala, me suena demasiado real y similar como para empezar a ofrecer alternativas. Tengo que recuperar sus cosas.

Pero sólo Anna sabe dónde tienen el tenedor y los otros artefactos que el club ha reunido a través de los años, junto con las selfies y los datos incriminatorios que los miembros les han dado a los funcionarios. Hasta yo sé cuál será su respuesta al pedirle el tenedor.

—No.

Anna se aparta un mechón de los ojos. Lleva el cabello recogido en un chongo desordenado que luce sencillo e intrincado a la vez. Fuera del constante zumbido del aire acondicionado que bombea a través de los respiraderos del techo, el estudio de arte está en silencio. Frente a nosotras, su pintura al pastel de un tazón de fruta sobre una mesa está a medio terminar. Las formas y colores están replicados cuidadosamente en su bloc de dibujo.

—Es lo que pensé que dirías —suspiro y me meto las manos a los bolsillos mientras camino por el salón; los caballetes (o bancas de arte, dependiendo cómo quieras llamarlos) forman un extraño círculo en torno a la fruta. La luz es tenue, lo que hace que las sombras en el rostro de Anna sean más profundas o ligeras según camino. Está totalmente concentrada en la fruta.

—No sólo iría en contra de las políticas del club, sino que lo está pidiendo sin ser miembro —termina una pincelada y sostiene su paleta para apreciar su obra—. ¿Quién te dice que no nos acusará tan pronto como tenga lo que quiere?

—Prometió que no lo haría, realmente quiere estar en paz.

—Es fácil hacerte sentir culpable, Sol.

—¿Qué?

—Carlos mencionó que te convenció de meterte porque no tenían muchas clases juntos.

Eso no era totalmente verdad. Aunque Carlos y yo sabíamos que nuestros horarios no se alinearían muy bien cuando empezáramos la universidad, había muchas ocasiones de encontrarnos antes de que se uniera al club. Fue el hecho de que muchas veces yo no quería verlo en persona lo que llevó a que me hiciera la propuesta. Después de todo, me había quejado de no estar muy involucrada en la escuela y empezaba a sentir que sólo iba y regresaba de casa a clases. Mientras mi verano consistió en fiestas sin parar con Carlos, cuando la escuela empezó fue como si mi vida se hubiera derrumbado frente a mí una vez más.

—Piénsalo, Solecito: horas de voluntariado, recaudación de fondos, incluso puedes postularte para funcionaria si quieres. Es un grupo de gente diferente a la que le gusta lo mismo que a ti. ¿Por qué no le das una oportunidad? —había dicho él.

Estábamos en mi cuarto y él estaba sentado en la silla de mi escritorio mientras Michi ronroneaba en su regazo. Debí haber sabido que todo era un plan maligno en el momento en que empezó a parecer un personaje de *El Padrino*.

—No sé si tendré tiempo —le contesté.

Era mi primer semestre en la universidad y estaba tomando todas las clases que podía, pero una de las cosas que mamá mencionó desde México fue que debía meterme a clubes y hacer amigos. Según ella, el currículum siempre luce más interesante cuando un recién graduado muestra la pasión que puede reflejarse después en su lugar de trabajo.

Quería que estuviera orgullosa, mostrarle que podía ser sociable y sacar buenas calificaciones aunque ella estuviera lejos. Papá le había hablado sobre todo el tiempo que pasaba sola en mi cuarto, y ella empezaba a preocuparse.

—Entonces inténtalo el próximo semestre —había dicho Carlos.

—¿Por qué estás tan desesperado? —yo quería saber. Aparentemente, incluso en aquellos días, necesitaban tantos miembros como fuera posible para seguir a flote.

—Siempre estoy desesperado por ti —me guiñó un ojo y luego alzó los brazos para atrapar el cojín que le lancé—. Piénsalo así: pasaremos más tiempo juntos. Como has estado tan ocupada, no he visto tu molesta cara como en una semana.

Estaba en lo cierto, como Anna justo ahora. Hay una parte de mí a la que no le gusta decepcionar a la gente.

—Ethan no me culpó. Me siento honestamente responsable por lo que hice.

Anna baja su pintura y me estudia un momento. Me pregunto si se siente tan estresada como yo pero lo maneja mejor.

—¿Habría sido diferente si Ethan no te hubiera encontrado ese día? ¿Te importaría tanto si hubieras podido entrar y salir?

—Me llevé un tenedor para reemplazar el que tomé porque me sentía mal de robarles a dos ancianos.

Los Winston eran la pareja mayor del vecindario que todo mundo amaba. Mamá a veces los invitaba a las fiestas de cumpleaños. Los recuerdos de mi infancia a dos casas de ellos son color de rosa, aunque la mayoría de los recuerdos de mi infancia lo son. Mi pequeña familia feliz viviendo en nuestra pequeña casa de madera de dos pisos y un amplio patio trasero, el columpio que papá construyó y el jardín frontal que tenía mamá.

Anna ladea la cabeza, parece un poco impresionada.

—Ingenioso. ¿Ya se lo dijiste a Ethan?

—No, no creí que le importara.

—¿Has pensado en comprar un tenedor como el que te llevaste y dárselo a él?

Tampoco se me había ocurrido. Las soluciones simples son las que siempre llegan con más dificultad.

—No.

—Sol, si quieres que Ethan deje de molestarte, dile que ya tiramos la llave y dale un tenedor del Walmart o de la tienda de todo por un dólar. Probablemente ni lo pensará dos veces —se levanta, estira los brazos—. Pero preferiría que se quedara, realmente necesitamos más gente.

—¿Qué pasa si el club no junta el número necesario de miembros?

Junta sus pinturas y otros lápices que estaban en una banca junto a la suya.

—Dejaremos de existir. No tener financiamiento ni manera de participar en actividades es la muerte para un club. Podríamos intentar recaudar fondos, pero para eso necesitamos la aprobación de la escuela y, ¿qué crees? Necesitas ser una organización calificada para organizar eso, así que allí se iría. Nuestros patrocinadores no podrían darnos tampoco fondos suficientes para mantenernos a flote.

—¿Patrocinadores? —no pensé que alguien quisiera ayudar a un club con principios tan oscuros.

—La mayoría de ellos fue miembro del club en el pasado. Uno es el director de un archivo histórico en Portland, hay otro que es dueño de un negocio en Tennessee —se encoge de hombros—. En realidad, yo soy, en gran parte, la mensajera.

No parece muy preocupada por el futuro de la organización, de hecho, parece estar tranquila con todo lo que está pasando. Supongo que ése es su encanto: estar en la cima de todo y saber cómo arreglar las cosas, mientras que no cualquiera puede mantener la calma.

Tal vez debería traerle mi laptop, probablemente también sabría cómo arreglarla.

—Si no hay manera de devolverle sus cosas, hablaré con él de nuevo para que se nos ocurra algo —masculло.

—¿Qué vas a hacer? —pregunta Anna.

—Trataré de convencerlo de quedarse —tan loco como suena, Ethan me empieza a caer bien.

—Suena bien —coloca sus cosas en el caballete, agarra su mochila amarilla y abre uno de los muchos cierres.

—Pero tengo una petición.

Con tan sólo una mirada por encima de su hombro, me siento un poco intimidada.

—¿Y cuál es?

—No pueden obligarlo a hacer nada ilegal, nada que lo ponga en peligro —hago una pausa—. Si es algo demasiado loco, perderán gente en vez de ganarla. Yo renunciaré.

El salón se queda en silencio cuando dejo de hablar y Anna asiente lentamente.

—No tengo mucha autoridad sobre el tipo de reto para el participante, pero haré lo mejor que pueda para mantenerlo a salvo. Sé que algunos de los riesgos son más altos para nosotros, y no querría que Ethan saliera lastimado.

—Gracias.

—Como dije, el club aliviará las cargas. No importa lo que pase —sonríe.

Asiento y tomo mi mochila, seguro que se me hace tarde para ir a clase. El complejo de Artes y Música está del otro lado del campus, y me queda una caminata de diez minutos para llegar a Cálculo.

—¿Entonces te veo en la próxima junta?

—Claro, chica. No olvides tu traje de baño.

—¿Qué? —digo, dándome vuelta.

—Eso es todo lo que puedo decir —Anna toma su dibujo y sale.

8

Además de ocultarles organizaciones secretas a mis papás, trabajar y quedarme despierta toda la noche tecleando respuestas en mi teléfono para los aburridos argumentos de mis compañeros del tablero de discusión de Ciencias Políticas sin explotar contra el chico que hace de abogado del diablo, también tengo una laptop que arreglar. La pantalla azul no ha desaparecido, aunque le prometí a mi amiga Lupita que comenzaría a caminar más cerca de la iglesia si me hacía un milagro. Al no tener mucha experiencia en informática, acudo a la única mujer que puede hacer el trabajo.

—¿Cuánto tiempo lleva así?

—Como cuatro días.

Diane y yo estamos sentadas frente a mi laptop, la pantalla de la muerte se burla de mis intentos por arreglarla.

Ella cruza los dedos y recarga la barbilla. Puede que la carrera de Diane no sea Computación, pero construyó su propia PC el año pasado. La llama su bebé, y la pagó con trabajo duro y encontrando buenas ventas en línea. Si alguien puede arreglar mi laptop, además de un técnico que cobre, es ella.

—Voy a tener que desarmarla.

Se me hunde el corazón. Agarro mi laptop y la abrazo contra mi pecho.

—No, no mi pobre bebé.

—Bueno, entonces cómprate una nueva.

—No tengo dinero —se abre la puerta de mi cuarto, se escucha un fuerte maullido, y Michi salta a la cama.

—Mujer, cuando tiraste tu laptop algo se le averió adentro. No estoy segura de qué fue, pero puede estar fuera de mis conocimientos o tendremos que reemplazar algo que quizá no sea barato. Además, en este punto dudo que valga la pena gastar más dinero en tu laptop, sería mejor renovarla.

—¿Vendrías conmigo a ver laptops baratas el domingo?

Si tomo un poco de mi sueldo durante las próximas semanas, podré pagar una laptop decente. No tendré dinero para salir a comer o para el café de la mañana, pero me sobrepondré. Además, puedo pagar en abonos y, con suerte, eso amortiguará el dolor y me permitirá seguir ahorrando para inversiones futuras, como boletos de avión para ver a mamá.

—Claro, mientras sea antes de las seis, porque voy a ver a alguien ese día —sonríe y recoge su teléfono.

Oh, sí, el romance moderno. La chica en cuestión es Natalie, con quien Diane se sigue mensajeando y van en serio. Aunque nunca se han visto en persona, se llaman por teléfono o videochat.

—¿La vas a ver a ella?

—Sí.

—¿Dónde?

—En una cafetería.

Murmuro mi respuesta.

—Es cliché pero dijo que iba a hacer la tarea ahí y yo sugerí que podía estudiar ahí también… y que después podríamos ir a cenar.

—Ooh —golpeo su brazo— sutil, qué perra, amiga.

Se aparta las trenzas.

—Ya me conoces.

—¿Qué estudia?

—Comunicación —compartimos una sonrisilla—. Va en segundo año y es linda.

Diane busca en su teléfono y me enseña la foto de una chica. Sus ojos cafés son dulces, y el cabello rubio cenizo le llega debajo de la barbilla. La chica tiene un tatuaje de algún tipo de constelación en el cuello y tiene los labios pintados con un rojo brillante. No es exactamente lo que esperaría que le gustara a Diane, pero su sonrisa es suficiente para que yo espere que esta chica sea buena para ella.

—Pero, antes de eso, estoy libre todo el día para buscar laptops —hace una pausa—. ¿De verdad quieres una laptop?

—Sí —lleva mucho tiempo tratando de convencerme de que puedo armar mi propia PC, pero no le veo el caso si la puedo comprar como una sola unidad, aunque la gratificación instantánea y el capitalismo no se llevan bien con mi cartera.

—Está bien, buscaremos una laptop.

—¡Yay! —la abrazo tan fuerte que lucha para zafarse de mí—. Eres la mejor.

—Sólo me quieres por mi coche —no es mentira; cuando todo lo que puedes hacer es pedalear, tus amigos se vuelven como hermanos mayores que tienen que llevarte a todos lados.

—Y por tus conocimientos de tecnología —agrego.

Me hace una cara y yo le lanzo un beso, viendo mi teléfono y preguntándome qué mensaje mandarle a mamá para la noche.

—Mi compañero de trabajo, Karim, dice que venden unas hamburguesas que saben muy bien y son veganas, y quiero probarlas —empujo el carrito por el pasillo de congelados en el súper; el piso de concreto hace que el carrito brinque de repente, aunque no ayuda que me haya tocado el carrito bailarín.

—Hmm, no lo sé —dice papá del otro lado de la línea. Me mandó a la tienda por carne para hamburguesas y otras cosas para poner en la parrilla esta noche. En un principio, íbamos por las hamburguesas de queso y tocino de siempre, pero luego recordé que Karim me presumió unas deliciosas hamburguesas veganas, lo que es muy extraño porque raramente me dan curiosidad los productos veganos.

—Bueno, si las quieres probar, tráelas, pero trae también las que me gustan.

Sonrío, sabía que iba a decir eso.

—Te veo en un rato.

—Ok, regresa con cuidado.

—Lo haré, bye, *daddy*.

Me ofreció su camioneta para ir al súper, lo sugiere de vez en cuando como un gesto para que empiece a manejar de nuevo, aun cuando ambos sabemos que no estoy lista para hacerlo; de cualquier modo, la tienda no está lejos de casa, y la tarde es lo suficientemente agradable como para pedalear de ida y de regreso.

Abro la puerta de uno de los congeladores, tomo una caja de hamburguesas de queso y tocino, y luego muevo mi carrito hasta que encuentro los productos veganos. Me quedo unos cinco segundos mirando las hamburguesas de verduras, antes de rendirme y colocarlas en el carrito también.

Me toma unos diez minutos ir por carbón, líquido inflamable, pan, queso, jamón y un par de cosas más, antes de acercarme por fin a las cajas registradoras. La tienda no tiene caja de autoservicio, lo que significa que tengo que formarme detrás de cinco personas porque sólo está abierta la caja ocho.

En la fila, tomo dos barras de chocolate y las agrego al carrito. A papá le gustará.

Demasiado ocupada recorriendo Instagram en mi teléfono, no me doy cuenta de que es mi turno hasta que escucho una risita.

—¿Qué haces *tú* aquí?

Levanto la vista, un poco asombrada de ver a Ethan, que lleva una camisa verde brillante con el logo de la tienda y me mira fijamente. Es molesto verlo en un lugar en el que he estado tantas veces. ¿Cómo nunca lo vi antes?

—¿De compras? —digo, colocando mis cosas sobre la banda—. No sabía que trabajabas aquí.

Ethan toma el primer artículo y lo escanea rápido.

—Llevo un tiempo trabajando aquí, de hecho, casi un año.

Ok, soy la peor para reconocer gente.

El problema es encontrar un tema de conversación que no tenga que ver con el club o la llave. Sería raro comentar sobre el clima o preguntarle sobre su día en el supermercado; se sentiría demasiado normal, y mi relación con Ethan no ha sido nada normal hasta ahora.

—¿Turno de noche? —logro decir al fin.

—Sí, el único que me permite ir a la escuela en la mañana —ya casi termina, gracias al cielo—. ¿Vas a hacer hamburguesas esta noche?

—¿Cómo sabes?

En las manos tiene una caja de carne para hamburguesas.

—¡Ah! Sí. O sea, podrían ser para otro día, pero sí, haremos hamburguesas esta noche.

Piensa, Soledad, di frases coherentes.

Inserto mi tarjeta, tecleo rápidamente mi NIP y luego levanto la vista para recibir mi ticket. Hace contacto visual conmigo cuando me lo entrega y, al hacerlo, nuestras manos se rozan. Su piel es cálida y más suave de lo que imaginé y, por un segundo, me siento fuera de lugar.

—Gracias, que tengas una buena noche —dice Ethan, y mi garganta se siente rasposa.

—Tú también.

Ni siquiera había notado que había alguien empacando mis cosas y poniéndolas de vuelta en el carrito, hasta ahora. Mientras salgo sólo puedo preguntarme si sigue pensando que soy rara. No que me importe… mucho.

Cuando nos mudamos al departamento, papá tuvo que vender su vieja parrilla, pero encontramos una pequeña que cupiera en el balcón, así como una mesa chica y una silla de plástico. Papá come parado junto a la parrilla mientras yo me siento y maniobro en la mesa buscando la mejor posición de mi teléfono para una llamada nocturna con mamá. Es un ritual tan difícil como sagrado, y ocurre varias veces durante la semana.

—*Hi, mommy!* —digo tan pronto como se enciende la pantalla con la hermosa cara de mi madre.

Mamá me saluda desde su mesa. La pequeña réplica de mi cara logra mostrar a papá al fondo dándole vuelta a una de las hamburguesas antes de voltear y saludar también. El foco sobre nosotros no da mucha luz, pero al menos nos ayuda a ver dónde están las hamburguesas sobre la parrilla.

—*Hello, my loves* —mamá luce cansada, no que alguna vez se haya visto llena de energía en los días buenos. Desde que yo era pequeña, siempre ha trabajado duro.

Solía trabajar con sus papás en el campo, recogiendo todo tipo de frutas y verduras. De Florida a Oregón, mis abuelos la llevaban en la ruta; empezó a trabajar cuando tenía unos ocho años, y su papá decía que tenía doce para que fuera legal. La gente que lo contrataba le creía; trabajo es trabajo. Cuando sus papás se mudaron a Texas, empezó a limpiar casas con su mamá y asistía a una secundaria pública; cuando se graduó, fue a una universidad comunitaria e hizo una carrera técnica en Inglés para poder trabajar como asistente de profesor. Mamá quería ser maestra de inglés como segundo idioma y ayudar a niños de diferentes países a aprenderlo, ya que ella luchó mucho de niña porque sus papás y compañeros sólo le hablaban en español. No creo que mamá haya superado nunca el trabajar en exceso, está en sus genes.

—¿Qué tal la cena? —pregunto, equilibrando mi teléfono arriba de la mesa, con el salero y el pimentero como soportes para que todos estemos en una gran mesa virtual, juntos de nuevo, incluso si es sólo para una llamada corta.

—*Good* —dice bostezando—. Caldo de pollo que hice en la semana.

Los caldos no son exactamente como las sopas: tienen muchas verduras y los hacen las madres mexicanas en los sofocantes días de verano, cuando lo último que quieres es una sopa caliente. Lo que no daría por comer eso con mamá en este momento.

—¿Fuiste por el dinero que te mandé? —pregunta papá, distrayendo su atención de la parrilla.

Ella asiente.

—Lo puse en la cuenta de ahorros. Tendré que sacar un préstamo si compro un coche barato, ya que el traslado no es lo mejor.

—¡Pero el tráfico en Monterrey es terrible! —papá le da un trago a su cerveza.

Mamá hace una cara y se aparta el cabello oscuro del cuello.

—Lo es, pero sería más rápido que tomar el autobús todos los días.

Seguimos conversando, y desearía poder decirle que no tendrá que comprar un coche en México porque yo le sacaré sus papeles, pero no puedo hacer nada hasta que tenga veintiuno. Papá y yo hemos visto a un par de abogados para ver si alguno podría tomar nuestro caso sin cobrar, pero dicen que no hay mucho que se pueda hacer hasta que yo sea mayor de edad. Cumplo diecinueve hasta septiembre, así que eso no ocurrirá durante otros tres años; e incluso entonces, parece una batalla larga y lenta, considerando los términos de deportación.

Pero como mamá dejó el país voluntariamente, le dieron una sentencia leve de diez años.

Leve.

Mamá, que había vivido en los Estados Unidos desde los seis años, ahora está a cientos de kilómetros de mí. Sigo tratando de descubrir cómo funcionan estas cosas. Si papá hubiera estado en la misma posición, los habría perdido a los dos, y aún no estoy segura de haber podido lidiar con una pérdida como ésa.

Hay gente en peores situaciones que la mía. He oído las historias y he visto las noticias. Madres y padres de familias numerosas capturados por problemas menores y deportados una semana después de ser entregados a Inmigración. Personas que han vivido en los Estados Unidos diez o veinte años, a veces incluso más, deportadas en cuestión de días, enviados a lugares donde no hay nadie esperándolas.

De una manera extraña y amarga, mamá tuvo suerte de aún tener parientes en Monterrey, pero me sigue doliendo, y no puedo evitar sentir que el universo decidió patearme en el estómago. Las heridas físicas del accidente ya se desvanecieron, y aunque todavía me despierto en medio de la noche jadeando ante el sonido del metal y el vidrio azotándose contra mi cuerpo, el dolor de que me arrancaran a mi madre es más grande.

Le doy un sorbo a mi vaso de refresco. Hace buen clima para llevar una camiseta de manga corta y unos pantalones de yoga. Mi gran cantidad de pelo está atada en una cola de caballo rara que permite que la brisa me refresque el cuello. Si cierro los ojos, casi puedo ignorar la estática en su voz y fingir que aún está aquí, que mañana se levantará antes que yo, hará el desayuno para papá y, cuando salga de mi cuarto, me lanzará una mirada diciendo que otra vez dormí de más.

Pero abro los ojos y ella está en una pequeña pantalla. Tan lejos.

Papá nos contó que cuando llegó a la escena del choque me estaban subiendo en una camilla, mientras la mujer con quien chocamos decía que mamá y yo éramos ilegales. Tuvo que ver a los oficiales ir por mamá y a los paramédicos llevarme lejos, todo mientras una mujer se quejaba de que tenía la prioridad para incorporarse y cómo unas espaldas mojadas se le habían metido. Vio a su familia hacerse pedazos.

Los de Inmigración no son muy amables, incluso si has vivido aquí toda tu vida, incluso si tu hija es ciudadana.

—¿Qué tal tu día, Soledad? —pregunta mamá.

Aprieto el vaso tan fuerte que me duelen los nudillos.

La llamada dura unas dos horas, y es lo que nos toma a papá y a mí comer y lavar los platos. Para cuando regreso a mi cuarto ya son casi las once y media de la noche. Michi está dormida en lo alto de su torre, junto a mi escritorio. Las lucecitas que coloqué estratégicamente en las paredes parpadean ligeramente cuando entro.

Cuando nos mudamos en abril del año pasado, Carlos me ayudó a decorar mi cuarto. De hecho, nos ayudó a mover muchas de las cosas que trajimos al nuevo departamento. Papá estaba muy agradecido por los músculos extra, y aunque pasamos mucho tiempo haciéndolo agradable y tan "yo" como fuera posible, todavía no se siente como mío. Sólo son cuatro paredes que contienen mis cosas.

Extraño mi vieja casa, mi cuarto que tenía vista a nuestro gran patio, y el columpio en el viejo roble. Extraño poder correr por la casa sin temor a despertar a los vecinos, y tener mi propio baño. No era la casa más elegante, pero era fruto del trabajo de mis papás, y ahí había crecido.

Claro, rentaban, pero, con el tiempo, querían ser dueños. Un sueño descabellado que podía ser más posible cuando yo fuera económicamente independiente y pudiera ayudar. Una posibilidad que no parecía tan lejana en aquel entonces, pero que ahora se siente como una vida completamente diferente.

Extraño los días en que las cosas eran fáciles.

9

Resulta que no tener una computadora confiable si eres estudiante universitaria es algo muy malo. Así que, en vez de esperar a que llegara el domingo, me quejo tanto en la clase del jueves, que Diane accede a ir conmigo a comprar una el sábado antes de la reunión del club. Aunque fuimos a una casa de empeño para ver con sus poderosos ojos las laptops que tenían, terminamos en el viejo y confiable Best Buy.

—Se sale de mi presupuesto.

—Sólo cuesta seiscientos dólares —dice ella, mostrando la laptop frente a nosotras. Hay un empleado que se nos queda viendo y camina alrededor, pero aún no nos preguntan si vamos a llevar algo. Debe ser la energía de Diane, que en todo momento simplemente irradia confianza en lo que hace.

—Está fuera de mi presupuesto.

—¡Pero mira la memoria RAM de video!

—Diane —tomo su cara entre mis manos, casi recargando mi frente sobre la suya—. Está. Fuera. De. Mi. Presupuesto.

—Bien, gráficos de menor calidad entonces.

Resopla, se da vuelta y camina hacia los otros modelos en una sección claramente marcada: ¡PARA ESTUDIANTES!

Diane y yo hicimos clic de manera rara, como Carlos y yo en la secundaria. Nos conocimos en clase, pero luego empezamos a pasar tiempo juntas porque disfrutábamos la compañía mutua. Vi a su ex sólo una vez antes de que terminaran, y después de eso nos vimos todavía más. Tiene una actitud tan relajada ante la vida y de que nada le importa, que fue fácil decirle lo que estoy pensando.

La primera vez que la invité a mi casa, notó que sólo papá y yo vivíamos ahí.

—¿Papás divorciados? —preguntó mientras acariciaba a Michi.

—No, a mamá la deportaron —dije. Estábamos en la sala, listas para ver un programa en mi laptop, que funcionaba entonces.

Hizo una pausa, señalándome con un dedo, y añadió:

—Rayos. Mis papás están en sus segundos matrimonios, así que iba a decir que entendía si los tuyos estaban divorciados. Pero aquí estoy si necesitas hablar de eso.

—Gracias, amiga —el comentario se sintió genuino, no inspirado por la lástima—. Yo también estoy aquí; debe ser duro.

—Está bien, ya no vivo en casa de mi mamá y mi padrastro. Los amo pero ya no podía vivir con ellos —agita la mano como si apartara recuerdos—. Pero estamos bien; hasta mi mamá sabe que soy gay.

Nunca he sentido presión por ser alguien que no soy o por esconderle algo a Diane, porque sé que se da cuenta, y respeta mi deseo de guardarme ciertas cosas. Aunque sé que la relación con algunos de sus hermanos sigue siendo ríspida, se nota que adora a su familia y haría cualquier cosa por ellos. Si alguna vez necesitamos consejos u opiniones sobre algo, estamos ahí una para la otra.

—No se trata de los gráficos —digo.

—Nunca dije que así fuera —pasa junto a mí—. Es importante en general. ¿Cómo vas a maratonear nuevos programas si parecen salidos de un Super Nintendo?

—Oye, ésos eran buenos juegos.

—¿Al menos los jugaste, niña? —se pone una mano en el hombro y me observa.

—Claro que lo hice, anciana.

—Como sea. ¿Cuál dijiste que es tu rango de precios?

—No me voy a llevar nada de más de trescientos —la alejo de la laptop a la que mira fijamente, la tarjeta indica claramente que se pasa $130 de mi presupuesto.

—Me vas a matar, chica.

—Lo sé —guiño un ojo—. Por eso me quieres.

Salimos de la tienda sin comprar nada. No planeaba comprar algo hoy; falta una semana para recibir mi pago. Y no les he dicho a mis papás que voy a comprar una nueva laptop. No es que necesite su permiso, pero suscitaría preguntas si llego con una caja y no lo he discutido con ellos. Quieren que tome buenas decisiones financieras, tan imposible como lo es.

Me llevó como un mes convencerlos de comprarme un teléfono cuando iba en primero de prepa, e incluso entonces fue uno de los más baratos que había. Mamá y yo discutimos sobre si podría cambiarlo un año después; ahora, al mirar en retrospectiva, esas pequeñas peleas parecen tan tontas. Daría todo lo que tengo con tal de que regresara.

—¿Cómo está tu hermano, por cierto? —pregunto al ponerme el cinturón de seguridad mientras Diane enciende el coche. El motor cobra vida con un poco de esfuerzo y hace vibrar todo el vehículo.

—Siendo un idiota, como de costumbre, pero está bien —se encoge de hombros y le mueve al radio hasta que encuentra la estación que puede conectarse con el Bluetooth de su teléfono—. Está pensando en volver a salirse de la escuela, pero papá lo va a correr si lo hace, y sabe que no puedo ayudarlo mucho porque vivo en un departamento compartido.

—¿No te preocupa?

—Dije todo lo que podía para que no se saliera de la escuela. Puede que vaya con mamá y mi padrastro pero, lo que sea que haga, es su decisión —así funciona Diane: te muestra los hechos y luego te deja solo. Cree que la libertad es hacer lo que quieras con tu vida, aunque eso signifique echar a perder las cosas.

—Eres tan vieja para tener dieciocho años —le digo, mirando su perfil mientras maneja. Las trenzas le caen sobre los hombros, y el sol que brilla sobre su piel morena acentúa sus rasgos y destaca lo hermosa que es.

—Cállate, güey —Diane se ríe, pero es cierto, es muy paciente y sabia cuando se trata de temas de la vida. Desearía poder tener su clarividencia, y no dejar que el pasado me arrastre como ocurre con tanta frecuencia.

—Eres mi anciana favorita, no te preocupes —antes de que pueda contestar, me inclino para subir el volumen, cantando al ritmo de la suave canción de R&B que suena, aunque no me sé la letra. Ella me muestra el dedo, desacelera en un alto y le baja a mi música estridente.

Recargo mi cabeza contra el asiento. El sol está alto en el cielo, marcando las sombras contra el pavimento, y los árboles se mueven despacio con la brisa. Si tuviera mi cámara, tomaría una foto; tal vez una de Diane concentrada en el camino. Hay incontables momentos que a veces desearía poder capturar, y no con mi teléfono sino con una cámara real. Pequeños focos de recuerdos que no recordarás después, pero que son fascinantes y perfectos en el espacio de tiempo en el que existen.

—Ok, si esto no es sospechoso, no sé qué lo sea —Ethan me pasa la nota que estaba pegada en la puerta del salón del club. Me sorprendí al verlo esperando afuera antes de que llegara alguien. Normalmente llego tarde a las reuniones, pero hoy Diane me dejó afuera del edificio con mi bicicleta.

> Se cancela la reunión de esta mañana. Por favor, vayan a la parte trasera del Motel 6 en Main Street a las 7:30 p.m.
> Anna <3

Entrecierro los ojos. Anna había mencionado algo de un traje de baño la última vez que la vi, pero no recuerdo si el Motel 6 tiene alberca, o dónde está. Hay varios hoteles y moteles en la ciudad, sobre todo en las afueras cercanas a la autopista.

—¡Hola, chicos! ¿Qué hay? —volteamos a ver a Scott, trae la mochila al hombro. Tiene un estilo estadounidense algo desordenado, trae una chamarra de mezclilla y una playera azul marino debajo, su pantalón está deshilachado y lleva botas de combate. Hoy está despeinado y sus rizos dorados se le desparraman debajo de los hombros.

—¿Tienes idea de lo que significa esto? —le paso la nota.

Se peina hacia atrás, analizando el pedazo de papel un segundo, antes de sacudir la cabeza.

—No, no sé qué está pasando —me devuelve la nota—. Pero conozco ese lugar, una vez me ligué a un chico allí. Es un lugar medio tenebroso, pero fue divertido.

—¿Por qué hacer una reunión ahí? —pregunta Ethan.

—No sé —Scott se encoge de hombros—. Pero eso me da tiempo suficiente para una siesta; los veo luego —se despide antes de girar sobre un talón y se aleja con pasos seguros y rápidos.

Ethan y yo intercambiamos miradas antes de volver a ver fijamente la nota en mi mano. Quedan nueve horas para que comience la junta, y no tengo cómo llegar allá, aparte de que Carlos no me ha respondido el mensaje que le envié preguntándole sobre qué iba a ser la reunión.

—¿Tú también vas a tomar una siesta? —pregunta Ethan mientras vuelvo a pegar la nota en la puerta, en caso de que lleguen otras personas. Pensándolo bien, tomo una foto de la nota con mi teléfono y la envío rápidamente al chat del grupo.

—No, tengo trabajo y clases. A lo mejor me voy a la biblioteca cuando haya terminado.

—Ah, de acuerdo —hace una pausa—. Espera, ¿entonces tienes cómo llegar al motel?

—Ethan, hay mejores maneras de pedirme que salgamos —es algo improvisado y juguetón que les digo a mis amigos, pero a él no parece divertirle.

—Sabes que Main Street está como a diez kilómetros, ¿verdad?

Ni siquiera sé dónde está Main Street, pero Ethan parece bastante seguro. La mayor parte del tiempo me oriento por lugares en vez de nombres de calles, ya que Westray es lo suficientemente pequeño para saber dónde estás.

—Puedo lograrlo —digo mientras le escribo un mensaje a Carlos.

No contesta. Ethan me mira. ¿Por qué estoy nerviosa?

Yo: Carlos, por favor

No hay respuesta. Maldita sea.

—Sabes, te puedo llevar —Ethan se ajusta la cinta de la mochila—. Tengo clase antes de la reunión, así que estaré en el campus, y mi coche tiene portabicicletas.

—No quiero ser una molestia.

—No es molestia, mándame mensaje si necesitas un *ride* —hace una pausa—. No te odio, ¿sabes?

Mis dedos flotan sobre el teclado, el intrincado mensaje que estaba por enviar sigue a medio escribir en mi pantalla. No esperaba ese comentario para nada, y no sé muy bien cómo manejarlo.

—Nunca dije que me odiaras.

—Actúas como si así fuera. Pero en parte es mi culpa, supongo —ladea ligeramente la cabeza—. Te veo luego, Sol.

Ethan no camina brincando mientras se aleja, como lo hizo Scott y, aun así, sobresale de entre los demás estudiantes que están en las pequeñas mesas del vestíbulo del edificio. Tal vez es su altura, o su sudadera verde, pero lo sigo con la mirada hasta que sale del edificio.

Yo: Holaaa

Ethan: ¿Sí?

Yo: No quiero molestarte

Ethan: No es molestia

Yo: Déjame terminar

Ethan: Claro continúa

Yo: No quiero molestar pero Main Street está más lejos de lo que pensé...

Ethan: Te lo dije

Yo: Ethan, intento pedirlo de buen modo

Ethan: No tienes que hacerlo de buen modo, sólo dilo

Me pongo una mano en la sien. No me lo va a poner nada fácil.

Yo: Puedes

Yo: ya sabes

Yo: darme *ride* a esa cosa?

Ethan: Claro, ¿dónde paso por ti?

¿Por qué tiene que hacer las cosas tan sencillas? ¿Eso me gusta? Sí, claro que me gusta, pero no quiero que sea así. Para el momento en que terminé mi clase, mi turno y la tarea, me di cuenta de que era demasiado tarde para pedalear por la ciudad hasta dar con el lugar de encuentro.

¿Dónde estoy? Miro a mi alrededor. Después de estudiar un par de horas en la biblioteca sin una respuesta de Carlos, caminé por la escuela convenciéndome de no pedirle a Ethan que me llevara a la reunión. Estoy por el edificio de Matemáticas, cerca del estacionamiento C, así que le digo eso y me pongo el teléfono en el bolsillo. Zumba.

Ethan: Estoy cerca de donde estás, dame unos tres minutos

Yo: Ok

No mentía. Ethan aparece en un Honda Accord color negro brillante momentos después.

Se oye un clic cuando abre la cajuela y luego saca el mencionado portabicicletas. Tras cerrar la cajuela, coloca el portabicicletas mientras tomo mi bici de donde estaba recargada contra el edificio; me doy cuenta de que voy a entrar en su coche. Estoy tratando de entender cómo llegamos a este punto en un par de semanas. *El tiempo es una ilusión.* Después de asegurar mi bici amarilla a la parte trasera de su coche, me subo, ligeramente sorprendida de lo limpio que está el interior de su auto comparado con el de Carlos o el de Diane. Los asientos oscuros de piel y un aromatizante azul oscuro de pino lo hacen ver tan estilizado como suele ser su estilo para la moda.

—Por favor no me mates —digo mientras sale del estacionamiento.

—Soy buen conductor —dice riendo.

—Nunca dije que no lo fueras, te pedí que no me mataras.

—Ok, lo intentaré.

En nuestro camino al motel, suena música indie, y me contengo de golpear con los dedos o cantar. Es como cuando vas a casa de un amigo por primera vez y tratas de no revelar tus rarezas internas.

—¿Por qué vas a la escuela en bicicleta? —pone la direccional y luego da vuelta en una calle más tranquila, el sol mortecino golpea su rostro desde el lado de mi ventana.

Me recargo en el asiento; él está tranquilo y es bueno ver eso. Noto que sus rasgos son realmente lindos; de hecho, si no fuera por la forma en que nos conocimos, y que habíamos tenido clase juntos, estoy segura de que estaría mandándole mensajes a Diane o a Carlos sobre él, como lo haría con cualquier chico guapo o chica de cualquier clase en la que nos hubiera colocado el universo. Tiene los pómulos pronunciados, y su nariz es linda y ancha. La manera en que sus lentes enmarcan sus facciones me hace contener la respuesta, hasta que voltea a verme cuando se detiene en una señal de alto.

—Me gusta ahorrar gasolina —es la mentira más creíble. ¿A qué estudiante no le gustaría ahorrar los cincuenta dólares semanales de gasolina? No me gusta abrirme con la gente acerca de mi situación; es demasiado personal y siento como si estuviera pidiendo compasión.

Funciona. Lo entiende, pero ese comentario parece matar la conversación hasta que Ethan llega al estacionamiento del Motel 6, un edificio sombrío con una alberca afuera.

—¿Estás seguro de que éste es el lugar correcto?

—Me temo que sí —Ethan se quita el cinturón de seguridad—. Esperemos que no sea broma y no hayamos venido hasta acá para nada.

Mientras nos acercamos al edificio, no hay mucha gente alrededor. Anna dijo en su mensaje que nos estaría esperando en la parte trasera del motel, pero es difícil encontrar la parte trasera porque el edificio está rodeado por un estacionamiento.

—¿No crees que los de seguridad van a sospechar de nosotros? —pregunto mientras pasamos por unos arbustos—. Espero que no llamen a la policía.

—¿Ahora te preocupa eso?

Bajamos la velocidad mientras nos miramos mutuamente un momento.

—Podrías sonar más preocupado.

—Después de pasar tiempo contigo, siento que esa palabra no está en tu diccionario.

—¿Preocupada?

—Sí, junto con instinto de supervivencia y…

—Chicos, ya veo que llegaron con vida.

Carlos está recargado en la pared, lleva una camiseta verde con anaranjado con el logo del club y un traje de baño. Camino hacia él y le doy un golpe en la frente.

—¡Ay, Sol!

—Eso es por no responder mis mensajes.

Se cubre la cabeza contra mis continuos ataques.

—¡Anna me dijo que no lo hiciera!

—¿Y Anna es tu madre?

—No, pero tú sí suenas como tal.

Lo vuelvo a golpear.

—*Ouch*, lo siento, para.

—No lo sientes —crecer con él me ha dado la perspicacia para saber cuándo se está disculpando de verdad, y no haberme contestado los mensajes fue para molestarme.

—Sí lo siento. Para, me vas a despeinar —sólo cuando se trata de su pelo es que suena arrepentido.

—Parecen hermanos —dice Ethan.

Lo miro como si acabara de ofenderme a mí y a toda mi línea ancestral.

—Dios, no digas eso.

—No sería tan malo —dice Carlos.

—Quieres que te golpee, ¿verdad?

—Sabes que me quieres demasiado para hacer eso —me toma la mano antes de que pueda hacer otra cosa, incluso si es sólo un juego—. No podía contestar tus mensajes, me obligaron a apagar mi teléfono. Lo siento. Te compraré un helado más tarde, lo juro.

—Esta vez será un banana split completo.

—Con chispas extra si quieres.

Me alejo de él, retirándome el cabello de mi campo de visión. Desearía no haberme puesto loca con Carlos enfrente de Ethan; ahora debe pensar que de verdad soy una psicótica.

—¿Qué está pasando aquí? —pregunta Ethan mientras doy un paso atrás y me enfoco en el lugar que mi amigo resguarda.

Carlos está parado junto a una salida de incendios abierta por una piedra.

—No mucho, es una pequeña fiesta para ustedes y los otros novatos que decidieron entrar al club. Tenemos contacto con el personal del hotel que trabaja esta noche, y movieron algunos hilos para que pudiéramos tener acceso a la alberca toda la noche.

—No trajimos trajes de baño —digo.

—Ella tiene razón.

Carlos suspira y luego me empuja por el hombro hacia la puerta.

—Vayan adentro, habitación 154, y no molesten al personal del hotel. Anna les dará lo que necesiten.

No nos toma mucho encontrar la habitación, ya que está a dos puertas de la salida de emergencia. La alfombra bajo nuestros pies es de un feo color verde muerto con algunos rombos que miro fijamente mientras llamo a la puerta.

—¿Cuál es la contraseña?

Ethan y yo volteamos a vernos.

—¿Hay una contraseña? —pregunta él.

—¡Pandemaiz! —digo, reanimada.

—Eso es. Siempre es divertido ver quién la recuerda. Entren los dos.

Dentro hay dos camas en las que me da un poco de miedo sentarme. Las paredes son de un beige grisáceo y la alfombra es una extensión de la de afuera. Alan ve un programa de cocina en la vieja televisión del rincón. Lleva un traje de baño como Carlos, excepto que el suyo es de un morado brillante.

—Quería que fuera una sorpresa, así que no le dije a nadie más que a ti —Anna me señala guiñando un ojo—. Pero tengo trajes de baño para todos en caso de que los hayan olvidado.

Nos acompaña hacia la cama junto a la ventana, donde Scott mira un par de shorts. Asiente como saludo y sigue buscando. Sobre la cama se extiende una variedad de trajes de baño para hombre y mujer en diferentes tallas.

—Son de beneficencia, así que no se preocupen por el dinero, y los lavé anoche, así que no teman. Usé las tallas que nos dieron para las camisetas del club para hacerme una idea de qué comprar así que, si encuentran algo que les guste, pruébenselo —señala la vieja mesa en la esquina, sobre la que hay un par de platos con papas, salsa, queso, y toda esa comida digna de masticar—. Tenemos algunos bocadillos y vamos a esperar un poco a los demás miembros antes de ir a la alberca. Siéntanse como en su casa.

—¿Todo esto es por los nuevos miembros? —pregunta Ethan; se acerca a la cama y agarra un par de shorts con la misma desconfianza que un niño le tiene al brócoli.

—Sí, y porque nos gusta divertirnos —dice Anna—. Hoy serás bautizado en nuestro culto, Ethan. Y te vamos a decir cuál va a ser tu sacrificio.

—Eso es un poco siniestro —interviene Scott.

—A Anna le gusta hacer comentarios siniestros de vez en cuando, ya saben —dice Alan desde su lugar—. Es lo suyo.

—No estaré en desacuerdo con ninguno de ustedes —Ana se encoge de hombros y toma una botella de agua de la mesa de noche entre las dos camas—. Ustedes preocúpense por encontrar algo que les guste. La reunión comenzará pronto.

Hay un traje de baño de una pieza, negro con puntos blancos y, aunque el diseño es un poco anticuado, parece ser de mi talla para probármelo. Cuando me lo pongo, se siente lo bastante cómodo como para agarrar una de las toallas que nos dieron y envolvérmela sobre los hombros.

Ethan y yo hacemos contacto visual cuando salgo del baño. De su brazo cuelga un par de shorts, pero ambos nos volteamos para otro lado mientras lo dejo entrar al baño para que pueda cambiarse de ropa.

Cuando llegan los demás, Anna llama a Carlos y todos vamos a la alberca. Ya no hay sol a esta hora de la tarde en mitad del invierno, pero el clima hoy es lo suficientemente templado para que no parezca que estamos a finales de enero. Todo lo que hay que esperar es que el agua esté caliente para que no nos dé hipotermia con el frío de la noche.

Un par de mesas y camastros rodean la alberca, así como una silla de salvavidas y una sola boya de rescate. Detrás de las sillas hay un gran letrero que indica el horario de la alberca y, con letras rojas y gruesas dice: NO HAY SALVAVIDAS DE GUARDIA. NADE BAJO SU PROPIO RIESGO.

—¡Todos al frente y al centro! —grita Carlos.

—El Club de Historia fue fundado por cinco estudiantes de Westray hace treinta años —Anna camina frente a la alberca; la luz azul del agua brilla sobre nosotros. Por fortuna esta noche no hay huéspedes del hotel afuera—. No querían que fuera demasiado formal ya que todos eran amigos. Por supuesto, querían reconocimiento y algo sobre lo que pudieran escribir a sus familias con orgullo.

—No hay nada muy histórico al respecto —masculla Ethan, parado justo a mi lado.

—Pero para que la gente se volviera parte del club tenía que hacer más que conseguir un bonche de cartas de recomendación y tener calificaciones perfectas.

—Así que optaron por quebrantar la ley —susurra Ethan.

Lo silencio con una mirada y él se encoge de hombros. Es un poco difícil ser dura con él cuando lleva traje de baño. El chico se ejercita. Tiene buenos bíceps; diablos, todo su cuerpo se ve bien, pero nunca lo noté porque siempre trae, al menos, dos capas de ropa.

—Ya que tuvimos nuestra ceremonia de inducción…

Me doy cuenta de que Anna ha estado hablando mientras yo intentaba no mirar fijamente a Ethan.

—Pensé que sería divertido tener una fiesta de alberca para celebrar que tenemos todos los miembros necesarios para mantener el club a flote este semestre.

Sigue una ronda de aplausos y luego ella levanta las manos pidiendo silencio.

—Por favor preséntense, digan cuál es su carrera y en qué año están, luego salten a la alberca mientras les damos la bienvenida al club. Después de eso, les daré a los novatos el reto asignado para su iniciación y luego todos podremos irnos a casa. Tenemos unos flotadores y un par de pistolas de agua, pero no debemos hacer mucho ruido en caso de que venga alguien —se aclara la garganta, da un paso adelante y mueve los hombros—. Soy Anna Howard, la presidenta del club. Éste es mi tercer año en la universidad y estudio Arte con subespecialidad en Historia.

Entonces salta y, por lo que puedo ver, el agua está más fría de lo que pensé, porque ella sale con un grito que rápidamente se transforma en una risa antes de gritarle a alguien más para que continúe.

—Soy Scott Miller, estudiante de tercer año de Historia con subespecialidad en Arquitectura —respira profundo y salta; su cabello largo vuela con el viento antes de que entre en el agua.

—Soy Carlos Oslo, estudiante de Ingeniería con subespecialidad en Historia, y *esta* adorable chica de aquí es Soledad Gutiérrez, estudiante de Historia con subespecialidad en Ciencias Políticas, y ambos somos de primer año.

Giro, siento cómo sube el pánico por mi garganta al verlo correr hacia mí, con los lentes de sol y sin intención de aminorar el paso.

—Espera, Carlos, no… —me envuelve la cintura con los brazos y al momento siguiente estamos sumergidos en agua helada. Lo empujo, pateando hasta alcanzar la superficie—. ¡Idiota!

Salpicarle agua no ayuda, a Carlos no le importa, ríe con fuerza y nada lejos de mí.

Ophelia lleva el cabello rojo atado en una trenza y enrollado sobre su cabeza como una corona, y es la siguiente, seguida por una de las chicas nuevas que dice llamarse Melina. Luego sigue Alan, y después las otras dos chicas, que se ven nerviosas ante toda la experiencia. Ethan está cerca de la orilla, con las manos a los costados.

—Mi nombre es Ethan Winston, estoy en el segundo año de la carrera de Física con subespecialidad en Ciencias de la Computación, y no sé nadar.

Otros y yo, gritamos.

—¡Espera!

Me mira directamente, guiña un ojo y salta al agua. Después de un segundo, sale sonriendo. Eso me hace perder el hilo más que ver sus bíceps, porque estoy acostumbrada a verlo enojado o serio.

—Hola, mi nombre es Angela y estudio el primer año de Química con subespecialidad en Ciencia Forense —salta, seguida de la última chica, Xiuying, quien dice rápidamente ser de primer año de premedicina con subespecialidad en Negocios, luego se cubre la cara antes de saltar.

Cuando todos están en la alberca, es como si se hubiera roto un extraño sello social. Es más fácil hablar con la gente cuando estás en cierto ambiente. Introvertida por naturaleza, nado hacia un lugar que no esté muy hondo para convivir. Anna sale de la alberca para poner música y lanzar flotadores a la gente.

Es relajante ver interactuar a otras personas, la forma en que cambian sus expresiones faciales y su lenguaje corporal. Así como mamá miraba a papá cuando él no se daba cuenta, o como cuando él se acercaba a ella en la mesa después de comer. Por eso me encantan las fotos inesperadas: en ellas de verdad brilla la personalidad de la gente. Scott le dispara a Alan con una pistola de agua, Ophelia está sobre uno de los flotadores, aunque no hay sol; Carlos y Anna revisan algo en el teléfono, fuera de la alberca; y las dos chicas nuevas, cuyos nombres ya olvidé, conviven en la esquina, hablando con Melina.

—¿En qué piensas?

Parpadeo, sin haberme dado cuenta de que Ethan se me había acercado.

—En la forma en que la gente se comporta con otras personas.

—Muy psicológico.

—Es algo humano, eso es todo. Sólo conocemos lo que los demás están dispuestos a mostrarnos.

Se me acerca, el agua hace sus pasos más lentos. Nuestras miradas se encuentran por una fracción de segundo antes de que yo desvíe la mirada.

—La manera en que hablamos e interactuamos con otros varía dependiendo de la situación —continúo.

—¿Como cuando nos conocimos y ahora?

—Gracias por traerme malos recuerdos, pero sí —me sumerjo en el agua para evitar que se me seque el pelo y me convierta en una esponja humana. Cuando salgo, Ethan sigue ahí, con los brazos cruzados sobre el pecho y mirándome—. ¿Por qué estás conmigo? Deberías ir a conocer a los demás miembros del club.

—Lo haré, sólo vigilaba cómo estabas.

—Ah, ¿necesito que me vigilen?

Ethan suspira y se aleja.

—No, me preguntaba por qué estabas sola en una esquina, eres más vivaz. Y después de que tu amigo te lanzara al agua, pensé que tal vez no te la estabas pasando muy bien.

Hago una pausa. Soy bastante tímida ante grupos grandes. Ethan sólo me ha visto ser extrovertida, principalmente porque, cuando estoy con él, se trata de un encuentro uno a uno.

—*Estoy* pasándola bien —le aseguro—. ¿Y tú?

Me estudia por un segundo y sonríe. Siento la repentina necesidad de sonreírle también.

—Yo también.

—Muy bien, gente —Anna se acerca a la alberca, su traje de baño negro de una sola pieza contrasta con su cabello—. Quédense donde están, tengo algunos anuncios más antes de que podamos relajarnos y dar esto por terminado en una hora.

—Nos va a dar las asignaciones, ¿verdad? —Ethan se vuelve a mover a un lado de la alberca, junto a mí; nuestros brazos se tocan y yo no me muevo.

—Eso creo —le susurro.

—No voy a darles detalles de lo que van a hacer, eso va contra las reglas —camina hacia un camastro en donde colocó su mochila anaranjada—. Para más detalles van a tener que escoger uno de éstos —sostiene unos sobres con nombres escritos.

Mi hoja de instrucciones incluía indicaciones sobre cómo entrar a la casa de los Winston por la parte trasera, que se abriría con la llave específicamente proporcionada, y un mapa mal hecho del primer piso. Sus pruebas no se tratan de ser sigiloso o inteligente, te dan todo, sólo quieren saber si eres lo suficientemente valiente o estúpido para completar todo.

—Todo lo que voy a decir —dice Anna— es: Melina, espero que no temas a las alturas. Angela, espero que no temas ensuciarte las manos. Xiuying, espero que estés dispuesta a mentirle a alguien importante. Ethan —Anna se gira hacia nosotros, moviendo un poco los hombros—, espero que no le tengas miedo a la oscuridad.

—¿Qué crees que signifique eso? —trato de no temblar mucho en el asiento de pasajeros mientras Ethan maneja de regreso de la fiesta en la alberca. Ya son las diez y no lo pensé mucho cuando me preguntó si necesitaba *ride* de vuelta a casa; después de todo, mi mochila y mi bicicleta seguían en su coche.

Después de los mensajes crípticos, Anna les dijo a todos que volvieran a disfrutar la fiesta, y se negó a darme más información cuando le pregunté. Carlos, maldito sea, tampoco había sido de mucha ayuda. También se ofreció a llevarme a casa, pero después de su artimaña de hoy, le levanté el dedo y me marché con Ethan detrás de mí.

Todo lo que Ethan había obtenido al final de la fiesta era un pequeño sobre con las instrucciones. Le dijeron que no lo abriera hasta que estuviera en su casa.

—No lo sé —dice finalmente, con los ojos enfocados en la carretera y las dos manos sobre el volante—. ¿Estás segura de que prometió no involucrarme en nada peligroso?

—Dijo que intentaría que fuera lo más seguro posible —las luces de las calles brillan en la ventana, haciendo que los vecindarios y pequeños negocios cobren vida en la noche.

—Sigo teniendo un mal presentimiento sobre todo esto.

Yo también.

—Por cierto, ¿dónde está tu casa? —se detiene lentamente ante una luz roja.

Por alguna razón, pensé que me iba a dejar en la escuela. Pero, cuando puse atención a la zona de la ciudad en la que estábamos, me queda claro que Ethan está manejando en el perímetro en vez de cortar por el WCC para llegar a casa.

—Um…, ¿ves donde viven tus abuelos?

—Sí, ahí vivo.

El semáforo se pone en verde.

—Vivo como a tres calles de ahí —siento que si no fuera manejando me miraría con furia.

—¿Pedaleas a la escuela todos los días desde tan lejos?

—No está tan lejos…

—Son al menos ocho kilómetros.

—La gente corre más que eso en las mañanas.

—Es verdad, pero sigue siendo una locura —suena impresionado—. Ojalá pudiera hacer eso. Espera, ¿qué haces cuando hace frío?

—Si hace menos de cuatro grados, le pido a mi papá que me lleve. Me da tiempo de hacer la tarea —al principio, papá quería que me llevara el coche a la escuela. Aunque la puerta trasera casi se estaba cayendo, seguía siendo manejable, pero con mi brazo roto, los golpes en los costados, y el frágil estado emocional después de perder a mi mamá gracias al gobierno estadounidense, no podía manejar la máquina de la muerte. Cada vez que me ponía tras el volante, temblaba y me daba mucho miedo lo que pudiera hacer la demás gente, sobre todo en la carretera. Papá dice que es algo que se pasa entre más manejas, y me ofrece su camioneta de vez en cuando, pero no es lo mismo.

Llegará un momento en mi vida en el que no manejar no será una opción, y tendré que superarlo, aunque estoy consciente de que aún no llego ahí. Además, con el recorte en los ingresos y la reducción de la casa, pensamos que vender el coche era la mejor opción para la familia.

Así que escojo una bicicleta porque las bicicletas son sencillas. Con una bici no tengo que preocuparme por la vida de alguien más. Si alguien decide golpearme, sólo es a mí.

—Si alguna vez necesitas *ride* a la escuela, mándame mensaje —dice Ethan, bajando la velocidad ante un señalamiento de ceder el paso.

—Estás siendo agradable. ¿Por qué?

—¿No puedo serlo?

—Es raro —me recargo en la puerta. En mi cabeza suena la voz de mi madre, diciéndome que la puerta se puede abrir y podría caer hacia la muerte, así que me vuelvo a enderezar en el asiento—. He sido una estúpida contigo las últimas semanas.

—No eres una estúpida, sólo eres…

—¿Una perra?

—¿Puedes dejar de insultarte?

—Trato de dar ejemplos de cómo me han llamado antes —en realidad, intento hacerlo reír. Ha estado tenso desde que Anna le dio el sobre, y parte de mí quiere ver ese destello de jocosidad que me mostró antes de saltar a la alberca; fue una bocanada de aire fresco.

—Ellos son los estúpidos por llamarte así —da la vuelta lentamente hacia la calle que va para su vecindario—. Pareces tener la impresión de que te odio, cuando sólo estoy molesto *cerca* de ti la mitad del tiempo. Noventa por ciento de *ese* tiempo, eres tú quien se pone en esa situación.

—¿Qué significa eso?

El vecindario cerca de nuestra casa tiene algunos topes por aquí y por allá. Los pasa despacio y, cuando pasa por la calle de sus abuelos, me enderezo un poco para ver mi vieja casa. Allí está, sigue ahí. Alguien la pintó de blanco en vez del verde pálido que solía tener cuando era niña. Quitaron el naranjo que mi mamá plantó, y reemplazaron los arbustos de rosas por setos, se ve... moderno. Siempre que voy a la escuela, evito esta calle por temor a ver cómo la han cambiado.

Se ve bien, no tiene nada de malo. Sólo que ya no es mi casa.

—...Que incluso cuando trato de ser amistoso, por alguna razón, me obligas constantemente a no serlo. ¿Doy vuelta a la izquierda o a la derecha? —la voz de Ethan me devuelve a la conversación.

—A la izquierda, y luego sigue derecho tres cuadras, después da vuelta a la derecha. Te diré cuál es el edificio de departamentos cuando lleguemos ahí —levanto la mano para morderme la uña del pulgar, pero la retiro rápido. Es una vieja costumbre que estoy tratando de eliminar, pero es difícil cuando estoy estresada—. Siento que creas que quiero que me odies.

—Difícilmente suena a disculpa.

—No soy muy buena disculpándome —miro por la ventana mientras recorremos el vecindario, no puedo evitar notar lo cerca que vivimos. Literalmente, podría caminar hasta su casa si quisiera. Diablos, podría haberle dicho que me dejara en su casa y pedalear hacia la mía, así nunca habría conocido mi dirección—. Supongo que una parte de mí quiere que estés enojado conmigo. Siento que me lo merezco.

—¿Por todo lo del allanamiento y eso?

—Obvio, pero también porque eres tan lindo. Lo dejas pasar con facilidad, o al menos así lo sentí. Creo que nunca estuve de acuerdo con la idea de allanar la casa de alguien. Debí haber dicho que no; entonces nunca me habrías conocido y no tendría que preocuparme de que llamaras a la policía. Pero eres demasiado bueno para hacerlo, y eso me hace sentir peor —la música que sonaba en su radio se desvanece despacio, y me toma un momento darme cuenta de que le había estado bajando el volumen mientras yo hablaba.

—Soledad —pronuncia raro mi nombre, abre mucho la boca en la parte de "le", y el "so" lo dice como en inglés, pero no me molesta; lo pronuncia mejor que muchos baristas—. Estaba furioso la noche que te encontré en casa de mis abuelos. Estaban de vacaciones, y yo acababa de regresar de visitar a un familiar esa misma noche. He vivido con mis abuelos desde que era chico y nunca me había sentido tan vulnerable en mi propia casa. Pensé que habías robado algo de valor, y mis abuelos son mi mundo. Quería atraparte y hacerte enfrentar las consecuencias. Seguro lo habría hecho si no hubieras saltado por la ventana.

No tenía idea de que Ethan había vivido con sus abuelos desde que era niño. Aunque quiero preguntarle más al respecto, sé que no es el momento. Sólo me hace pensar si fuimos a la misma preparatoria; es sólo dos años mayor que yo, aunque esos años a veces marcan la diferencia en un grupo de amigos. Mamá siempre me llevaba a la escuela, así que no tomaba el autobús, entonces tampoco nos habríamos conocido allí.

Dejo de pensar en eso.

—No estás haciéndome sentir menos culpable. Puedes estacionarte aquí, vivo en el siguiente edificio —sólo parece estar encendida la luz de la sala, lo que significa que papá ya se fue a dormir—. Ya que diste por hecho que estaba muerta, ¿te sentiste mal por mí?

—No pensé que morirías, pensé que te habrías roto alguna extremidad o dos.

—Hermoso.

—No digo esto para hacerte sentir mejor, creo que debería haber un sentimiento de culpa por lo que hiciste, *pero* mi noche ya había sido demasiado mala antes de verte. La empeoraste y la tomé contra ti al perseguirte —se ríe y detiene el coche junto a la banqueta cerca de mi departamento—. Puedes pensar que estoy loco, pero después de verte cojeando me sentí mejor porque me hiciste reír.

—Aspiro a ser el momento cómico de esta historia —su expresión me hace respirar con más facilidad—. ¿Entonces no me odias? ¿En serio?

—No, sólo me molestas de vez en cuando. Serías mucho menos molesta si dejaras de ser tan autocrítica.

—Pero es lo que hago mejor —me apoyo en la autocrítica como en una muleta. La gente no puede insultarte cuando ya te insultaste tú misma.

—Estoy seguro de que puedes encontrar otro pasatiempo. Eres una mujer ingeniosa —se sienta, alcanza su bolsillo trasero y saca el sobre—. ¿Qué tal si leemos esto ahora en vez de esperar a que llegue a casa?

—Seguro.

Ethan busca la luz y la enciende, entonces saca la carta y la lee en voz alta.

Para Ethan Winston:

El Archivo Histórico de Westray es un museo ubicado en el centro de Westray que ha sido parte de la comunidad desde abril de 1963. Estamos seguros de que, como entusiasta de la Historia, has visitado este archivo histórico más de una vez. Está abierto de diez de la mañana a diez de la noche; alberga diferentes exposiciones según la época del año, y tiene una cuota de tres dólares para estudiantes. El museo es una iglesia católica que fue abandonada y restaurada hace muchos años, y aún conserva un campanario totalmente funcional, aunque esta parte del museo no está abierta al público.

Tu misión será tocar la campana del archivo a la medianoche. Por supuesto, no es una hazaña sencilla, y no estarás solo. Para hacerlo tendrás...

Se detiene, me mira, se aclara la garganta y continúa.

...la ayuda de Soledad Gutiérrez para completar la tarea.

—Espera, ¿qué dijiste?

—Dice que tú me vas a ayudar.

—No, no es así. Dame eso —le quito el papel de las manos y lo leo por encima hasta que encuentro mi nombre—. ¿Qué diablos?

Tendrás la ayuda de Soledad Gutiérrez para completar la tarea. Los dos se quedarán una hora y media después de que cierre el museo sin que los detecte seguridad, y se dirigirán a la zona prohibida. A las once y media habrá un corte de electricidad que durará treinta minutos, así que todas las grabaciones de seguridad se perderán. Los dos subirán a la torre del campanario. Mientras Soledad te toma video, tú tocarás la campana para anunciar la medianoche. Habrá una puerta de salida abierta para que puedan salir a salvo, y un vehículo los estará esperando afuera del jardín principal del museo.

Volteo la página, tratando de encontrar alguna indicación de que es un chiste, pero todo lo que encuentro es un mapa detallado del museo, todos los tres niveles. La torre del campanario está en el cuarto piso. Esto es lo *contrario* de seguro.

—Esto es irreal —digo. Ethan mira a través del parabrisas. Le pongo una mano en el brazo—. No te preocupes, arreglaré esto.

—No tienes que arreglar nada, Sol.

—Entiendo que tal vez no quieras volverte parte del club, pero juro que conseguiré tu llave. No te prometo lo del tenedor, pero…

—No, está bien —voltea a verme, una luz se refleja en la orilla de sus lentes—. Voy a hacerlo, si no tienes problema en ayudarme.

—¿Lo harás?

—Ya llegué hasta aquí, ¿no? Salté a la alberca y todo.

—No creo que sea una buena idea —el único sonido que sigue a mi comentario es el zumbido del aire acondicionado. No debería sorprenderme que Anna se haya puesto creativa con el reto, pero estoy muy enojada.

—Yo tampoco —me quita el papel y lo vuelve a doblar despacio—. Pero no creo que Anna vaya a cambiar de opinión, y estoy cansado de esperar a ver si lo hace.

—Entonces te ayudaré. Yo te metí en este lío así que te ayudaré a salir de él —alzo la mano—. Lo prometo.

—Yo… ¿En serio?

—Siempre hablo en serio cuando prometo cosas.

Entrelaza su meñique con el mío.

—Prometido, Sol. Estamos juntos en esto.

—Como en *High School Musical*.

Se ríe de nuevo. Me gusta.

—Sal de mi coche.

—Esa película merecía un Óscar.

—Fuera de mi coche, Sol.

Resoplando, agarro mi mochila y la bolsa de plástico con mi nuevo traje de baño antes de abrir la puerta del coche. Al dar unos pasos por la banqueta, me doy cuenta de que mi bici sigue enganchada a su auto. Señalo la parte de atrás para recordarle a Ethan.

—Ah, claro.

Me ayuda a bajar la bici. El vecindario está en silencio a esta hora de la noche, las luces de las calles son la única forma de que podamos ver mientras coloca el portabicicletas en la cajuela. Es un coche bonito, más bonito que el que perdí el año pasado, y lo mantiene muy bien.

—Gracias por el *ride*, de verdad lo agradezco.

—Como dije, si alguna vez lo necesitas, mándame mensaje.

Se queda un rato y yo también. Luego le doy un medio abrazo. Lo más probable es que me arrepienta después, pero lo hago con todos mis amigos, y se siente bien en este momento.

—Nos vemos luego, Ethan.

Se despide poniendo dos dedos en la frente en un saludo militar, mientras regresa al asiento del conductor.

—Buenas noches, Sol.

Espero hasta que retorna y da una vuelta en U en una entrada antes de caminar a casa. La noche es agradable, y todo lo que pasó hoy parece un sueño raro. Voy a pasar más tiempo con Ethan del que había pensado pero, por alguna extraña razón, eso ya no parece tan malo.

10

Me estoy muriendo. Son las ocho de la mañana y el profesor no deja de hablar sobre la complejidad de los estudios del comportamiento que se realizaron después de la Segunda Guerra Mundial. Es un buen punto, y es un tema un tanto interesante e intrigante, considerando lo mucho que estaba cambiando el mundo en ese momento pero, con todo y eso, no tengo energía suficiente para mantenerme despierta y procesar la mitad de lo que está diciendo.

Culpo a Anna por su estúpido reto. Es injusto que yo tenga que ser parte de ello, porque ya estoy dentro del club. Quiero preguntarle por qué lo hizo, golpear el suelo con el pie como si fuera una niña de ocho años enojada, y exigir un reembolso porque esto no fue para lo que me registré; a diferencia de mi clase, para la que sí me registré y por la que *yo* estoy pagando.

—En opinión de Merriam y el planteamiento de otros científicos políticos de ver al individuo en vez de enfocarse simplemente en el gobierno...

Al menos tengo notas que escribí anoche al leer los capítulos y que puedo subrayar durante la clase; bendito sea el Dr. Barton, siempre hace su mejor esfuerzo por involucrar a los alumnos, y me mata lentamente cuando hace una pregunta y nadie se atreve a contestarla.

También culpo a Ethan, por lo que dijo, que levanto muros y alejo a la gente. No se equivoca. Dejo que me domine la culpa y trato de arreglar todo por mi cuenta.

Por eso Tyler terminó conmigo.

—Ahora tenemos el posconductismo, que fue una reacción al conductismo cuando los científicos empezaron a...

Un minuto...

También estuvieron la promesa con los meñiques y el abrazo. No quiero obsesionarme con eso porque me es muy fácil sentir algo por alguien. Cada vez que me gusta alguien me siento físicamente enferma, cada vez que estoy cerca siento que voy a vomitar o a desmayarme.

No es que sea la primera vez. Ya tuve una relación real en el pasado, al igual que algunos "encuentros", como a Carlos le gusta llamarles, ya que él era quien movía los hilos para eso la mayoría de las veces, pero los sentimientos nunca cambian. Mi cuerpo no me deja funcionar con normalidad cuando me gusta una persona.

Es tonto, y me tardé en salir con Tyler en la prepa porque se sentía raro. Culpen a mis ligeramente religiosos papás y al hecho de que no estaba al tanto de que le gustaba a Tyler hasta que me detuvo en camino a la segunda clase y me preguntó si quería ser su novia. Tuve que ir a la enfermería después de eso, y él pensó que me daba asco pero, en realidad, estaba tan impactada por mis propios sentimientos que simplemente no pude responderle. Una semana después lo besé saliendo de la escuela. No me podía concentrar; ese chico me gustó tanto y tan rápido que estaba dudando de mis emociones.

De algún modo, mi lado emocional fue lo que causó que rompiéramos. En realidad, no culpo a Tyler: no podía manejar que yo fuera emocional y me quebrara después de lo que pasó.

Lo ignoré mucho y me convertí en una persona diferente de la que era antes del accidente. Me dijo que necesitaba sobreponerme y continuar con mi vida, y aunque ahora creo entender lo que quiso decir, en aquel entonces lo tomé como un insulto. No había manera de resolver las cosas después de eso.

Me tomó todo un verano de conocer a extraños y tener emociones mezcladas para darme cuenta de que, tal vez, no estaba destinada a conocer a nadie hasta que me entendiera a mí misma.

El punto es que estoy muy lejos de conocerme, y aunque sé que no siento nada por Ethan, me gusta estar con él; y es guapo, nadie puede negarlo. Es difícil no tener un *crush* con él, y de verdad no puedo explicar por qué. Es bonito conocer a alguien que no sepa lo que pasó y no me juzgue por ello, incluso si esta relación dura sólo hasta que le devuelva sus pertenencias.

Miro en el pizarrón el documento de Word con las palabras clave de la clase de hoy, tratando de descubrir en qué tema vamos. Desearía que animara un poco las cosas con diapositivas de PowerPoint, pero el Dr. Barton cree en el viejo tipo de lecturas, y lo he estado viendo mover la boca sin retener nada de la información que intenta transmitir.

—Para la próxima clase vamos a ver el capítulo tres y los componentes de las ciencias políticas, y luego tendremos nuestro primer examen, así que espero que estén al día con el material de lectura.

Dios, me prometí poner atención a la clase esta vez; le fallé al Dr. Barton.

—¿Qué te pareció la lectura? —pregunta Diane mientras salimos del salón; el pasillo se llena poco a poco de estudiantes.

—¿Quieres decir qué tal estuvo mi siesta?

Me toma del codo para que la multitud no nos separe.

—Sí, me di cuenta de que estabas ida. Estoy casi segura de que Barton también lo notó, pero es demasiado buena gente para decir algo.

—No lo pude evitar. Así como van las cosas últimamente, apenas pude dormir anoche.

—¿Y de quién es la culpa?

—No necesito tu irreverencia en este momento, gracias.

Salimos del edificio de Artes hacia un sendero de concreto que lleva a la asociación de estudiantes, donde planeamos almorzar. Está más templado hoy, así que algunos estudiantes en la plaza llevan puesto lo que me parece como: hace-frío-en-este-momento-pero-en-un-par-de-horas-mi-trasero-estará-sudando-con-la-ropa-de-invierno. La fuente en medio de la plaza está encendida, salpica de vez en cuando mientras la gente se reúne en las áreas verdes entre los edificios, estudiando o comiendo antes de que empiece el siguiente bloque de clases. Le cuento a Diane sobre la siguiente "tarea" que el club tiene para Ethan y para mí.

—Te están pidiendo que infrinjas la ley otra vez. Un día alguien los va a demandar y entonces se desatará el infierno. Sin mencionar lo que le puede pasar a tu familia. No necesitas esa clase de peligro, Sol.

Hago una mueca y me zafo de su brazo.

—No digas eso. Aun si lo que hacen es estúpido, sigo siendo miembro. Si algo pasa también me afectará a mí. El club no haría nada que me pusiera en peligro serio.

—Eso es lo que digo. Pero espero que no te pase nada, ni a Carlos, ni a Ethan —Diane suspira.

—La verdad me siento mal por haberlo involucrado.

—No te sientas así —me toma el hombro, y se detiene en medio del pasillo—. Lo hizo él solo. Si no hubiera querido involucrarse, habría llamado a la policía.

Tiene razón; de algún modo, lo sé, pero no se siente bien. Nunca se sintió bien, desde el principio. Cuando me dieron la misión le dije a Anna que no lo haría. Los Winston no lo merecían. Son una pareja mayor de la que no sabía mucho, pero que siempre pareció la imagen perfecta de los abuelos, aquellos que nunca tuve. Después de que mamá y papá se escaparon y se mudaron a California, fue muy poco lo que escuché de mis abuelos. Sé que la mamá de mi mamá vive en Texas, y también es inmigrante ilegal; y aunque ha mencionado que deberíamos visitarla, nunca lo hemos hecho.

Los Winston eran esa pareja pintoresca que me saludaba si yo los saludaba mientras caminaba a casa.

Y, aun así, lo hice, convenciéndome de que estaría bien porque en el fondo no estaba allanando si tenía una llave. No estaba robando si cambiaba un tenedor por otro. Nunca había estado allí si nadie me cachaba.

Incluso ahora, no estoy muy segura de por qué lo hice. Me digo a mí misma que era un requisito del club que tenía sentido con mi carrera. A veces creo que sólo quería un poco de emoción en mi vida. Anna me preguntó si me sentiría culpable si Ethan no me hubiera encontrado y, para ser honesta, en este punto ni siquiera estoy segura; pero cuando Ethan dijo que sus abuelos no lo merecían, estuve totalmente de acuerdo, y me sentía responsable. Quizás es porque soy católica y pienso que todos mis pecados me persiguen, como una especie de mochila emocional.

—Es raro que, después de todo lo que ha pasado, se sigue poniendo en riesgo cuando no tenía nada que perder aparte de la llave —digo mientras reanudamos nuestra caminata; las puertas dobles de la asociación ofrecen el aire acondicionado y la comida que anhelábamos—. Cambió las cerraduras, así que la única razón por la que está haciendo esto es porque es terco.

—Como tú.

—¡Oye! —me detengo, mirándola—. ¿Del lado de quién estás?

Diane me pasa un brazo por los hombros y sigue caminando.

—Estoy de tu lado. A lo que voy es que tal vez él vio algo en ti que le recordó a sí mismo. ¿Quién sabe? A lo mejor le gustas. ¿Qué tal si todo esto es un elaborado plan para acostarse contigo?

—Me lo podría haber pedido, y no habría dicho que no.

—¿Qué?

—Es un diez en traje de baño —guiño un ojo—. Buen padre, seguro.

—¡Ew! ¡No digas eso! Me da asco.

Compro un combo de hamburguesa en el McDonald's de la asociación; Diane compra una hamburguesa vegana en el restaurante vegetariano-vegano que la universidad puso después de que lo pidieran muchos estudiantes. Comemos cerca de los ventanales con vistas hacia el jardín que separa el edificio de la biblioteca, que es mi siguiente destino ya que hoy trabajo hasta las cinco.

Mientras comemos, mensajeo a mamá, para contarle mis planes para la semana y todas las cosas buenas. A veces me manda videos de madres e hijas, o compilaciones de perritos que encuentra en Facebook; pequeñas cosas que mantienen nuestras conversaciones tan vivas como es posible. A veces olvido mensajearla en todo el día y me siento mal cuando me pregunta si todo está bien cuando llega la noche. No puedo evitar sentirme como una mala hija cuando se me olvida hablar con ella; siento que la lastimo sin querer.

—Si hacen lo del museo, ¿cuándo será? —Diane le da una mordida a su hamburguesa.

Deslizo todas mis notificaciones, intentando despejar la barra en la parte superior de mi teléfono.

—El próximo sábado, el día que tenemos las reuniones del club.

—¿Estás lista?

—Nunca he estado lista. No creo que Ethan esté listo tampoco, pero ¿qué podemos hacer?

—Renunciar.

—Hilarante.

—Oye, al menos trato de guiarte por el camino correcto —sostiene su comida—. Puede que un día me agradezcas cuando estés fuera de este lío.

—Renunciar no es fácil, Diane.

—Eso suena exactamente a lo que diría un drogadicto. ¿Qué vas a hacer este fin de semana?

Espero a que pasen unos estudiantes con sus charolas de comida; muerdo una de mis papas antes de responder.

—¿Quieres decir además de quedarme ilegalmente en el museo y tocar la campana a la medianoche?

—Sí, aparte de eso.

—Estudiar para el examen de la próxima semana.

—Ven al bar conmigo y mi amiga.

—¿Ya duermen juntas? —noto que ella evitó decir la palabra *novia*.

—No, claro que no. No quiero apresurar las cosas, pero le conté de ti, y planeábamos salir este fin de semana.

—No puedo beber, Diane.

—No tienes que beber en un bar —me le quedo viendo—. O podríamos hacer otra cosa. Te necesito con tus ojos detectores de relaciones. Anda, Sol, eres mi amiga, deberías conocer a la chica con la que hablo.

Una vez le dije a Diane que podía detectar si una pareja seguiría junta o no. No es brujería, es fácil de ver por la manera en que interactúan, pero me ha llamado *witch* desde entonces.

—Claro, si esta vez no termino en la cárcel. Llevaré a Carlos para no hacer mal tercio— ella ignora mi comentario mientras seguimos comiendo en medio del caos del área de comida.

—¿Qué tal tu día? —pregunta papá, echándole salsa verde a los huevos que le hice para cenar. Pongo una cucharada de frijoles refritos sobre mi plato y me siento junto a él en el sillón. Compramos dos pequeñas mesas plegables que podemos colocar en la sala, y funcionan mejor en ese espacio que nuestra mesa de cocina en la esquina. De hecho, hemos mencionado deshacernos de la mesa de la cocina y las dos sillas restantes, para así tener más espacio en el departamento. Sólo que no lo hemos hecho.

—*Fine* —respondo, buscando el tortillero y tomando una tortilla de maíz—. Cansado, como siempre. ¿Cómo estuvo el tuyo?

Papá suspira, sacude la cabeza mientras se sirve más comida.

—Ya sabes cómo es con mi jefe.

—¿Supongo que el proyecto no va bien?

—El proyecto va bien. De hecho, queremos terminarlo a fin de mes. El problema es el dinero y que no quieren pagarles a algunos empleados lo que les habían prometido.

—¿Los trabajadores a los que no les quieren pagar son los mismos ilegales?

—Por supuesto.

A papá le pagan bien y a tiempo porque es residente. Es la razón por la que ha permanecido tanto tiempo en el negocio de la construcción, pero algunos de sus colegas trabajan largas horas bajo el sol y la lluvia, y no les pagan lo prometido porque no tienen documentos y no pueden hablar con nadie sobre lo injusto del trato. La gente parece pensar que si ganamos más del sueldo mínimo es un ataque personal a su supervivencia.

Comemos un momento, escuchando a los presentadores de noticias hablar entre ellos en Univisión.

—Estaba pensando en visitar a mamá en Navidad.

Papá me mira. Yo suspiro y me recargo para beber mi jugo de manzana.

—Mira, Soledad, no es que no quiera que vayas… las cosas están bastante feas por ahora, sobre todo en las carreteras.

—Las cosas siempre han estado feas —es injusto que mis compañeros vayan a México y regresen ilesos, e incluso compartan maravillosas fotos de su estancia allí. Carlos siempre me pregunta si quiero botanas o regalos de sus viajes, y habla de llevarme en su maleta la próxima vez. Me siento muy desconectada de un país entero por el miedo de mis papás—. Mamá vive bien allá.

—Tu mamá vivió en México de niña, sabe algunas cosas que tú no, sobre todo porque la criaron tus abuelos. Cualquiera puede verte y darse cuenta inmediatamente de que no eres de ahí —me recargo, se me fue el apetito—. Si las cosas se tranquilizan, podemos pensar en un viaje familiar, pero no quiero que viajes sola.

Es frustrante no sentirse aceptada en un país ni en otro.

—Apenas ayer uno de mis compañeros de trabajo me contó que una familia completa desapareció afuera de Monterrey. Todavía no los encuentran —continúa.

—Está feo, lo sé —así como mi apetito, mi ánimo ha decaído, pero tengo que comer o papá se sentirá mal—. Pero la extraño.

—Lo sé, *sweetheart* —pone su mano sobre la mía—. Está con nosotros en espíritu, y queremos asegurarnos de que estés bien.

Revuelvo mi comida, pensando en mamá viviendo en Monterrey. Dice que es hermoso. Tiene su lado malo, por supuesto, y su sueldo es tan poco que no podría pagar un departamento si no fuera por la ayuda monetaria que papá le envía cada mes, sin mencionar el costo del transporte y el tráfico. También la han seguido a la estación de autobuses, y sospecha que una vez trataron de secuestrarla.

Pero dice que es hermoso, y que disfruta ver el Cerro de la Silla desde su ventana por las mañanas y comprar un café de camino al trabajo. Dice que, de algún modo, se ha habituado al estilo de vida.

Seguro.

Me pregunto qué quiere decir papá con eso, porque no se siente muy seguro estar arriesgando mi historial académico, mi reputación y su confianza para permanecer en un estúpido club.

11

Hay un silencio sepulcral en la camioneta mientras vamos por la autopista. Ethan y yo vamos sentados atrás. Scott maneja y Anna va en el asiento del copiloto leyendo mensajes en su teléfono. Siento como si sudara pero sé que no es así, o al menos espero que no. Me presiono la mano contra la sien, pero no se siente mojada.

—Chicos, ¿les importa si pongo música? —pregunta Scott.

Me aclaro la garganta antes de contestar.

—Claro, adelante.

En segundos comienza a sonar "Hello", de Lionel Richie. Me encanta esta canción; estaría bailoteando y cantando si no estuviera en una camioneta en camino a otra ubicación, en la que supone que debo violar la ley. En mi opinión, no es necesariamente la definición de un divertido viaje escolar.

Volteo a ver a Ethan y me doy cuenta de que me está mirando.

La voz de Lionel suena tenue de fondo, y es entonces que me percato de lo extrañamente cerca que estamos Ethan y yo. Se me calienta la cara y el estómago me da vueltas cuando las luces del coche detrás de nosotros perfilan sus rasgos con suavidad.

—¿Estás bien? —susurra Ethan.

—Sólo nerviosa —llevo el cabello en un chongo apretado, así que no puedo jugar con él para distraerme de lo cerca que estamos—. Espero que todo salga bien.

—Así será.

—¿Y por qué debería confiar en ti? —quiero que suene jocoso, pero la tensión en el vehículo lo dificulta.

Él sacude la cabeza.

—No confíes en mí. Confía en nosotros —se estira y enlaza mi meñique con el suyo—. Estamos juntos en esto y vamos a superarlo.

—¿Se van a besar? —pregunta Scott, y me toma un segundo darme cuenta de que nos ve por el retrovisor.

—Creo que iban a hacerlo antes de que los interrumpieras —responde Anna, que se inclina sobre el tablero y nos sonríe—. No se preocupen, tendrán tiempo suficiente para estrechar lazos en el museo, pero asegúrense de guardar silencio.

—¿Cómo va a funcionar esto? —Ethan se vuelve a recargar en el asiento, en su postura hay incredulidad.

—Pensé que ambos habían leído la carta —sonríe con satisfacción.

—No explicaba muy bien lo que se supone que debemos hacer, sobre todo cómo encontrar el área prohibida del museo.

—Ah, eso —resopla—. Es fácil. Entrarán al museo por atrás, con pases por supuesto, así, si los encuentran, mentirán y dirán que se perdieron. La exposición más cercana a la torre del campanario estará al este de donde entraron. Sigue en construcción, entonces, cuando vean pósters de… —busca algo en su teléfono— *Cultura Mexicana a finales de 1800*, sabrán que están cerca. Está cerrada al público, pero ustedes son unos tortolitos audaces —guiña un ojo—. Pónganse creativos; tendrán que esconderse en alguna oficina o un lugar oscuro hasta que se apaguen las luces a las once y media.

—Eso es toda una hora y media después de que cierre el museo —protesta Ethan.

—Querías algo seguro, ¿no, Ethan?

Él tiene una mirada furiosa, así que tomo su mano, entrelazo mis dedos con los suyos, y le doy un apretón de tranquilidad.

—Vamos a estar bien —murmuro, aunque ni yo estoy muy segura de ello.

Originalmente, el archivo histórico de Westray conmemoraba a los veteranos de la Segunda Guerra Mundial, pero con el tiempo se convirtió en un museo para todo lo relacionado con la ciudad. Lento pero seguro, adquirió diferentes exposiciones que recorrían el país, y así se convirtió en una fuente de orgullo cívico. Se construyó en una iglesia católica que quedó en ruinas y abandonada después de un incendio.

Tengo recuerdos bonitos del archivo, cuando mis papás no sabían qué hacer el fin de semana, me llevaban ahí a ver la nueva exposición o a explorar las galerías. Después, en la prepa, venía y hacía voluntariado de vez en cuando; los maestros siempre decían que las horas de voluntariado eran buenas para las solicitudes a la universidad. Es el tipo de lugar al que siempre puedes ir si te sientes ansiosa o estresada. Cuando Carlos mencionó que podía hacer voluntariado aquí para cubrir horas comunitarias del club, pareció sólo otro incentivo para meterme.

El tiempo no pasa en el archivo. Hay cosas que siempre permanecen iguales; reliquias de la ciudad que nunca se irán y ofrecen una sensación de seguridad de que algunas cosas nunca cambian. Por ejemplo, la exposición de minería y metales preciosos, las clases sobre la geología de California, diferentes eras en el tiempo en la misma área, y por el estilo. El archivo incluso tiene funciones y exposiciones para los artistas locales.

A esta hora de la noche queda poca gente en el edificio. Mi corazón late rápido cuando entramos a escondidas por la salida de incendios del oeste. De este lado del edificio se explora la historia de Westray, desde sus humildes orígenes como pueblo minero, a los recursos usados en el siglo veinte, hasta los materiales que brindó para la Primera y la Segunda Guerras Mundiales, y la expansión de la tecnología.

Caminamos por un vagón de tren en la habitación poco iluminada. El eco de una grabación llena los pasillos y nos abrimos paso a través del edificio que parece vacío. No puedo decir que el archivo atraiga muchos visitantes, así que tiene una vibra extraña a esta hora de la noche, la música suena en el área de recursos naturales vacía.

—Conserva la calma —susurro para mí, dando unos pasos hacia el vestíbulo.

—Estoy calmado —murmura Ethan detrás de mí, y casi grito. Sabía que estaba ahí, pero no lo esperaba tan cerca—. Recuerda que tenemos un pase y que entramos por un punto ciego.

—Sí, lo sé.

Es difícil no vernos sospechosos cuando ambos llevamos ropa negra, en caso de que tengamos que camuflarnos cuando se apaguen las luces. Mis jeans tienen bolsillos falsos al frente y es muy molesto no poder llevar nada en ellos (pero eran baratos y se veían bien cuando los compré), así que me meto el teléfono en el bolsillo de la chamarra y finjo estar viendo el tren. Ethan camina cerca de mí, rozando su hombro contra el mío.

Anna dijo que pareciéramos una pareja. Como voluntaria, he estado en el último turno y sé que anuncian el cierre del archivo con unos treinta minutos de anticipación, luego a los quince y, por último, a los diez. Planeamos escondernos hasta que los guardias y los guías dejen de hacer sus rondas.

—No sabía que había minas por aquí —comenta Ethan mientras recorremos la exposición. Hay un filme sobre minería por ahí cerca, la voz de un hombre mayor llena el pasillo mientras cruzamos en silencio.

—Cobre. Había varios lugares a finales del siglo diecinueve, pero se acabó, o el gobierno dejó de financiar, no me acuerdo —me detengo frente a un trozo de cobre natural cubierto de parches de roca y pátina verde, encapsulado en vidrio—. La minería no duró mucho en esta zona porque hubo una afluencia de oro más al norte, así que no creo que mucha gente recuerde o sepa que era parte de la ciudad. Todavía debe haber sitios en las montañas al oeste, a menos de que los hayan cubierto.

—Sería un buen lugar para hacer una película de terror —ríe Ethan—. Perderse en una mina de cien años, con mineros muertos persiguiéndote.

—Gracias por darme una razón para tener pesadillas esta noche.

Al fondo del pasillo hay un arco que lleva a otra sala, que está llena de artefactos de finales del siglo diecinueve y principios del veinte. La siguiente sala, de la posguerra y la era nuclear, es mi favorita. Hay algo interesante sobre los 1950, lo perfectamente imperfectos que eran. Sin mencionar las expectativas sociales y las injusticias que la gente sufrió en aquellos días. Cubrieron todo lo oscuro con un manto brillante y proclamaron que estaba arreglado.

—El pueblo tiene un pasado histórico muy rico —menciono mientras salimos de la galería—. Pero siempre parece que traen cosas nuevas en vez de hablar de lo que pasó aquí.

—¿Como qué? —voltea hacia mí mientras caminamos.

—Como los indígenas que tenían un pueblo aquí antes de que colonizaran el área, o el impacto que tuvieron las diferentes guerras. Claro que es bonito aprender sobre otros lugares, pero a veces siento que, como comunidad, nos falta ver cómo llegamos aquí en primer lugar.

—¿Sabes de esto? —pregunta Ethan, señalando un hacha vieja y oxidada.

—Es un hacha —digo, encogiéndome de hombros.

—¿Qué tal que está hecha de vibranio, como en las películas de Marvel?

Le doy un codazo.

—Claro, amigo. Me gustaría ver eso.

—Vamos, Sol, es divertido. Además, nunca puedes estar tan seguro.

—Y yo soy una superheroína atrapada en el mundo normal —probablemente hay una buena razón por la que los humanos no tienen superpoderes, aparte de la ciencia y esas cosas. Como sociedad, ya nos hacemos cosas bastante jodidas sin tener ojos que derritan el metal, o una fuerza que pueda atravesar paredes. Dios sabe que quería hacerle algo violento al oficial que escoltó a mi mamá al centro de detención, incluso si ése era su trabajo.

—Tu podrías lograr ser una superheroína, siempre irrumpen en instalaciones de alta seguridad.

Le doy otro codazo mientras se ríe. Entonces me doy cuenta con qué facilidad se transportan los sonidos aquí.

—¿Cuánto tiempo nos queda?

—Mier…

—*Queridos visitantes, el Archivo Histórico de Westray cerrará en quince minutos. Por favor, diríjanse hacia el vestíbulo principal. Gracias por su visita.*

—Es hora de que encontremos la parte prohibida —digo.

Enlaza su brazo con el mío, y nos dirigimos al vestíbulo. A la derecha hay un gran póster de Porfirio Díaz, un "presidente" mexicano y dictador de finales del siglo diecinueve y principios del veinte, y el título "El fin de una era: la cultura mexicana a fines de 1800". Todavía no inauguran la exposición, y muchas de las cajas están cubiertas con sábanas, pero al final hay un pequeño pasillo que lleva a los baños y una escalinata acordonada con lazo rojo.

—Susúrrame algo —dice Ethan, y se acerca mucho a mi cara.

—Estamos muertos —murmuro, con una sonrisa en los labios como reacción nerviosa, que espero que se traduzca en un gesto amoroso para la cámara.

Se me seca la garganta mientras caminamos hacia la cámara al final del pasillo, fingiendo conversar hasta que estamos justo debajo de ella. Ethan, como el gigante que es, se estira y voltea hacia otro ángulo, dando la cara a una pared a la derecha.

—Esto parece muy fácil —susurro.

—No lo es. Podrían notarlo, vamos —me jala la mano y casi nos echamos a correr hasta que llegamos a la escalinata, entonces quita el cordón para que podamos subir los escalones. Esta área está cerrada, incluso para los voluntarios.

—Espera —lo detengo antes de llegar al segundo piso, a unos pasos de otro pasillo bien iluminado—. Podría haber otra cámara…

—*Queridos visitantes, el Archivo Histórico de Westray cerrará en diez minutos. Por favor, diríjanse al vestíbulo principal. Gracias por su visita.*

—Necesitamos seguir moviéndonos. Tal vez estarán distraídos por los visitantes al frente.

Le creo. Tengo que hacerlo porque, de otro modo, tendré un colapso nervioso.

Volvemos a subir, dando vuelta en el primer bloque de escaleras para ir al tercer piso. Sé que la siguiente escalinata nos llevará al puente que conecta con la torre del campanario, así que tendremos que esperar en este pasillo. Miro rápido la puerta, Ethan y yo entramos al pasillo conectado a las escaleras, flanqueado con puertas y, al final, hay una cámara dirigida hacia otra área de conexión. Esto y el hecho de que la cámara posiblemente gire pronto hacia nosotros, me hace empujar a Ethan hacia la primera puerta y probar la manija.

—Está cerrada.

—Mierda, mierda, mierda, mierda —paso junto a él y pruebo con la siguiente puerta, tiene seguro igual que la primera.

Voy al lado opuesto y pruebo la primera puerta de la izquierda; casi me caigo cuando se abre.

—Con cuidado —Ethan va de puntitas detrás de mí, y cierra la puerta tras de él. Estamos en un cuarto de suministros. Hay algunos pósters así como otros materiales publicitarios apilados en unas repisas. En una esquina descansan una escoba y un recogedor, y la puerta que Ethan acaba de cerrar tiene una gran infografía de las diferentes especies animales del lago local—. ¿Estás bien?

—Estoy bien —respondo, aunque no sueno bien, y me empujo unos mechones del fleco fuera de mi campo de visión—. Entré en pánico.

—Me di cuenta —se mueve a mi alrededor. Un par de sillas están apiladas a un lado, él toma una y la empuja a mi lado.

—¿Qué haces?

—Al entrar en pánico encontraste el lugar perfecto para escondernos —se sienta en una de las otras sillas—. Ahora todo lo que tenemos que hacer es esperar hora y media para el apagón.

Miro alrededor de nuevo; no es un armario grande, pero hay espacio suficiente para dar unos cinco pasos entre nosotros. Decido que esto es mejor que volver a salir y encontrar una oficina más grande, me siento en la silla que me empujó y miro rápidamente a mi amigo en busca de apoyo moral.

Yo: Creo que cometí un terrible error

Diane no tarda en responder. Sabe lo que está pasando y existe la posibilidad de que esperara un mensaje como éste en cualquier momento.

Diane: ¿Los atraparon?

Yo: No, pero tengo un mal presentimiento

Diane: Siempre tienes un mal presentimiento, también fue así la noche que conociste a Ethan

Yo: Y con razón, no estaría aquí si no lo hubiera conocido

Diane: Touché

143

Diane: Bueno concéntrate en la misión y dime si necesito ir a rescatarte

Yo: Te odio pero también te amo

Diane: <3

—No puedo creer que nos hagan esperar una hora y media antes de que se apaguen las luces— gruño, me recargo en mi silla y me suelto el chongo, que parece impedir que la sangre fluya en mi cabeza—. ¿De quién fue esta idea? Me gustaría pelear con esa persona.

—Tal vez de Anna, ¿quién sabe? Ya estamos en esto.

—¿Qué pasó con ustedes en aquel entonces, si puedo preguntar? —apenas lo mencionó antes, pero no sé mucho de su pasado fuera de eso. Anna se guarda muchas cosas y, en ese aspecto, Ethan es bastante similar.

La pregunta lo hace voltear hacia mí.

—Mira, la cosa estuvo así. Vivía con mi mamá cuando era más chico. Algunas cosas con mi familia son complicadas y papá vivía en otro lado. Anna era mi vecina, así que tomábamos el camión y nos bajábamos en la misma parada. En segundo de secundaria tuvimos la misma clase de Matemáticas o Ciencias, así que nos juntábamos para estudiar de vez en cuando y… —sacude la cabeza—. Es raro contar la historia ahora que ha pasado tanto tiempo. Fue antes de que Anna fuera Anna. En aquel entonces pensé que era gay, y yo estaba lidiando con mis propias cosas, así que terminamos dándonos un beso. Me dio vergüenza y huí. Creo que lo lastimé.

—La —lo corrijo con amabilidad.

—La. Lo siento. Creo que la lastimé porque no me habló durante mucho tiempo después. Me sentí como un imbécil y no sabía cómo pedirle perdón por haber salido corriendo. En ese año a mamá le dieron un trabajo que exigía que viajara mucho y, de nuevo, papá no estaba, así que hablé con mis abuelos y mi mamá y decidimos que lo mejor era que me mudara con ellos mientras seguía en la escuela. Así que nunca volví a ver a Anna hasta la universidad. Cuando me di cuenta de que presidía el club, entré en pánico, no sé por qué. Sé que ahora suena estúpido, pero pensé: ¿Qué tal si es venganza por lo que pasó hace seis años?

—Nadie guarda rencor tanto tiempo, sobre todo por algo tan sencillo como un beso.

—Lo sé, y me siento un poco tonto por eso, pero en mi mente no tiene mucho sentido que todo esto esté conectado con mis abuelos —se encoge de hombros—. O sea, está bien que haya llegado a un lugar donde se siente cómoda, de verdad me da gusto por ella en ese aspecto, pero me gustaría que me dijera más sobre mis cosas, o cómo las consiguió, para empezar. Todo esto no cuadra.

Subo las piernas a la silla, tratando de encontrar una postura cómoda mientras esperamos.

—¿Te importa si te hago otra pregunta personal?

Ethan me mira con el rabillo del ojo.

—Tenemos mucho tiempo, puedes preguntar, Sol.

—Mencionaste que creías que Anna era gay y que tú estabas pasando por algunas cosas en ese entonces. Pregunto porque el verano pasado tuve un encuentro que me hizo cuestionar mi sexualidad y, aunque sigo descubriéndolo, quería preguntar si eres bi o qué etiqueta, entre comillas, prefieres —no acostumbro a ser tan directa, pero él me gusta y a veces creo que él también siente algo por mí; aunque es difícil entender las cosas con Ethan, todo ha pasado muy rápido y apenas lo conozco.

Él hace una cara y estoy a punto de retirar la pregunta y disculparme rápido cuando comienza a hablar.

—Las etiquetas son… difíciles, Sol. Crecer siendo negro es algo que de verdad no lograría explicarte. Están las expectativas de la sociedad, que son diferentes de otras expectativas de la sociedad que te afectan. Me gustaban los chicos y las chicas, y en vez de confrontar mis propios sentimientos, huí de ellos mucho tiempo. Para contestar a tu pregunta: ¿algo así? Algunos chicos me parecen atractivos, pero la mayor parte del tiempo no me veo saliendo con ellos durante mucho tiempo, así que no quiero etiquetarme como otra cosa que no sea hetero, pero si me entiendes, me entiendes, ¿ya sabes? Es difícil contestar si soy bi cuando hay un amplio rango entre eso y…

Sonrío cuando lanza las manos al aire. Ésa no es para nada la respuesta que esperaba; parece tan honesto.

—Te entiendo.

—Sólo he tenido sexo con mujeres, pero he hecho otras cosas con hombres. ¿Eso me hace bi? Quizá sí según mucha gente pero, ¿por qué le importa a la gente mientras yo esté seguro y feliz con quien estoy? En serio, mientras alguien no sea un imbécil y me guste, ¿qué importa intentarlo? Perdón por hablar de más.

—No, está muy bien. Me gusta la apertura, después de todo lo que ha pasado entre nosotros.

—¿Y qué hay de ti? ¿Qué pasó en el verano?

Es justo después de su respuesta, no puedo evadirlo y, además, se siente bien saber más de él.

—Conocí a una chica en una fiesta, su nombre era Taylor, y era preciosa. Pasaron muchas cosas a principios de este año, incluida la ruptura con mi novio, y Carlos y yo salíamos mucho de fiesta para olvidar todo. Taylor y yo nos besamos mientras sonaba música de fondo, las luces eran tenues y me dio su número, y fue mágico —parecía una película. Tenía el cabello negro y unas botas con las que alcanzaba mi estatura, dijo que iba en primer año en la universidad y, en esa sola noche, de regreso a casa de Carlos, me sentí tan puesta y tan llena de náuseas como se siente cuando tienes un *crush*. Debí haber sabido que me iba a pegar mi vieja alergia a los *crushes*. Pero luego, una semana después, desapareció, y varios días me pregunté si era lesbiana de clóset. Entonces conocí a mi amiga Diane, que es lesbiana, y tuvimos una conversación profunda en los tacos de la gasolinera después de estudiar toda la noche para un examen. Después de eso pensé: ok, tal vez no sólo me atraen las chicas, sino que soy bi, ¿o simplemente estaba tratando de darle sabor a mi vida romántica después de mi ruptura?

Él parece un poco impresionado, y pasan un par de segundos antes de que rompa el silencio.

—¿Y a qué conclusión llegaste?

—A la conclusión de que no estoy segura, honestamente —los dos nos reímos y nos cubrimos la boca rápido en caso de que alguien pudiera escucharnos. Me pongo un dedo contra los labios antes de continuar—. Tengo muchas cosas en la mente como para preocuparme sobre quién me gusta. Es justo lo que dijiste: si lo entiendes, lo entiendes. No importa mientras no seas un imbécil. La vida se trata de entender las cosas en el camino.

—Estamos en el club de los que quién sabe —dice Ethan.

—El Club de los Quién Sabe. Me gusta. Lo preferiría en vez de este club.

—Sol, ¿qué te hizo meterte al club?

Estiro las piernas y pienso en un par de excusas antes de darme cuenta de que no son respuestas muy creíbles.

—Quería llenar más espacios en mi currículum, pero…

—¿Pero?

—Bueno, no es lo ideal —señalo alrededor—. Arriesgar mi reputación por un estúpido hueco en mi currículum.

—Pero ¿no es eso lo que hacen los estudiantes? Nos matamos por un título sólo para que nos rechacen al salir de la universidad. Un espacio en el currículum puede marcar la diferencia, tan triste como suena.

Me pregunto cuáles son sus antecedentes; a fin de cuentas, ha vivido con sus abuelos un tiempo, pero también mencionó que antes vivía con su madre. El aire en torno a él está enrarecido, pero cuando nuestros ojos se encuentran no siento la misma tensión que cuando nos conocimos.

—A nuestra edad, si no estás endeudado o deprimido tienes suerte o tienes un historial muy bueno —se burla—. A veces las cosas no parecen justas y te enojas.

—¿Con quién?

—Con todo, Soledad —Ethan hace una pausa y cierra los ojos—. ¿Cuánto falta?

—Cuarenta minutos.

—Dios, esto va a ser una eternidad.

Y así es. Juego un poco, mensajeo a algunas personas, pero el tiempo se escurre lentamente por los rincones del cuarto. Ethan y yo hablamos sobre el clima, nuestras mascotas (tiene un pez llamado Nemo, y el gato de sus abuelos se llama Muffin), nuestro color favorito (amarillo), nuestras clases y los exámenes próximos, y todavía quedan quince minutos.

—¿Qué fue lo que de verdad te animó a entrar al club? —pregunto, no sólo porque me estoy quedando sin temas de conversación, sino porque algo me dice que hay más que una llave y un tenedor. Algo que no encaja bien en el gran rompecabezas que es Ethan Winston.

Voltea a verme, tiene el cabello desordenado por tocárselo tantas veces y unos rizos le tocan la frente.

—Tú.

—¿Yo?

—Al principio quería la llave, aunque cambié las cerraduras. Me sentía inseguro, como si en cualquier momento alguien pudiera entrar en mi casa y robarse algo más. de verdad es estresante vivir así, Sol.

—Gracias por aumentar mi carga de culpabilidad.

—Pero pasar tiempo contigo me hizo darme cuenta de que no eres una mala persona. ¿Loca? Sí. ¿Un poco imprudente? Absolutamente, pero no mala. Me seguía preguntando qué te había hecho meterte a *este* tipo de club; quería verlo por mí mismo. Dado el lugar en el que estamos, no creo haber encontrado la respuesta a esa pregunta.

Ethan señala la puerta.

—Si queremos, podemos salir de este cuarto y contarles a todos sobre el club.

—O que nos arresten.

—Ésa sería nuestra opción, ¿pero sabes por qué no lo hago?

—¿Por qué?

—Porque sé que eres inteligente, Sol, y una mujer inteligente no se mete a un club/culto sólo para llenar un espacio en su currículum. Debe haber otra razón.

Pienso en mi madre, en los oficiales de inmigración llevándosela lejos, pienso en mí hablando con ella a través de un vidrio grueso y un teléfono en mi oído. La injusticia de ver que la trataran como a una criminal, detenida y lejos de mí. El recuerdo de ella diciéndome que fuera buena y pusiera atención en la escuela, que me metiera a clubes y tuviera buenas calificaciones porque en los Estados Unidos la educación es un factor clave para el futuro, y ella quería que mi futuro fuera brillante y que tuviera lo que ella y papá no pudieron tener.

—O quizá sólo soy estúpida —digo, volviéndome a hacer el chongo mientras hablo—. Todo mundo toma decisiones impulsivas.

Ethan asiente y se levanta.

—También me ha pasado.

Deseo preguntarle qué quiere decir, pero mi teléfono vibra avisándome que la espera terminó y que las luces van a apagarse; si todo va de acuerdo con el plan de Anna.

—¿Qué tal que no funciona? ¿Qué tal que las luces no se apagan? —digo.

Ethan se levanta, estira las piernas que, si se sienten como las mías, deben estar dormidas.

—Entonces creo que tendremos que dormir aquí toda la noche.

No tendremos que dormir en un clóset del Archivo Histórico de Westray porque, cuando Ethan termina de hablar, nuestro pequeño cuartito se queda a oscuras. Aun cuando sabía que esto iba a ocurrir, ahogo un grito, golpeando mi brazo contra el suyo al tratar de encontrar la puerta.

Una mano toma la mía en la oscuridad, lo que, para ser honesta, me aterra, pero no se lo haré saber a Ethan.

—Shh, incluso si no pueden vernos, escucharán si sales deprisa.

—¿Quiénes, los fantasmas? —susurro.

—La mitad de las cosas de aquí probablemente están embrujadas. No tientes a la suerte, Sol.

Mira, soy atea como el diablo (y sí, reconozco la ironía de esa frase), pero me educaron como católica romana, así que la idea de fantasmas, demonios y posesiones está arraigada en mi mente desde que era niña.

—Sabes que es broma, ¿verdad? —su mano se aparta de la mía y agarra la manija—. Si te poseen yo no te voy a salvar. Podría, he visto *Supernatural* —paso junto a él para salir al pasillo oscuro.

El pasillo es más oscuro que la mayoría de mis chistes, así que tomo mi teléfono y le subo el brillo lo más que puedo. No estoy tan loca como para encender la linterna, ya que cualquier guardia se percataría de eso.

—Hubiéramos hecho como en *Strange Encounters* y traído visores nocturnos —digo, caminando lentamente por el pasillo. La torre está un piso arriba,

—No tenemos tiempo ni dinero, vamos a movernos —camina por delante de mí, encuentra la puerta que lleva al hueco de la escalera y, subrepticiamente, sube.

Lo sigo, mirando hacia atrás con la sensación de que alguien o algo nos mira, lo que me da escalofríos en la nuca. Los edificios grandes como éste, los *viejos* edificios como éste, parecen tener su propio espíritu, como si los mismos pasillos estuvieran llenos de recuerdos. Es bueno que no hayamos tenido que recorrer la totalidad del archivo sin luz o, de lo contrario, nos habríamos perdido sin remedio.

Por supuesto, existen rumores de los empleados del archivo de que el edificio está embrujado, sobre todo el área de la iglesia. La Parroquia Nuestra Señora de los Dolores se erigió a principios de los 1800 a costa de las minorías, sobre todo indígenas, que construyeron la iglesia piedra por piedra. Probablemente sea el edificio más viejo en pie en todo el pueblo; por esa razón, cuando lo abandonaron después del incendio, las autoridades decidieron hacerlo parte del archivo.

—Sol, vamos, estamos perdiendo tiempo.

—Perdón, me distraje.

El tercer piso es el último al que llegan las escaleras. En medio del pasillo hay un pequeño puente que lleva a la torre del campanario. Si Anna no se equivoca, la puerta de seguridad que separa al edificio principal de la torre debería estar abierta por el corte de luz. Ethan busca el panel en la puerta.

—Vamos, abre la puerta. Quiero salir de aquí lo más pronto posible.

Suspira y trata de abrir el cerrojo. Abre y conduce a un pequeño pasillo. La luz de la luna se ve totalmente a través de las ventanas de cristal; nuestras sombras contrastan con el piso de piedra a nuestros pies. Ethan me detiene la puerta.

—Esto parece muy fácil…

Me pone una mano sobre la boca, girando lentamente y viendo algo por encima de mi hombro.

Fantasma, fantasma, fantasma, fantasma.

—Creí oír algo. Terminemos con esto.

Ethan cierra la puerta tan lento y en silencio, que lo miro fijamente para que termine de una vez. Ya que está cerrada, atravesamos el pasillo, que se estrecha durante un tramo imposible, durante el cual nos agachamos y tratamos de identificar cualquier cámara que haya permanecido encendida aun con el corte de luz. Una distancia que deberíamos cruzar en un minuto, se convierte en una hazaña de cinco.

—Debemos parecer tan estúpidos.

—Habla por ti —susurro—. Yo parezco espía.

—Claro, Sol, lo que tú digas.

—Espero que no me estés mirando el trasero.

—Pues no, hasta ahora que lo mencionas.

—¿Qué?

—Es broma —dice con una risilla—. Déjame ir primero si estás tan preocupada por eso.

—Como sea, no es que me importe.

—Fuiste tú quien lo mencionó, pero no está nada mal.

—En fin… —reviso la manija de la puerta de la torre del campanario y abre con facilidad—. Cuando terminemos con esto vas a estar en deuda conmigo. De verdad estoy cerca de salir corriendo.

—Estoy contigo en todo.

Entramos a un pequeño cuarto que lleva directo a una escalera de caracol. De las ventanas con barrotes a lo largo de los escalones provienen rayos de luz. A diferencia del edificio anterior, aquí en la torre el piso es de madera en vez de piedra. Cada paso que damos hace eco en la torre, crujiendo hasta abajo.

—¿Los guardias de seguridad revisan seguido este edificio? —la voz de Ethan suena más cerca de lo que pensé, lo que ha dejado de sorprenderme en este punto.

—No sabría decirte —me duelen las rodillas de estar agachada, así que me enderezo y muevo las piernas—. Está cerrado, así que doy por hecho que no lo revisan *tan* seguido.

La escalera no tiene barandal, y es peligroso para alguien como yo, que se cae aun con los zapatos bien atados.

—De cualquier modo, el sonido de la campana alertará de que algo ocurre —coloco una mano firme contra la pared de piedra y trepo—. Esperemos que las luces sigan apagadas cuando regresemos.

Ethan me sigue despacio, y hemos subido unos diez escalones cuando me doy cuenta de que está excesivamente callado.

—¿Todo bien? —miro por encima de mi hombro.

—Yo… sí, bien —su mirada oscila hacia la orilla y luego me voltea a ver, tragando saliva.

—¿Te dan miedo las alturas?

Su manzana de Adán se mueve mientras pasa saliva.

—Yo, em, sé que es estúpido, pero…

—Ven —lo alcanzo con mi mano derecha, es un poco incómodo pero quiero asegurarme de tener la izquierda firme contra la pared—. Llegaremos ahí juntos, no te puedes caer.

Él asiente, apretando mi palma mientras subimos más rápido que antes. Volteo a verlo de vez en cuando para asegurarme de que está bien.

Al final de las escaleras hay una puerta demasiado pequeña para que él pase sin arquear la espalda, lo que lleva a unos escalones más empinados y a un nicho donde se aloja la campana. Es más grande de lo que pensé. La torre tiene vistas a la ciudad. El aire fresco me roza la cara mientras subo los últimos escalones de madera.

Ethan se queda atrás.

—Se ve maravilloso aquí arriba —el archivo está cerca del centro de Westray, y aunque no se compara con una ciudad grande, es hermoso. Aún hay luces de casas y coches a esta hora de la noche, y la torre del campanario tiene la altura suficiente para que las luces resplandecientes parezcan una celebración de Navidad.

Ethan está inmóvil, con una mano firme contra la pared.

—Seguro que sí.

—Ethan.

—Sí.

—Ya tenemos que hacerlo.

—Lo sé —me sigue mirando mientras sube los escalones. Le toma un par de segundos pero luego está a mi lado, con las manos apretadas a los lados—, un par de campanadas, tomas el video, y salimos de aquí; y si esto arruina mi vida...

—Yo caigo contigo.

Al oír eso, parece tan sorprendido como yo.

—Iba a decir que arruinaría a todo el club —dice él.

—Si el club se hunde significa que yo caigo también.

—Mereces algo mejor que eso, Sol, tú... De hecho, no hay tiempo para hablar, sólo grábame.

Retrocedo, saco mi teléfono y abro la app de la cámara. El tiempo parece ir más lento cuando toma la cuerda que cuelga junto a la campana; el pesado bronce refleja su figura mientras jala con la que imagino que es toda su fuerza.

Luego viene el tañido. Un impacto físico para mi cuerpo, tengo que concentrarme tanto en sostener bien mi teléfono como en no dejar escapar un grito cuando las ondas sonoras vibran por todo mi esqueleto. Ethan casi cae de rodillas y se tapa los oídos, pero logra agarrar la cuerda una vez más y jalarla otras dos veces. Claramente sufre tanto como yo.

No tenemos tiempo de reponernos del ataque auditivo. Termino el video con prontitud, corro a su lado y lo jalo por el brazo. La campana sigue balanceándose, aunque no de manera tan fuerte y aterradora como lo hizo durante los primeros toques.

—¡Ahora tenemos que irnos! —grito, aunque no puedo oír mi propia voz, lo empujo hacia la pequeña puerta y la escalera de caracol. Anna dijo que habría una salida abierta en la parte trasera del edificio para que saliéramos por ahí, pero no nos dio la ubicación exacta. Espero que fuera la que está atrás de la iglesia o estamos jodidos.

Mi cerebro no procesa el hecho de que a Ethan le dan miedo las alturas hasta que estamos a media escalera. Cuando desacelero él continúa, lo que me parece un signo de que estará bien. Para cuando llegamos a la planta baja, con nuestros pies sobre un piso seguro y no de madera, siento el principio de un dolor de cabeza detrás de mi ojo derecho.

Hay dos salidas en la parte trasera de la iglesia. Apuesto por la que está más cerca del área en donde descargan los camiones cuando hay eventos. A nuestra izquierda hay vitrales, los diferentes tonos colorean los pasillos en una manera extrañamente hermosa y aterradora.

—¿Cuánto tiempo? —susurro, luchando por no jadear.

—Supongo que como cinco minutos, no quiero ver mi teléfono —Ethan reposa sus manos sobre mis hombros mientras caminamos lo más lento posible hacia el final del pasillo.

Damos vuelta a la izquierda, caminando por el área trasera cerca del confesionario que convirtieron en bodega. El lado izquierdo de la iglesia fusiona lo moderno y lo antiguo, el archivo se mezcla con el edificio sagrado y lo ayuda a sostenerse. Giramos a la derecha, a la parte posterior del edificio, y entramos a los pasillos oscuros remodelados después del edificio más nuevo, lo que haría que la luz de la linterna fuera muy fácil de ver.

Una mano me cubre la boca antes de que siquiera pueda pensar en jadear. Ethan presiona su cuerpo y el mío contra una pared, con su frente al nivel de la mía. Puedo sentir su aliento contra mi mejilla y me aferro a sus brazos; mi pulso se acelera. Si no fuera por la descarga repentina de adrenalina, me sonrojaría ante la sensación de su cuerpo contra el mío, y parece que pasan minutos en vez de segundos mientras el terror nos congela.

A nuestra derecha hay pasos que se debilitan.

En el momento en que ya no escuchamos los pasos, empujo levemente a Ethan y nos agachamos.

—Quítate los zapatos —murmuro.

Él no me cuestiona. Cuando ambos estamos en calcetines, agarro su mano y corremos. Llegamos a la puerta y la empujamos.

Se abre.

El alivio me debilita las rodillas, pero Ethan me pone una mano en la espalda, apurándome hacia la camioneta de Scott, que está estacionada junto a la banqueta fuera de la entrada trasera del archivo. Aún no estamos ni un metro lejos del archivo cuando las luces se encienden afuera, así que corremos al coche y saltamos hacia la puerta trasera que se abre.

Yo entro primero, Ethan me sigue, se lanza y azota la puerta tras de sí. Scott acelera más de lo que había anticipado. Cuando da vuelta en la esquina, me resbalo hacia el lado de Ethan y, rápidamente, me abraza como apoyo.

—¡Scott! —logro decir. Ethan reposa su mano sobre mi hombro cuando me enderezo. Aviento mis zapatos al piso del coche para poder meter los pies.

—Lo siento, chicos, tenemos que irnos en caso de que las cosas se pongan feas —me grita Scott.

Anna se recarga contra el posabrazos, su cabello azul brilla cada vez que pasamos por un farol.

—¿Qué tal estuvo? ¿Se divirtieron? —está radiante.

De no ser porque Ethan de repente me aprieta el brazo, le hubiera gritado. ¿Por qué me hago esto a mí misma? ¿A Ethan?

Pero Anna sigue sonriendo; Ethan me sigue abrazando, y acabamos de huir del archivo; y, de algún modo, estoy viva.

—Divertido —exhalo, reposando una mano sobre la pierna de Ethan—. Fue divertido.

Ethan se ríe y me golpea ligeramente el chongo. Lo miro.

—Sí —dice—. Lo fue.

12

—¿Podemos hacer como que ayer no ocurrió? —pregunto, sentándome en un gabinete del café; las conversaciones alrededor permiten escuchar la suave música de jazz de fondo. Le doy una mordida a mi muffin de arándanos como si fuera la última comida de mi vida, me recargo y acallo un gemido de lo bueno que sabe.

—Si hubiera manera de borrarlo de mi memoria, sería bueno —Ethan toma té, algo aromático y relajante, como manzanilla con lavanda. Me burlaría de él por eso, pero el chico sabe cómo manejar su imagen, lleva una camiseta verde musgo, un gorro gris y una chamarra de mezclilla—. ¿Por qué me ves así de feo?

Porque desearía tener tu maldito sentido de la moda.

—Tienes un poco de glaseado en la mejilla —miento, haciéndole una seña. Toma una servilleta y se limpia, y yo asiento—. Ya está.

Mientras le da otra mordida a su rol de canela, bebo mi café. Caí en mi casa como a la una y media anoche. Primero dejamos a Ethan en casa de sus abuelos.

Cuando se alejaba, Anna dijo riendo:

—De acuerdo, debí haber sumado dos más dos en cuanto a sus abuelos.

—Debiste haberme advertido —le dije, sin poder contener la molestia en mi voz.

—Lo siento, Sol, no se me permite revelar detalles.

—Considerando que viola la ley a cada rato, el club tiene un montón de restricciones.

—Lo llaman crimen organizado por una razón. Cada organización tiene sus propios lineamientos. Hasta el diablo sigue las reglas de sus contratos.

—¿Sol? —su voz interrumpe mis recuerdos de anoche. El café es una buena distracción de todo lo que está pasando en todos lados y, de algún modo, el murmullo de los estudiantes hace que esto se sienta normal; que Ethan y yo comamos algo antes de clase es algo que seguramente no me importaría repetir más seguido ahora que estamos en buenos términos.

—Perdón, me perdí. ¿Qué pasó?

—Nada, pero parece que te estás perdiendo mucho hoy.

—Estoy bien. Sólo no he terminado de despertar.

—Y hoy te ves bien.

Dejo de tomar mi café a medio trago. Además de mi ropa normal, me trencé el cabello, lo que me tomó casi media hora. También me puse maquillaje porque Ethan ofreció llevarme a la escuela. Aunque este *look* no estuvo muy pensado, puede que me haya esforzado un poco más cuando supe que iba a verlo.

—Um… gracias, chico. Esa chamarra es linda.

Sonríe y voltea la cabeza.

—Bueno, gracias, chica. ¿Vas a la biblioteca?

—Sip —reviso mi teléfono y veo que tengo cinco minutos para checar tarjeta, y me toma unos seis caminar allá desde la cafetería, así que es un buen momento para recordarme—. Amo mi trabajo, pero no disfruto particularmente trabajar los domingos.

—Yo tampoco. Odio trabajar en la tienda, pero… —se encoge de hombros.

—Necesitas el sueldo, lo entiendo. Gracias por el *ride* esta mañana. Probablemente se me habría hecho tarde si no me hubieras escrito —ni siquiera estaba segura de que él tuviera una razón para estar en la escuela en un día como éste; la mayoría de los alumnos intentaba mantener una amplia distancia con el sistema educativo los domingos, pero fue él quien ofreció traerme cuando mencioné que tenía que trabajar.

—Nos dormimos bastante tarde.

—No, por lo regular llego tarde. Es chistoso que pienses que me duermo a una hora razonable —agarro mi bolsa y doy unos pasos para darle un rápido abrazo de lado, antes de tomar mi taza de café e intentar no caminar muy raro por la puerta hacia la mañana de febrero después de una despedida incómoda.

La biblioteca está casi vacía los domingos. Normalmente no se pone ajetreado hasta los exámenes parciales o finales. Karim y yo jugamos piedra, papel o tijeras para ver a quién le toca sacar los libros de la lista de espera y él pierde. Paso casi todo mi turno ayudando a los estudiantes con preguntas o arreglando los problemas de sus impresiones.

Miranda se aparece una o dos veces para supervisar mi trabajo. Con supervisar quiero decir que me cuenta sobre su día y lo que piensa hacer de cenar: macarrones de coliflor con queso y tocino caramelizado.

—La coliflor cancela lo dañino del tocino —me asegura, y de verdad no hay cómo discutir con esa mentalidad; incluso yo me lo creo para el final de nuestra conversación.

Aunque la biblioteca cierra a las cinco los domingos, mi turno termina a la una. Las puertas del elevador se abren hacia el vestíbulo principal, y puedo saborear la libertad en el aire. Mientras me despido de Lucy, en circulación, veo a Carlos entrar corriendo como si fuera dueño del lugar. Lleva el cabello oscuro peinado hacia atrás, sus brillantes ojos verdes bajo las cejas tupidas; me sonríe.

—¿Lista para irte?

Lo miro de lado.

—¿Adónde vamos?

Carlos me quita la mochila de las manos y se la pone al hombro para poder pasar su brazo derecho por mi cuello.

—Diane me mandó mensaje. Algo de que ibas a conocer a su novia y necesitabas una cita o te sentirías como mal tercio, otra vez.

Cierro los ojos con una mueca. Había olvidado completamente que acordamos eso, hace una semana. No es la primera vez; hay una razón por la que Diane y Carlos tienen sus teléfonos. Cada vez que me desaparezco o no voy a clase, uno o el otro sabe dónde ando lloriqueando.

—Ah, claro —miro mi teléfono y, por supuesto, tengo una llamada perdida de Diane—. ¿Acaso no soy la amiga del año?

—Está bien. Estoy seguro de que no le molesta —deja que los lentes le caigan sobre la nariz mientras salimos hacia el día soleado.

—Mientras no le diga a Natalie que eres mi novio —me río.

—No lo haría. Quizás amigos con beneficios.

—Ay, Dios, no.

Se ríe y me jala la trenza. Lo empujo y luego pretendo darle un puñetazo mientras me muestra el dedo. Carlos se estira y me agarra el brazo mientras camina hacia la banqueta.

—Vamos, Solecito, se nos va a hacer tarde.

Después de que Tyler cortó conmigo en febrero del año pasado, no tenía cita para el baile. No había resentimientos, pero ya tenía los boletos así que Carlos y yo decidimos ir juntos. Funcionó a la perfección, ya que no quería que nadie se me acercara pues acababa de terminar una relación, y Carlos se veía atractivo para cualquiera que decidiera buscarlo.

—Nada prende tanto a alguien como algo que no puedes tener —había dicho, tomando un pequeño plato de botanas que estaban circulando.

—Eso es un poco tonto pero, claro, si tú lo dices —contesté. Era mi primer gran evento desde el accidente; mi brazo seguía en un cabestrillo y seguiría hasta que me graduara, pero llevaba un vestido sin mangas y eso me ayudaba.

Después de la fiesta fuimos a casa de uno de sus amigos y, ante las porras de los adolescentes, nos besamos un poco. Algo así como que habíamos sido amigos tanto tiempo que no tenía sentido que no nos gustáramos, pero yo no sentí nada. Estaba sorprendida, muchas comedias románticas me habían dicho que eso no debía haber pasado, que debía haberme dado cuenta de que estaba secretamente enamorada de mi mejor amigo, pero no era así.

Resulta que él sintió exactamente lo mismo.

—Es diferente —había dicho, un par de días después—. No es que sienta que debamos salir, no es que por esa razón seas más mi amiga o menos.

Cuando besé a Tyler me gustó; sentí que le importaba y que nos gustábamos. Besar a mi mejor amigo fue diferente. No hubo mariposas ni adrenalina. Fue sólo un beso, y lo normal era saludarnos con un beso en la mejilla. Fue como si nos hubiéramos saludado y errado el tino, sólo para reírnos después.

Estábamos en el balcón de su casa, teníamos los pies colgando a tres pisos del suelo.

—No te ofendas, no me puedo imaginar salir contigo, pero sé que quiero que seamos amigos para siempre —dije.

—Exactamente.

—¿Entonces estamos bien?

—Sí, Sol, siempre estaremos bien.

Y así ha sido desde entonces. Cuando necesitamos una cita para eventos familiares, como bodas, nos acompañamos. Diane dice que, técnicamente, somos amigos con derechos.

—Beneficios no sexuales, claro está —me aseguró cuando protesté. Hacen lo que hacen los amigos normales, pero también va a las tres de la mañana a llevarte helado porque viste *El rey león* otra vez y estás llorando. Y tú harías lo mismo por él. Ésa es una verdadera amistad con beneficios.

Nos encontramos con Diane y Natalie en Liam's Diner, un restaurante nuevo para-los-chicos-pero-con-un-aire-más-maduro que abrió hace un par de meses, y al que le había echado el ojo desde que se corrió la voz de que las malteadas y las papas fritas eran buenas. El piso es de mosaico negro, y los gabinetes y las sillas son color rojo cereza para contrastar con las barras blancas y las paredes color turquesa. Suena "Put Your Head on My Shoulder" cuando Carlos y yo entramos.

—Lo lograron, chicos —Diane se levanta y su novia la sigue. Natalie es más bajita que yo como por una cabeza y lleva el tipo de corte pixie que yo nunca podría hacerme sin lucir como una loca. También parece ser opuesta a Diane, desde el carácter hasta la apariencia. Es lindo cómo se roban miradas, ríen y se tocan cada vez que pueden.

Después de todo lo que ha estado pasando con Ethan, he comenzado a preguntarme si puedo pasar por eso otra vez. Con lo que pasó con mi mamá, hay cosas más importantes que una relación por ahora, pero aún pienso en ello de vez en cuando.

—Diane dice que estudias Historia —dice Natalie, sumergiendo una de sus papas en su malteada.

Asiento.

—Qué *cool*. ¿Cuál es tu periodo histórico favorito?

—Es una pregunta difícil. No creo poder decir que tenga un periodo favorito *per se*. Las cosas siempre han sido difíciles para las mujeres y la gente de color. No estoy segura de que haya una era ideal en la que me habría gustado vivir. Cuando estudio Historia, me pregunto: ¿Qué hicimos mal en el pasado? ¿Por qué seguimos cometiendo los mismos errores hoy en día? ¿Cómo podemos mejorarlo en el futuro?

Natalie abre mucho los ojos y voltea a ver Diane.

—Wow.

—Bueno, me da gusto conocer a la amiga de la que habla tanto Diane —Natalie sonríe y puedo ver que es sincera. Me alegra que mi amiga hable tanto de mí cuando yo siento que no hay mucho que decir.

—Ella también ha hablado mucho de ti —contesto mientras Carlos regresa a la mesa con dos bebidas. Me pasa una, le agradezco y se sienta junto a mí.

Diane mira hacia otro lado, pero me doy cuenta de que está un poco avergonzada por el comentario previo.

—Eso es bueno —Natalie mueve una mano en el aire—. ¿Te ha contado de todas las películas que quiere que vea?

—Ni me digas…

—Ustedes no están educadas en el arte cinematográfico, ¿verdad, Carlos? —dice Diane, apuntando hacia él.

—Así es —concuerda él, levantando su vaso de plástico para que Diane pueda brindar con su malteada.

—Les da envidia porque somos buenas estudiantes sin tiempo para ver películas todo el tiempo, no les hagas caso —volteo a ver a Natalie, que se ríe.

—O sea, no estoy segura de ser una buena estudiante, paso la mayor parte del tiempo en mi teléfono o tomando siestas —contesta ella. Su comentario resuena en mi alma.

—Todos lo hacemos, no te preocupes, chica, todos lo hacemos en secreto —Diane pasa un brazo por el cuello de Natalie.

—No tan en secreto —reposa su cabeza sobre el hombro de Diane.

Lo bueno de conocer a la pareja de tu amiga es que, al menos, puedes quejarte de ellos cuando están frente a ti. Aunque suena malvado, trae a la luz los aspectos humanos de empezar una relación; si pueden llevarse bien con tus amigos y a tu gente le cae bien la persona con la que hablan, todo debería ir viento en popa desde ahí. Casi siempre.

—Parece linda —dice Carlos mientras me lleva de regreso a casa. Recliné el asiento así que estoy casi acostada; de fondo suena música lo-fi y miro las luces de la calle pasar por la ventana.

El coche de Carlos es un viejo Mustang que armaron él y su papá. Es color rojo Marlboro, y es lo último que recuerdo porque no pongo mucha atención en los coches a menos que haya una palabra o característica específica que los distinga.

—Así es. Creo que hacen buena pareja.

—¿Como Ethan y tú?

—Ay, cállate.

—Los escuché divirtiéndose anoche —jalo la palanca, me enderezo y lo fulmino con la mirada, lista para decirle lo que pienso.

—Al diablo con eso, temía por mi vida. Casi nos atrapan.

—¿En el acto?

Le doy un manotazo en el hombro, estamos cerca del campus, y los restaurantes de comida rápida salpican luces de neón en el parabrisas.

—¡Ay, Sol! Voy manejando.

—Bueno, dijiste una estupidez —desviando mi mirada, observo las banquetas que serpentean a través de los complejos de departamentos para los estudiantes que quieren vivir cerca—. O sea, me gusta, y creo que se podría decir que le gusto. No sé qué somos ahora.

—¿Has pensado en decirle?

—¿Qué? No. ¿Crees que estoy loca?

—No creo que estés loca porque te guste. Creo que has estado pasando mucho tiempo con este chico y que ya conectaron —pone las intermitentes para meterse a Thirteenth Street, que desemboca a los vecindarios más grandes de la ciudad, incluido el mío y el de los Winston.

—No tengo tiempo para una relación. ¿Sabes para qué tengo tiempo? La escuela, el trabajo, el club, mi gata y mi familia. No necesito una relación.

—Sé que eres una mujer fuerte e independiente, pero te vi en la alberca. Tal vez podría salir algo. No algo serio, pero algo —sin quitar los ojos del camino, estira su mano izquierda y me da una palmada en la cabeza, lo cual es agradable hasta que me encaja los dedos y me despeina, como le gusta hacer a papá.

—¡Eres tan *annoying*!

Se ríe, y aunque es lo más molesto, no cambiaría a este idiota por nadie más en el mundo.

13

La primera regla del Club de Historia debería ser: no confíes en el club.

Son las seis de la mañana de un martes, las persianas de mi cuarto están cerradas y Michi duerme tranquilamente a mis pies. Mi letargo no se habría interrumpido de no ser por la constante vibración del teléfono junto a mi almohada. Lo tomo con un bostezo y me estremezco ante la cantidad de luz que emana cuando se prende la pantalla. Al leer el mensaje, hago bizcos con incredulidad ante lo normal de éste.

Anna: Buenos días, chicos :D Quiero recordarles a todos que este fin de semana habrá una oportunidad de ser parte del Festival de Artes del WCC. Estaremos vendiendo algunos artículos y corriendo la voz sobre el club. Si quieren un par de horas comunitarias, mándenme mensaje para agregarlos a la lista de turnos (:

Mi primer instinto es decirle "Amiga, ¿qué diablos", porque nunca mencionó que fuéramos a ser parte del festival, pero me gana el cansancio y me vuelvo a dormir.

La próxima vez que me despierto es porque mi gata está sobre mi pecho, pateándome la cara.

—Michi, trato de dormir —la empujo a un lado pero eso sólo hace que maúlle más fuerte—. No te voy a dar de comer, vete.

Eso no la apacigua.

—Bien, bien —el hecho de que estoy hablándole a mi gata no me hace cuestionar mi salud mental, pero levantarme a las ocho de la mañana seguro que sí. La levanto antes de salir de mi cuarto hacia la cocina, donde papá remueve una taza de café.

—*Did you fall out of the bed?*

—No, no me caí de la cama, ésta no se callaba —coloco a Michi frente a su tazón y agarro una lata de comida de uno de los gabinetes de abajo. Para ser honesta, no sé qué clase de gata es Michi. Fue un regalo de cumpleaños de mis papás hace casi cuatro años. Es un poco redondita y floja, pero la amo y es como mi hija. En la vieja casa pedía un gato de interior, pero papá se rehusaba porque no quería animales adentro de la casa. Incluso cuando me la dieron, me dijo seriamente que sólo estaba permitida dentro de la casa porque era un gatito.

Michi nunca ha puesto una pata fuera a menos que sea para ir al veterinario, a regañadientes y con un arnés, o cuando nos mudamos al nuevo departamento.

—Deberías ponerla a dieta —papá sigue pensando que el exterior es el lugar perfecto para que un gato ande por ahí y sea libre, pero le ha tomado cariño a Michi. Además, la verdad quería un gato de interior, para acariciarlo y comprarle un árbol para gatos; todas esas cosas que me dan una idea de cómo será mi vida cuando tenga ochenta y mi única compañía sean mis treinta y ocho gatos.

—Pa, ¡no digas eso! ¡Es perfecta! —Michi ronronea un poco cuando le doy palmaditas en la espalda, o quizás es más un gruñido porque intenta comer. Sonrío y me recargo en la barra, tratando de deshacerme el nudo en el que mi trenza se convirtió durante la noche—. ¿No fuiste a trabajar hoy?

—Nuevo lugar de trabajo. Están haciendo papeleo y pidieron a los trabajadores llegar como a las nueve —toma un sorbo de café, con lo que sus cejas tupidas se disparan—. Dice tu ma que no la has llamado en un par de días, ¿todo bien?

Si hay alguien en el mundo que puede percibir que algo está mal conmigo, es ella, aun cuando vive a cientos de kilómetros. Hay mamás más rápidas que hackers rusos.

—Todo está bien, sólo que la escuela ha estado superpesada últimamente, y he estado ocupada con las… actividades del club —trato de no lucir culpable. La llamaré al rato cuando regrese de clases.

—No te estreses mucho, *sweetheart*, no vale la pena arriesgar tu salud. Ya sabes que, sin importar lo difícil que se ponga la escuela o lo ajetreada que parezca la vida, siempre estamos aquí para hablar.

Oh, rayos, ahí está, la frase que dicen los papás que te dan ganas de llorar y te hacen sentir como una decepción.

Asiento mientras pasa y me da palmaditas en la cabeza.

—Trabajas muy duro —bosteza.

—Lo aprendí de ti y de mamá.

Papá se ríe.

—Sé que siempre te pedimos las mejores calificaciones y que te portaras bien cuando eras pequeña. Aunque a veces siento que te pedimos demasiado y no te dimos suficiente… Quisiera que tu mamá siguiera aquí, y sé que un padre no es lo mismo que una madre…

—Papá, lo intentas, y ella está a sólo una llamada de distancia, agradezco todo lo que hacen. Fuera de tener a mamá con nosotros, no cambiaría nada de nuestra familia.

Sé que en parte se culpa por haberla conocido en primer lugar, porque si ella se hubiera casado con un ciudadano, ya tendría papeles. Si él hubiera iniciado su solicitud de ciudadanía antes, ya sería ciudadano y no tendría que esperar a que yo tuviera veintiuno para arreglar la ciudadanía de ella. Si tan sólo ella hubiera trabajado en un programa que le permitiera solicitar la residencia permanente, si tan sólo hubiera sido *dreamer*.

Si tan sólo…

Mi abuela odiaba a mi papá por ser indocumentado, lo que significaba que su hija no podría arreglar sus papeles hasta que sus hijos tuvieran la edad suficiente para hacer la petición o ella saliera del país. Eso significaba que estaba siempre en riesgo. Luego a él le dieron la residencia y mamá se quedó sola, en peligro.

Pero si no se hubieran conocido, yo no estaría aquí.

En los primeros días de febrero las cosas en la escuela se han tranquilizado mucho comparando con las últimas dos semanas. Los alumnos tienen más control de lo que está pasando en sus clases, así que más gente se ha saltado dichas clases, a menos que la asistencia sea obligatoria. Dado que trabajo en la escuela y paso la mayor parte del tiempo en el campus, logro obligarme a asistir a cada una de mis clases y también llegar tarde a todas.

—¿Vamos a hacerlo? —dice Ethan.

—¿Disculpa? —me paro en seco en medio de un sendero hacia la plaza. Había ido empujando mi bici al lado mío, evitando golpear a los estudiantes a pie, y no tenía idea de que alguien fuera siguiéndome. Claramente no estaba ahí hace un momento, y de repente aparece de la nada, altísimo, como siempre.

Hace una pausa y se me acerca mucho, más de lo que lo hace normalmente. Lleva su chamarra de mezclilla con una sudadera de capucha debajo. La tela se siente fría contra la piel de mi brazo cuando él engancha su codo con el mío.

—¿Lo vas a hacer? —susurra.

—¡Ah! Te refieres a la recaudación —le doy un codazo en el costado, poniendo distancia entre los dos mientras disfruto la ligera mueca de dolor que hace. Me divierte que pensara que podía hacerme sonrojar—. No estoy en contra de hacerlo, pero estoy bastante bien con las horas comunitarias que me dan en el archivo.

—¿Estás segura de que quieres ir después de lo que hicimos anoche?

Hago una pausa. Él esconde las manos en los bolsillos de su sudadera, y tiene una ligera sonrisa en el rostro.

—¿Estás sexualizando nuestra irrupción en el museo y el toque de la campana? Porque ése sería un fetiche muy raro —sigo caminando, escuchando su risa mientras me sigue de cerca. Entonces, hago una nueva pausa y agrego—: Quién sabe, a lo mejor algunos fantasean con violar la ley o allanar lugares extraños para hacerlo. No sería lo más raro que hubiera escuchado.

—¿Te das cuenta de que tomaste mis comentarios y los lanzaste a la estratósfera, verdad? —mantenemos un paso tranquilo, evitando chocar con la gente al rodear la fuente en medio de la plaza—. Pero, bueno, todos tienen un fetiche.

—¿En serio, Winston?

—Soledad, no estamos teniendo una extraña conversación sobre fetiches a mitad del día en la escuela.

—Oye, tú empezaste.

—No es cierto.

—Que sí.

—Que no.

—Lo que tratas de decir es que tienes un montón de fetiches raros que ahora te avergüenza sacar a la luz —guiño un ojo—. Está bien, ya lo veo.

Ethan se aclara la garganta. Tomaré eso como una victoria sobre quién trataba de avergonzar al otro en público. Hoy está más jocoso, y me gusta.

—En fin, tal vez quieras mantenerte lejos del archivo una semana o así, en caso de que tengan grabaciones por ahí o sigan investigando que pasó con las luces.

No se equivoca, como de costumbre.

—Además, pensé que tú y Carlos serían los primeros en apuntarse para horas comunitarias.

—No, creo que él va a ir con una asociación de ingeniería. Está en un montón de grupos. Le sorprendió que fuéramos a asistir al festival, para empezar —cuando lo llamé antes de la escuela, aún no había leído el mensaje de Anna.

Le doy vuelta a mi bici y cruzo el pasto hacia uno de los soportes más usados en frente del edificio de Artes. Hay una bici color rojo brillante tirada en el suelo, sin cadena. A alguien se le hacía tarde para clase, como a mí.

—Si preguntas si pienso asistir sin Carlos, la respuesta es tal vez. Pero si quieres hacer voluntariado conmigo, estoy de acuerdo.

La manera en que Ethan me mira cuando sonríe me hace querer golpear una pared. No tiene derecho a hacerme sentir así. Los *crushes* en el siglo veintiuno: o se besan el día en que se conocen, o no dicen una palabra al respecto hasta que ambos están muertos y enterrados.

—Súper, entonces te veo luego, Sol —se despide con la mano y se aleja entre la hierba exuberante. No puedo quitarle los ojos hasta que hay bastante gente caminando entre nosotros y desaparece.

Ahí parada, bajo el sol californiano de febrero, llego a la conclusión de que me gusta Ethan Winston.

Aviento mi camiseta en mi cuarto, me recojo el pelo en una cola de caballo y miro mi reflejo en el espejo. Es un desastre: mi cuarto y mi vida. En la esquina del cuarto hay una foto de mamá y papá conmigo cuando tenía como seis años. Al lado, hay una foto mía con Diane y una mía con Carlos. Me veo feliz en todas.

Suspiro, me doy vuelta y agarro una camiseta de pijama, desbloqueo mi teléfono y busco el icono de WhatsApp. Mis tíos y tías del lado paterno tienen total confianza en esta app, y cuando mamá se mudó a México, pareció la mejor opción para comunicación a larga distancia. Cuando mis papás eran jóvenes, decidieron mudarse a California después de que un amigo de papá le contó sobre el negocio de la construcción aquí. Mi abuela materna no se puso muy feliz, y el drama familiar que se desató hizo que mamá terminara por cortar lazos con sus papás y rara vez hablara con su hermano. Papá aún tiene dos hermanas en Texas y, aunque se lleva bien con su familia, no ven la necesidad de frecuentarse mucho.

Hace un par de años una de mis tías se hizo mi amiga en las redes sociales, lo que provocó una avalancha de solicitudes de primos y parientes de los que no había sabido en años, y silencié la mayoría.

Me perdí la llamada con mamá esta mañana para ir a clase, pero le prometí que la llamaría en la noche para compensarlo.

—Halo —el espanglish es mi tercer idioma, y lo hablo con fluidez.

—*Hello, sweetheart* —mamá está en su sala, la ventana a su espalda muestra el paisaje de la ciudad, tiene el pelo recogido en un chongo y lleva sus lentes de armazón grueso, lo que significa que probablemente estaba calificando trabajos—. No me habías llamado, me estaba preocupando.

Los papás siempre están preocupados. Hablamos durante unas dos horas; nos ponemos al día. Me cuenta de sus alumnos, cómo algunos le recuerdan a mí cuando era pequeña e intentaba manejar dos idiomas al mismo tiempo.

—Son muy inteligentes pero, al mismo tiempo, sus trabajos son muy malos —se ríe—. Es horrible decir eso, y ellos son maravillosos, en serio, pero es un poco doloroso cuando leo sus tareas.

—¿Te das cuenta cuando sus papás les hacen la tarea?

—¡Por supuesto! A veces es peor que cuando la hacen los niños.

Es raro hablar con mi madre como con una amiga que vive lejos. Hacemos chistes y pensamos en lugares para vacacionar, a los que podríamos ir desde diferentes puntos en el mundo. Un día, cuando todos tengamos dinero, iremos a Europa o, algún otro día, cuando todo esté más tranquilo en México, iremos manejando a Guadalajara. La distancia nos ha convertido más en hermanas que en madre e hija. No recuerdo la última vez que peleamos como solíamos hacerlo cuando era más chica y no recogía mi cuarto. Ya está más cómoda en Monterrey, y papá y yo somos como compañeros de cuarto aquí en Westray.

Hay veces que miro a mi alrededor en la casa y me pregunto si ella alguna vez vivió con nosotros. Cuando nos mudamos de nuestra vieja casa a un departamento más pequeño, vendimos muchas de las cosas que no iban a caber. Saber que ella estaba aquí hace un año y ahora ya no está es un sentimiento extraño. Como si estuviera olvidando fragmentos de quién era ella.

—Quisiera poder arreglar tus papeles ya, no a los veintiuno... o veintisiete.

—Así son las cosas, *sweetheart* —ella también parece triste.

—Lo sé, es estúpido —me tiro en la cama.

Quizá soy egoísta. Hay miles de personas en el proceso en este momento. Sé que muchas familias están en situaciones peores, pero no puedo evitar sentirme así.

Diez años, estaré esperando diez largos años.

Tampoco será barato. Una consulta para hablar con el abogado de migración cuesta $150 dólares, y el abogado con el que hablamos nos informó que serían unos $4,000 para echar a andar el caso. Podría ser más o menos, dependiendo de la totalidad del caso.

Parte de mí se pregunta dónde estaría si ella siguiera aquí. Si hubiera entrado al club y conocido a Ethan.

—Te estás distrayendo —dice mamá, y regreso—. ¿En qué piensas?

—En la tarea —miento, evitando sonreír—. Lo mismo de siempre.

14

Cuando Ethan me recoge a las siete treinta de la mañana para el festival, tengo la sensación de que nos están engañando para alguna clase de truco. El Festival de Arte del Westray Community College es un evento anual. Hay puestos de comida, bailes, eventos musicales, exposiciones, incluso obras de teatro y *slams* de poesía. Es un evento de una semana y el clímax es el viernes, cuando todos los grupos, sin importar a qué se dediquen, pueden poner stands para promover sus clubes; puntos extra si regalas comida.

—¿Qué pasa? —pregunta Ethan, dando vuelta a la izquierda al final de mi calle.

—Nada. Sólo me siento inquieta —en el portavasos hay dos vasos de café de una gasolinera local—. Guau, no creí que fueras fanático de la cafeína, Ethan.

—Uno es para ti. Vainilla francesa, ¿correcto? Es el que está al frente.

—¡Aww! ¿Recordaste mi sabor favorito?

—Hemos tomado café un par de veces, sería descortés no recordarlo —en la cafetería pido un latte de vainilla helado, pero admiro el esfuerzo de comprar café en la gasolinera, ya que sabe muy diferente. Como los viajes sabatinos al lago, o las idas a la gasolinera a medianoche con Carlos después de alguna fiesta universitaria en la que nos hubiéramos colado.

—Yo no sé cuál es tu café favorito.

—La verdad no tengo. Soy más de té.

—De acuerdo. ¿Niebla londinense, entonces? —el vaso sigue caliente cuando le doy un sorbo.

—Sí. ¿Lo ves? También me conoces —nos detenemos en una luz roja, el tráfico matutino hace el camino a la escuela más largo que de costumbre.

—¿Sí? Seguro que hay un montón de cosas que no sé sobre ti.

—¿Qué quieres saber?

Dudo.

—Dijiste que la noche que entré en tu casa estabas ya un poco molesto y que yo fui la cereza del pastel para empeorar las cosas.

—Sí, nadie ve un intruso y piensa: ¿Me pregunto si querría saber que mis papás están juntos otra vez?

Detiene el coche en una luz roja, aunque procesar su frase me toma tanto tiempo que, para cuando logro formular mi pregunta de seguimiento, ya empezamos a movernos de nuevo.

—¿Juntos otra vez? —en el archivo mencionó que su dinámica familiar era complicada, y que su papá no estuvo cuando él vivía con su mamá en la secundaria.

—Habían estado separados. Regresaban y terminaban desde que tengo memoria.

—Pero, y lo siento si esto es demasiado personal, ¿no es bueno que vuelvan a estar juntos?

Ethan hace una cara.

—A veces piensas que encontraste a tu alma gemela porque no pueden estar separados, pero *a veces* esa persona saca lo peor de ti. Incluso si se aman, te derrumbas y, tan pronto como estás lejos, lo anhelas. Ésa no es una buena relación, ese tipo de amor es una adicción. Las adicciones no son buenas.

No digo que no quiero a mis papás; creo que los dos son buenas personas como individuos, pero es difícil cuando están juntos.

—Lo siento —bajo la voz.

—No, está bien. He vivido con mis abuelos desde que estaba en segundo de secundaria. Me mantengo en contacto con los dos y los visito cuando puedo. Mi mamá siempre está de viaje; de hecho, acababa de regresar de casa de mi papá en Sacramento cuando te encontré. Mis abuelos estaban de vacaciones, así que me fui a pasar el fin de semana allá, y resulta que quiere volver a intentarlo con mamá —pone el coche en alto total y me lleva un momento darme cuenta de que ya estamos en la escuela—. Pero pienso que estarían mejor separados. Cada uno evita que el otro encuentre a alguien que de verdad lo haga feliz.

—Tal vez tengas razón, no quise dar por hecho...

Ethan se ríe.

—Sol, está bien. No hay familia perfecta, ¿o sí?

Pienso en mi familia destruida.

—Es cierto.

—Alégrate, no soporto verte así de sombría —me da golpecitos en la mejilla, y yo quiero besarlo. Aquí y ahora, quiero tomar su cara entre mis manos y besar sus labios. Y su cabello, su cabello rizado, quiero sentirlo entre mis dedos, y sentir cómo sus dedos sostienen mi cuello con suavidad, luego con más firmeza. Quiero recargar mi frente en la suya y respirar después de un beso; abrir los ojos para ver los suyos, de color café oscuro como los míos, antes de que se acerque y nos besemos otra vez.

Lo deseo y, al mismo tiempo, soy demasiado cobarde para hacerlo.

—Bien, intentaré alegrarme por ti.

—¿Por mí? —se desabrocha el cinturón de seguridad—. No, Sol, necesitas estar feliz por ti, pero si estoy involucrado en el proceso de que luzcas menos seria, estaré encantado de ayudar.

Es un día con mucho viento, y es difícil arreglar la mesa. En total hay cinco miembros: Scott, Ethan, Xiuying, Angela y yo.

Scott es un poco como Carlos: un tipo de vicepresidente no oficial que nunca fue electo. Siempre parece estar involucrado con el club, pero no absolutamente involucrado. De hecho, siempre es quien maneja para llevarnos a los retos. Es un personaje intrigante, siempre está alegre y despreocupado y, aun así, siempre al tanto de todo. Me esfuerzo por ser así de despreocupada y *cool*.

Cuando logramos organizar todo, sujetamos los papeles sobre la mesa con una piedra, acomodamos las sillas en un semicírculo alrededor del stand. Scott se disculpa para ir por unas botanas a su camioneta.

Algunos de los clubes están cocinando para recaudar dinero, pero eso requiere un permiso de alimentos, y sacarlo toma una o dos semanas, y no tuvimos tiempo para planearlo todo. En vez de eso, tenemos folletos sobre el club que presumen de nuestros integrantes y sus brillantes futuros.

—¿Por qué quisieron entrar? —les pregunto a Angela y a Xiu, quien nos dijo que la llamáramos así. Las dos son de primer año, como yo.

—Sólo quería entrar a algunos clubes, y éste iba bien con mi trayectoria académica —Angela está vestida de pies a cabeza con ropa deportiva, lo que me hace preguntarme si va o viene del gimnasio—. Me mantiene ocupada.

Xiu, por otro lado, luce supercómoda con un suéter peludo y un gorrito.

—Yo también. Queda bien con mi horario, no pensé que sería tan...

—Raro el ingreso —ríe Angela—. Sí, lo que me hicieron hacer fue muy raro.

—La verdad no lo quería hacer —Xiu mira alrededor—. Pero, al final, lo hice, y aquí estoy.

—Aquí estamos todos —mascullo—. ¿Cómo supieron de la organización, por cierto? Ninguna de ustedes tiene nada que ver con Historia, ¿correcto?

—Ma enteré por Alan, está en una de mis clases, y se lo mencioné a Xiu —Angela asiente en dirección a Ethan—. Tú y yo también tenemos una clase juntos, no tenía idea de que fueras a entrar hasta que te vi en el club.

—¡Sí, claro, laboratorio de Química! —contesta él y, aunque suena sorprendido, puedo ver que está un poco tenso.

—Siempre estás callado en clase, me sorprendí cuando te vi pasar por el proceso —Angela se inclina hacia adelante—. Sobre todo con las cosas que nos hicieron hacer a todos...

—¿Ya sacaron todos sus secretos sucios? —Scott llega con una gran caja, la coloca sobre la mesa y sonríe—. Anna me dio esto. Está llena de artículos del club. Hay algunas camisetas si quieren, pero no sé sus tallas así que tendrán que buscarlas.

En la caja hay llaveros y lápices que nunca había visto, así como un par de botellas de agua bien hechas. Me siento un poco ofendida de que a nosotros no nos dieron ninguna de estas cosas lindas.

Las camisetas azul marino llevan al logo del club al frente y por detrás dicen: *Sé parte de la historia*. Las chicas y yo tomamos una, pero Ethan no.

—¿Estás seguro, amigo? —pregunta Scott—. Seguro puedo encontrar una que te quede.

—Nah, estoy bien.

—No iría con su estilo —digo antes de poder detenerme.

—¿Mi qué? —Ethan arruga la frente.

Hago una pausa.

—Tienes mucho estilo. No creo haberte visto nunca usar una camiseta a menos que combine con tu look, y no veo cómo funcionaría esto. *Por Dios, Soledad, deja de hablar, deja de hablar en este momento.*

Él sonríe.

—Hey, ¿me dan un folleto? —pregunta un chico del otro lado del stand.

—Sí. Toma, también una pluma, en caso de que quieras anotar algo —Scott saca una pluma de la caja y se la da al chico—. Como mi teléfono.

Ethan me mira levantando las cejas. Tengo la boca abierta. Angela y Xiu se miran de forma parecida.

Dios, desearía ser así de sutil.

—Tal vez regrese por ella después —el otro chico se va, no sin antes mirar rápidamente sobre su hombro con una sonrisa.

—¿Cómo? —le pregunto a Scott.

—¿Qué?

—¿Cómo le ofreciste así tu teléfono? Qué agilidad. Yo no puedo hacer esas cosas, parecería idiota —el coqueteo no es un área en la que sea muy experta. Las bromas con Ethan son lo más cerca que he estado, y hasta eso fue terrible. Carlos podría ligarse un helecho en una fiesta si lo quisiera, y lo ha intentado borracho.

Scott se encoge de hombros.

—Me pareció guapo, y valía la pena intentarlo. Lo peor que podría pasar es que me hubiera insultado y saliera corriendo.

—Quisiera tener esa seguridad —dice Xiu.

—Puedes tenerla, sólo tienes que escoger tus batallas. No lo habría hecho si pareciera que me golpearía o algo. Coquetear es fácil cuando te das cuenta de que no tienes nada que perder fuera de que te rechacen. Si te rechazan, supéralo. Pero si tu ego es más grande que tu pene... errr, tetas... entonces tienes que reflexionar si estás listo para tener pareja. Nadie merece estar con una basura de persona que cree que le debes atención y cariño. Ellos también tienen que intentarlo.

Reina un profundo silencio.

—Hombre, qué profundo —dice Ethan.

—Y no es lo más profundo que puedo llegar... si me entiendes —guiña un ojo e Ethan ríe.

—Cabrón, caí —dice.

—Nah —Scott me acaricia el pelo al pasar—. Todos sabemos que eres el hombre de Sol, no me atrevería a acercarme.

—Espera, él no es mi hombre —la cara me arde.

—Perdón. Son el uno para el otro. Gracias por corregirme, Sol.

Angela se levanta para ayudar a un estudiante. Xiu me sonríe. No puedo mirar a Ethan así que, cuando un alumno pasa por nuestra mesa, me levanto de inmediato y trato de convencerlo para hablar sobre mi turbio club y sus aun más turbios miembros. Repartimos artículos como si fueran dulces y tratamos de atraer a alumnos susceptibles con la oportunidad de conseguir horas comunitarias.

Les menciono a algunos estudiantes que el club es como una gran familia. Lo que no agrego es que es como una familia en una cena navideña, y tú eres el primo controvertido que nunca se casó y está en desacuerdo con las opiniones políticas de los parientes, lo que ocasiona que siempre haya tensión.

Pero al menos hay comida en la mayoría de las reuniones.

El tiempo pasa e ignoro a Ethan, miro mal a Scott y converso con las chicas. A mitad del día, Scott nos deja ir a comprar comida. Me muero de hambre, ya que sólo me tomé ese café en la mañana.

—¿Adónde quieres ir? —pregunta Ethan cuando junto los volantes.

—Podríamos separarnos y buscar algo, si quieres.

—Nah, vamos a caminar y a ver qué encontramos —ladea la cabeza—. Vamos.

Miro hacia el stand, preguntándome si debería invitar a los otros, pero estoy muy feliz de que él quiera caminar conmigo. No hay nada de racional en mis emociones; no quiero que note la atracción que siento por él pero, al mismo tiempo, espero que lo haga. El miedo de perjudicar nuestra floreciente amistad es igual que mi necesidad de decirle que me gusta su cara y que me está costando trabajo manejarlo.

—¿Algo está mal? —pregunta Ethan mientras caminamos entre la multitud.

—¿Mal? Nada está mal —casi lo pierdo entre empujones y cabezazos—. Estoy pensando.

—¿En qué?

—¿La Inquisición Española? No sé, pensando en general. ¿Qué no puedo?

—Perdón, sólo preguntaba.

Me detengo y de inmediato alguien choca conmigo.

—Perdón, no quise ser brusca.

—Está bien —dice, pero pareces distante.

—Hey —golpeo su hombro jugando. Al fin me mira—. Las cosas me afectan y no me gustó cómo Scott habló de nosotros.

Caminamos más lento y nos sostenemos la mirada, y me detendría en lo romántico que esto le parecería a cualquiera que nos viera entre la multitud, pero al momento siguiente alguien camina directamente hacia mí y ni siquiera se disculpa.

—¡Oye, ten cuidado! —grita Ethan—. No creo que éste sea el mejor escenario para hablar de esto.

—Tienes razón.

—Así —me toma la mano; los dedos se entrelazan con facilidad—. Para que no nos separen.

—No querríamos eso.

—¿Y que me quitaran mi fuente de diversión? No, preferiría morir.

—¿Así que soy tu fuente de diversión? Mejor dime payaso. No voy a aceptar eso, adiós.

Su mano aprieta la mía cuando me alejo y, con un ligero jalón, me vuelve a acercar más a él.

—Sabes que es broma, Solecito.

Solecito. *Solecito. SOLECITO*. Creo que estoy a punto de desmayarme.

—Lo sé, pero me gusta ponértela difícil —el aire huele a comida frita y me ruge el estómago—. Soy como una molesta piedrita en el zapato.

—Me gusta esa piedrita, así que no me voy a quitar el zapato muy pronto.

—¿Qué?

—Vamos, huelo a papas fritas. Podríamos comprar unas hamburguesas en ese puesto, y Oreos fritas en el de al lado.

Se mueve más rápido, metiéndose con facilidad entre la gente y jalándome de la mano. En algún lugar entre las tiendas de campaña, alguien pone música pop y, aunque las festividades parecen estar empezando por hoy, no le pongo atención al entusiasmo.

Ethan dijo algo así como que le gusto.

Mierda.

15

—Estoy muerta.

—No estás muerta.

—Sí lo estoy —alejo la vista de mi comida y miro enojada a Diane—. No pareces estar preocupada por mi muerte.

Ha pasado un día desde el festival y cuando le mandé mensaje tan pronto como pude acerca de lo que Ethan había dicho, aceptó una sesión de consolación a cambio de comida. Sus ojos oscuros me juzgan bajo sus cejas levantadas y con forma perfecta.

—Amiga, el chico dijo que le gustas. No te propuso matrimonio. No necesitas morirte por eso.

En lo que respecta a las familias mexicanas, todos piensan que conocen el mejor restaurante por la vibra que transmite. Un menú en español es una buena señal, así como música de calidad; siempre es un plus si no hay un mural de algún tipo de evento o lugar ancestral con el que los dueños quieren que te conectes, pero eso no es necesariamente un impedimento. Mi regla general es probar al menos dos cosas del menú antes de cancelar un restaurante.

Estamos en mi restaurante mexicano favorito, a cuarenta y cinco minutos de la ciudad, pero vale la pena. Casuelas se puede describir como un localito modesto, pero tiene muchas cosas que me gustan en cuanto a la cocina mexicana. En vez de enfocarse en inspiración gastronómica específica, el menú rota conforme al día de la semana, y los dueños te brindan una experiencia más allá de los totopos y salsa gratis que te dan en casi todas las taquerías.

No es la comida de mi mamá, pero me conformo con algo que sea mejor que mis habilidosos menjurjes. En la bocina suena música de banda y Diane mueve los hombros siguiendo el ritmo, aunque no entiende las letras.

Suspiro, tomo una cucharada de frijoles refritos de mi plato y me la llevo a la boca. Mi platillo consiste en un tamal, una tostada y un chile relleno, que viene con arroz y frijoles. Es un montón de comida, nunca he controlado mis hábitos alimenticios. Cuando mi mamá me dijo que a mi edad pesaba trece kilos menos de lo que yo peso hoy, casi me da un ataque, pero pedaleo mucho y a veces, *a veces*, voy al gimnasio con Carlos. Además, no he odiado mi cuerpo desde el segundo año de prepa.

En los medios normales siguen introduciendo cuerpos de talla promedio, y me llevó un tiempo darme cuenta de que tengo la complexión de mi padre. Mientras que él es robusto y está lleno de músculos, mi madre es más espigada, y ver sus fotos de prepa comparadas con las mías me ponía mal. Tyler era de mi misma talla cuando empezamos a salir, así que nunca tuvimos problemas de imagen corporal. Con el paso del tiempo, empecé a entender que mi aspecto no tenía nada de malo; de cualquier modo, todos tenemos días malos.

Ethan está muy en forma; no es que quiera que me cargue, sólo que me empuje contra la pared mientras nos besamos.

—¿En qué piensas? —me pregunta Diane mientras le da una mordida a su tostada sin pollo ni carne o crema o queso fresco, así que es, básicamente, una ensalada encima de una tostada, porque veganismo.

—Ay, nada. El chico me gusta mucho, pero a veces exagero y me da miedo echarlo a perder y que deje de gustarle.

—Si fuera así entonces no valdría la pena.

Estoy a punto de decirle que quizá tenga razón, pero mi teléfono vibra. Es papá. Mi papá es más de llamadas. Fue la última persona de la familia en hacerse de un smartphone, y aunque me mensajea de vez en cuando, en general suena muy serio debido a que raramente usa emojis.

—Papá oso, tengo que contestar —me levanto y hago clic para responder. Es un poco grosero hablar delante de la gente en un idioma que no conocen, o discutir temas con los que no están muy cómodos.

—*Hello?*

—*Hey, girl*, ¿crees que podrías pasar por la tienda cuando vengas a casa?

En el fondo puedo escuchar el ruido del aire acondicionado de su vieja camioneta. Probablemente se dirige a casa desde la construcción y está demasiado cansado para ir de compras.

—Claro, papá, ¿qué necesitas?

—Estaba pensando en asar unas agujas o rib eye. Si quieres unos T-bones, también está bien. Te devuelvo el dinero cuando llegues a casa. Ah, y… claro, aún no puedes comprar cerveza —se ríe. Es bueno ver que está de buen humor—. Sólo trae unos refrescos e ingredientes para hacer pico de gallo y salsa.

—Ok, pa. Cuando termine de comer paso a la tienda, pero llegaré a casa como en una hora.

—Está bien, pasaré por unas cervezas a la gasolinera, y luego haremos una carnita asada.

—Ok, entonces te veo al rato, *daddy*. Adiós.

—*Alright*, adiós.

Me guardo el teléfono y regreso caminando a la mesa, una señora mayor me hace señas con la mano.

—Hola, no sé si estás descansando pero, ¿nos puedes rellenar los vasos?

Me toma un momento procesar lo que ocurre. Llevo jeans oscuros y una camiseta verde militar, y mi cabello no está recogido en un chongo. ¿Piensa que trabajo aquí porque estaba hablando en inglés y español?

—No trabajo aquí.

La mujer entrecierra los ojos y se ríe.

—Lo siento, por un segundo te confundí con nuestra mesera. Ustedes los mexicanos a veces se parecen mucho.

Siento el pecho apretado. Me alejo rápido.

—¿Qué diablos? —dice Diane cuando le cuento.

—Sí.

—Eso está mal. ¿Quién fue?

—Una señora, está bien.

—No, es como si me detuviera en un lugar de pollo frito sólo porque "me parezco a todos los del personal" —se recarga y cruza los brazos—. Sólo porque ella cree que no fue racista no significa que no lo sea. Es insensible y no deberías temer decirle algo.

—Entiendo perfectamente lo que dices, pero es mayor. La gente mayor tiende a decir más cosas insensibles que los jóvenes. No voy a dejar que me moleste tanto.

—Bueno, a mí me molesta.

Así es Diane. Si algo le pasa a ella no importa, pero si se trata de sus amigos, está lista para echarse un round.

—Siento habértelo dicho.

—Sol, no empieces conmigo.

—No estoy empezando contigo.

—Entonces retráctate. Si una vieja te dice alguna mierda lo quiero saber, ¿ok?

Le saco la lengua.

—Ok, mamá.

Me lanza un pedazo de lechuga.

—No seas grosera.

Me recargo en mi asiento y miro hacia donde está sentada la pareja. Diane tiene razón, ser mayor no hace que esté bien decir ese tipo de cosas. Sé que no tengo las mismas dificultades que Ethan y Diane por ser negros, pero ese pequeño encuentro se siente como una bofetada. Incluso si se desvanecerá y continuaremos con nuestro día como si nada hubiera pasado, el veneno sigue ahí.

Diane me deja en la tienda a un par de cuadras de mi departamento. Quería llevarme hasta mi casa, pero no acepté, asegurándole que estaría bien y no me atropellaría un coche de regreso en la bici. Después de sacar mi bicicleta de la parte trasera (donde bajó los asientos para que cupiera) y prometer mandarle mensaje cuando estuviera en casa, se recargó en la ventana del lado del conductor y dijo:

—Sé que ya pasó un tiempo desde tu ex, pero no dejes que eso te haga sentir ansiosa para ligar. Si Ethan es bueno, van a pasar cosas buenas. Y si no lo es, llámame y te ayudaré a joderlo.

Sonrío.

—No lo vamos a joder.

Diane guiña un ojo.

—No importa lo que pase, la oferta sigue en pie.

Cuando entro en la tienda, inmediatamente me fijo en los cajeros, pero ninguno es Ethan.

La sección de carnes es bastante pequeña, pero encuentro un paquete de T-bones y lo echo al carrito antes de ir por las especias y condimentos. Ya que los tengo, me dirijo a las frutas y verduras por las cosas para el pico de gallo y la salsa. El elote asado sabe buenísimo con una cantidad malsana de mantequilla encima, o puedo hacer unos elotes en la semana.

Doy vuelta en el pasillo de los refrescos cuando lo veo. Ethan coloca unas cajas en el estante inferior, casi sentado en el suelo junto a un carrito lleno de Dr Pepper, mi sabor favorito.

Mientras busca otro paquete para poner en el estante, se da vuelta y me descubre.

Se quita los audífonos con una mano y sonríe.

—Hey, Solecito.

Grito por dentro.

—¿Qué hay? —empujo mi carrito cuando él se levanta.

—No mucho, estoy terminando aquí —se ve bien con la camiseta de la empresa y jeans, un cordón rojo cuelga de su cuello—. Trato de esconderme antes de salir.

—Por lo regular, acomodo libros al final de mi turno para no lidiar con la gente.

—Sí, exacto —mira mi carrito—. ¿De compras?

—Algunas cosas para la cena.

—¿Vienes con alguien?

—No. ¿Por qué?

—Me preguntaba si tienes quién te lleve a casa.

—Traje mi bici, no está tan lejos.

Tengo la inquietud de hacer algo con mi pelo para distraer las manos pero, en vez de eso, simplemente sujeto el carrito con más fuerza para evitar hacer algo raro.

—Salgo en cinco minutos. Yo te llevo a tu casa.

—Estoy bien, pero gracias. O sea, no quiero ser una molestia.

—Sol, vives como a tres cuadras de mi casa, no es ninguna molestia.

Quiero taparme la cara y gritar, porque él me hace sentir la urgente necesidad de gritar hacia el vacío.

—¿En serio?

—En serio.

Quizá porque en mi cabeza sigue la plática con Diane, digo:

—¿Quieres venir a cenar? Mi papá va a cocinar, pero es tranquilo, no te va a perseguir con un machete. Me encantaría la compañía porque estoy bastante segura de que piensa que soy una solitaria.

Si hubiera una manera de abofetearme sin parecer una loca, lo haría.

—Me encantaría, pero les prometí a mis abuelos hacer la cena esta noche. ¿Qué tal otro día? ¿Está bien?

—Totalmente bien. Grandioso, de hecho, así no le causo un ataque a papá; no que tú lo espantarías, sino que no llevo chicos con frecuencia, aparte de Carlos, pero él no cuenta.

Sonríe ante mi parloteo, luego mira su reloj.

—Debería irme ya. ¿Quieres esperarme al frente de la tienda? Te veo ahí en un minuto.

—Sip. Todavía tengo que pagar, así que tómate tu tiempo.

Paso mi carrito a su lado, tratando de escapar de la incomodidad.

—Sol, ¿no vas a llevar refrescos?

—Claro.

Ethan sale con la chamarra de mezclilla colgando del hombro. El sol ya bajó un poco, no está tan oscuro para pedalear, pero sería tonto negarme a su oferta.

—Dios, mi jefe es molesto —gruñe.

—¿Qué pasó?

—Problemas de horarios —Ethan se encoge de hombros—. Saldré de ese hoyo algún día pero, mientras tanto, quisiera seguir pagando la escuela y la gasolina.

—Creo que tuve suerte.

Después de que entramos en su coche, lo prende y se echa en reversa; luego dice:

—¿Suerte?

Desde que dejé de manejar he aprendido mucho como pasajera. Puedes decir mucho de una persona al verla manejar. Diane es la conductora más relajada que conozco; Carlos es iracundo; Ethan, pues, es grandioso.

—Me gusta trabajar en la biblioteca. Mi jefe es bueno y me llevo bien con todos. Además, no tengo que pagar gasolina porque voy a la escuela en bicicleta, o en coche con amigos como tú.

—Ah, ¿ahora soy un amigo? —se detiene frente al edificio de mi departamento.

—Sí, eres mi amigo.

Se queda en silencio un segundo.

—¿Sólo un amigo?

Falta el rechinido de un disco cuando Ethan me mira y yo estoy confundida y ansiosa. Todo lo que se me ocurre es abrir la puerta y salir corriendo del coche como si tuviera la peste, pero claramente me está dando la oportunidad de coquetear también, y quiero aprovecharla.

—O, o sea, quizá —digo.

—¿Quizá?

—Quizá.

Se acerca.

—¿Quizás algo más?

Me río y le toco ligeramente la nariz.

—Quizás algo más.

Sonríe.

—Es bueno saberlo.

—¿De verdad? ¿Por qué?

—Porque eres más que una amiga para mí.

Y porque estoy cansada de darle vueltas al asunto, pongo mis manos sobre sus mejillas y lo beso. Ya estábamos bastante cerca para empezar, sólo se necesitaba un empujón para cerrar la brecha, culparé al universo después, pero en ese momento decido tomar cartas en el asunto y hacerlo. No es nada romántico; de hecho, creo que termina en menos tiempo de lo que me tomó pensarlo.

Tiene los ojos cerrados cuando me quito; la luz del tablero le da un brillo azulado a su piel.

—Es bueno saberlo —susurro, aún tengo las manos sobre su cara—. Ahora voy a salir corriendo de tu coche y me iré a casa. No quiere decir que no me gustes, es que estoy al borde de un ataque de pánico.

Ethan me toma por las muñecas antes de que pueda alejarme.

—¿Por qué?

Paso saliva con dificultad.

—Porque te besé y te dije que me gustas, y no hago esas cosas —me toma un momento respirar—. Y no tengo un plan para después de eso.

Ethan me suelta las muñecas, coloca los dedos cuidadosamente sobre mi cuello, se inclina y pone sus labios contra los

195

míos. El beso es más lento, más dulce y me permite rodearlo con mis brazos y sentir su cabello, su roce que explora mi nuca, y su aliento contra el mío. Hace una pausa con su frente contra la mía.

—Lo descubriremos, Solecito.

Asiento y agarro la manija de la puerta, sonriéndole mientras salgo del coche. Cuando estoy en la banqueta, recuerdo que yo también poseo un medio de transporte.

—Espera, ¡la bici!

16

Más tarde esa noche, papá y yo cenamos casi en silencio mientras vemos televisión en la sala. No me hace preguntas mientras lavo deprisa los platos y me voy directo a mi cuarto poco después, con Michi que me sigue de cerca. Internamente, se lo agradezco porque todo lo que pasó hace menos de una hora aún me persigue.

Por un lado, besé a Ethan Winston y él me correspondió, pero, por el otro, tomé una decisión precipitada y no estoy segura de que haya sido buena idea.

Aunque no quiero que en mi vida sea un tema recurrente profesarle mis sentimientos a quienes me gustan besándolos de la nada, como hice con Tyler, es emocionante. Tomar control de la situación es como un descenso en una montaña rusa. No es tan poderoso como lo es ser honesta conmigo misma: abrirme al rechazo sin tener miedo, como Scott mencionó en el festival.

Me siento en la orilla de la cama, mi gata me sigue y empuja su cabeza contra mi brazo. El golpe de adrenalina se tranquiliza en mi cuerpo y se convierte lentamente en pozo de ansiedad en el hueco de mi estómago.

Ésta podría ser una idea terrible.

No estoy segura si de verdad me gusta Ethan por quién es o por el tiempo que hemos estado pasando juntos, y me da miedo pensarlo; sin embargo, ¿es malo intentar una relación con alguien a quien sólo conoces desde hace un par de semanas si piensas que te gusta por eso? Después de la fricción inicial, ha sido lindo conmigo y he descubierto un par de cosas sobre nuestras vidas, desde los nombres de nuestros gatos hasta los colores favoritos. Incluso sabe cómo me gusta el café. Eso elimina la mayoría de las preguntas que le haces a tu ligue cuando coinciden en cualquier sitio tradicional de citas.

Tyler y yo comenzamos a salir en segundo de prepa. La primera vez que sus papás me invitaron a cenar, su mamá hizo una cacerola de enchiladas para hacerme sentir incluida. No me gustó pero fue un buen gesto. Esa mujer era la más dulce; nos daba aventón y me llevó de compras después de que deportaron a mamá para hacerme sentir mejor, aun cuando Tyler y yo ya habíamos terminado. Todavía le mando mensajes en Día de Gracias y Navidad; me sentiría mal si no lo hiciera.

Tyler terminó conmigo porque era "complicada". Deportaron a mamá y me deprimí, además, me sentía ansiosa de que me siguieran pasando más cosas malas. Me apoyaba mucho en Carlos y eso no le gustaba a Tyler. Aparte de que era divertido, no recuerdo qué me gustaba de Tyler. También fue el primer chico con el que tuve sexo, pero a un año de esa relación, no puedo precisar por qué me gustaba tanto.

Después de Tyler, tuve algunas citas durante el verano antes de la universidad; esos meses están borrosos. Conocí a Taylor, una chica, en una fiesta así. Lo primero que le dije después de que se presentó fue que su nombre era casi como el de mi ex. Ella se rio y dijo que esperaba dejar una mejor impresión. Taylor usaba un perfume floral que me gustaba mucho y tenía alegres ojos verdes. Ha sido la primera y única chica a la que he besado. Rompimos como una semana después de eso.

No creo haber necesitado un novio, o novia para el caso. No tuve ganas de conocer a gente porque sintiera la necesidad de estar con alguien. Supongo que lo hice, en parte, para distraerme y porque creí que era lo que haría una persona normal: salir y divertirse, ya sabes.

En las fiestas, yo era la chica incómoda con un vaso de agua en un rincón, y lo odiaba. No era mi ambiente. Trataba de convencerme de que en el fondo no estaba deprimida, porque iba a fiestas, besaba a extraños y me reía fuerte; de que no era alguien que lloraba hasta quedarse dormida casi cada noche. Estaba bien y estaba tratando de entender la vida por mi cuenta.

Aún hoy, no estoy totalmente bien, pero estoy mejor que al principio de aquel semestre. Conocí a Diane, conseguí el trabajo en la biblioteca, me concentré en mis clases, y Carlos dejó de llevarme a sus fiestas. Dijo que era porque no me estaba ayudando, pero que él seguía estando disponible para mí. Carlos me llevaba a casa en la madrugaba, y me llevaba al IHOP cuando sentía que las paredes de mi cuarto se cerraban. Nunca les dije a mis papás que me sentía así, no quería romperles el corazón.

Suspiro y veo mi alarma. Son las 2:17 a.m. y no puedo dormir. Michi ronronea al lado de la cama, mi angelito perfecto.

Me levanto, tomo mi teléfono de la mesa de noche y busco entre mis contactos.

Yo: ¿Despierto?

No pasan más de dos segundos.

Carlos: tal vez... ¿por qué?

Carlos: Llego en cinco

Después de que nos entregan los menús y pedimos café, nuestra mesera, una chica no mucho mayor que nosotros, nos deja solos. No intercambiamos muchas palabras de camino al restaurante. Como de costumbre, Carlos se había estacionado en mi departamento con las luces del coche apagadas.

—*So, what happened?* —hace su menú a un lado; siempre pedimos lo mismo.

—Besé a Ethan.

Carlos se ríe.

—Espera, ¿es en serio?

—¿Crees que haría esto si no lo fuera?

—Tal vez tenías hambre —juega con su cabello—. Ok, está bien, te creo. ¿Qué pasó?

Le cuento lo que pasó antes de enviarle mensaje, incluyendo todas mis reflexiones sobre el verano pasado. Me escucha con atención, interrumpiendo de vez en cuando para preguntar por qué no lo había invitado a la carne asada y si nuestra amistad ya no significaba nada para mí.

—¿Están listos para ordenar? —pregunta la mesera, que parece surgir de la nada.

—¿Nos puedes traer la muestra de aperitivos, los hot cakes de cheesecake neoyorquino para mí, y unos con chispas de chocolate para ella?

—Claro. Ya regreso con sus cafés helados, perdón —se va caminando, y mira de reojo a Carlos.

—Le gustas —lo pateo por debajo de la mesa.

—Le gusto a mucha gente —se recarga en su asiento y me patea la espinilla. Le devuelvo el golpe—. Soy guapo, no puedo evitarlo.

—Como sea.

La mesera regresa con dos cafés helados de vainilla antes de desaparecer otra vez. Le quito el papel al popote y lo sumerjo para poder remover el espeso jarabe que está en el fondo.

—Me prometí enfocarme en la escuela y no dejar que nada me distrajera.

—No creo que Ethan te haya distraído. Fue el club.

—Pero tú me metiste en el club, y conocí a Ethan por el club.

—No dije que fuera malo. De algún modo, te ha distraído de otras cosas.

—Pero ¿qué tal si lo echo a perder?

—¿Cómo podrías?

—No lo sé.

—¿Entonces por qué estás preocupada?

—Porque estar con alguien significa aceptar que vas a ser vulnerable. Significa que, en cierto punto, te vas a abrir. ¿Qué tal que sólo quiere una aventura? Quizá sería mejor para ambos si fuera algo temporal.

—Aquí está su comida —la mesera llega con una gran charola y una mesita para colocarla. Baja nuestros hot cakes y el resto de la comida, pregunta si necesitamos algo y se va diciendo—: ¡Disfruten!

Carlos toma uno de los *tenders* de pollo y un palito de mozzarella. Comemos en silencio unos segundos.

—Mira, salir con alguien no cambiará el hecho de que deportaron a tu mamá y de que tu papá trabaja todo el día para olvidarse de las cosas. De hecho, podría estresarte más, porque así funcionan las relaciones. Pero el chico te gusta y tú a él, y nunca has sido de tener sólo aventuras —inclina un poco su vaso hacia mí—. No pierdes nada al salir en una cita, podrías perder más si no haces nada.

—La vida —digo con un bocado de queso.

—Mientras sigas viviéndola, irá hacia delante. ¿Sabes por qué te invitaba a todas esas fiestas aunque no era lo tuyo?

—Porque estaba encerrada en mi cuarto.

—Aunque no hagas nada, el mundo seguirá girando a tu alrededor, Sol. Sé que no necesitas que te diga eso —suspira. Su cabello está desordenado y ondulado. Siempre es raro verlo sin gel y sin sus lentes de sol; Carlos siempre está listo para impresionar, y se siente bien verlo sin barreras cada vez que estamos solos en el IHOP.

—¿Estás bien, Carlos?

—Estoy bien, siempre lo estoy —se pasa los dedos por el pelo—. La cosa es que siento que cada vez que trato de sacarte de tu zona de confort, acabo haciéndote más mal que bien.

—No digas eso…

—Es en serio.

—Lo sé, pero no es tu responsabilidad sacarme de ahí. Me has ayudado mucho en estos meses, y la gente del club es muy linda —miro la comida frente a mí—. No puedo cambiar lo que pasó, tienes razón, y debería hacerme cargo yo misma. A veces es duro enfrentar la verdad.

—Oye, si encontraste a alguien por el club, me alegro por ti, incluso si fue por allanar su casa —le da otro trago a su vaso y se lo termina cuando va pasando la mesera. Ella sonríe y le retira el vaso discretamente.

—Gracias —le dice Carlos, luego voltea hacia mí—. Has hablado con abogados, tienes años por delante, y tu papá está a salvo. Vive tu vida, Soledad. Estoy seguro de que, en este punto, la última preocupación de Ethan es su llave.

—¿Y entonces cuál sería su principal preocupación?

—Que salgas con él.

Las canciones de los 60 que IHOP obliga a sus clientes a escuchar llenan el ambiente. Afuera la noche oscura parece estar preparando una tormenta. Es agradable verlo desde dentro. No habíamos tenido un desayuno de medianoche en un buen tiempo. Después de poner mis tumultuosas emociones sobre la mesa y analizarlas cuidadosamente, Carlos me da una idea para el siguiente paso.

Son casi las cinco de la mañana cuando regreso a casa. Me voy a saltar la clase de la mañana porque no hay manera de que esté lo suficientemente despierta para ser funcional, así que pongo la alarma para el mediodía antes de abrir mi app de mensajería.

> **Yo:** Buenos días, quieres ir al parque o tal vez por un café…

Siento un poco de vértigo al presionar el botón de Enviar. Para mi sorpresa, el teléfono vibra y casi grito.

> **Ethan:** Buen día y sí está bien, sola

> **Ethan:** Solecito* medio dormido

Qué ñoño.

> **Yo:** Está bien, perdón por despertarte

Ethan: No, está bien, me alegra que no te hayas desaparecido

Yo: No lo haría

Ethan: ¿De verdad?

Yo: Sip, me gustas

Pasa todo un minuto en el que me pregunto si se quedó dormido o si me precipité al decirle que me gusta a esta hora de la mañana.

Ethan: A mí también me gustas, Soledad, me gustas desde hace tiempo

No puedo contener el vértigo en mi interior, y me doy vuelta para tomar a Michi en mis brazos. No le da gusto que haya interrumpido su sueño sólo para ponérmela en el pecho y acariciarle la cabeza, pero se le olvida rápido. No hay forma de predecir lo que pasará en la mañana, pero espero que no sea tan desastroso como el día que nos conocimos.

17

Diez minutos antes de la hora acordada para una cita es el momento perfecto para llegar. Si él llega antes y lo haces esperar, eres una perra. Si llega temprano y ya estás esperando, estás desesperada. En el caso posible de que él llegue tarde y tú ya estuviste esperando, es el momento justo. Diez minutos es el punto ideal para demostrar que te importa pero no tanto.

No, el mundo no deja descansar a las mujeres, muchas gracias.

La cafetería a la que siempre venimos está tranquila para ser lunes por la mañana. En este punto, he empezado a aprenderme los nombres de los baristas y quién de ellos prepara mi bebida con más cariño y dedicación.

Tomo un sorbo de mi café, dejando que la cafeína bañe mi cuerpo privado de sueño.

—Hola, Solecito.

Gracias a las sillas altas como bancos que les gusta poner en los cafés, cuando Ethan me envuelve con sus brazos, estamos casi de la misma estatura. El calor de su cuerpo contrasta con el material áspero de su chamarra, y cuando su mejilla toca la mía puedo sentir que se acaba de rasurar y lleva la esencia del aftershave en la piel.

Diablos, huele tan bien.

Tengo que aclararme la garganta cuando se aparta.

—Te ves muy bien.

Lleva su chamarra de mezclilla sobre una camisa color mostaza, aunque afuera es febrero y estamos a veintidós grados.

—¿Pedaleaste hasta aquí?

—Sí, llegué a las siete por… trabajo —mentira, llamé a Miranda y pedí el día. Karim cubrió mi turno. Fuera de mi encuentro con Ethan en la biblioteca hace un par de semanas, no creo haberle dado problemas a Miranda ni a nadie más en la biblioteca, así que no me hicieron muchas preguntas cuando llamé.

Le toma un minuto pedir su bebida y sentarse conmigo.

—Así que los dos llegamos temprano —dice.

—Somos un par de nerds.

—¿Tú eres nerd?

—Te cuento que pasé todas mis materias con diez el semestre pasado.

—¿Eran cursos para principiantes? —Ethan se agacha cuando le lanzo una servilleta enrollada—. No dije que fueran *fáciles*.

—Estabas a punto de ser grosero.

—Sí, pero para ser justos, eres linda cuando te enojas un poco.

—¿Sólo un poco? —ponerme la barbilla sobre el dorso de las manos se siente un poco tonto, pero es difícil no perderme en sus rasgos: lo anguloso de su mandíbula, la forma en que sus ojos brillan detrás de sus lentes, la curva de sus labios mientras me mira también, con los dedos entrelazados al frente.

—Sólo un poco, de lo contrario eres mortífera.

—¡Ethan! —llama el barista, y ese pequeño trozo de universo infinito se cierra.

—¿Qué planes tienes para hoy? —me pregunta cuando regresa a la mesa.

—Aparte del café, no he pensado más allá.

—Igual. ¿Tienes planeado algo más?

—No.

Ethan golpea la mesa con sus dedos.

—¿Qué te parece el minigolf?

—Me gusta… o podríamos ver una película.

—O ir a un museo.

—Prefiero no poner un pie en un museo, hermano.

Se ríe.

—¿Qué tal si tomamos éstos para llevar y pensamos en el camino?

—Claro, eso también funciona.

El asiento del copiloto en su coche está acomodado como a mí me gusta. Al salir del estacionamiento del café, bajo la ventanilla para dejar entrar un poco de aire fresco. Me alacié el cabello esta mañana porque mi nido de pájaros no cooperaba, y decidí que dañarlo con una plancha caliente era la mejor idea.

—Te ves muy linda —Ethan baja el volumen del radio, que está conectado a su teléfono y toca "Best Part", de Daniel Caesar.

—Gracias. Mira, combinamos —yo llevo una playera sin hombros en un tono mostaza con un par de jeans holgados de señora que, literalmente, eran del clóset de mi mamá.

—Ahora la gente sabrá que estamos saliendo.

—¿Ah, sí?

—O sea, estamos en una cita —Ethan se detiene en el rojo y me mira rápido.

—O sea, sí.

—Y como que combinamos —afuera Westray se desdibuja en una mezcla de verdes y amarillos, los edificios de la escuela brillan con el sol de finales de invierno que calienta la ciudad.

—Es verdad.

—No digo que estemos en una relación. Salir y tener una relación no es lo mismo.

Manoteo su brazo. No implica nada tener una cita además del hecho de que nos gustamos y, de algún modo, me gusta eso, pero no puedo negar que saber si tendremos o no una relación sería un bonus.

—¡Wow! ¿Qué?

—Sabelotodo.

—¿Yo soy el sabelotodo?

—Sí, bastante —reposo mi cabeza en la ventanilla a la mitad, emocionada por esta nueva oportunidad. Por primera vez en mucho tiempo, no me estresa el pasado, y el futuro no me parece aterrador; estoy enfocada en el presente y en lo que está sucediendo hoy. Habrá tiempo suficiente para preocuparme por lo que voy a hacer y lo que he hecho antes, pero ahora el presente está rebosante de oportunidades, y se siente bien.

—Bueno, aprendí de las mejores.

Le muestro el dedo.

—Eso significa que soy buena maestra.

De repente, mueve el coche a la derecha y entra al estacionamiento de una tienda de abarrotes; me golpeo la cabeza contra el vidrio.

—Ethan, ¿qué rayos?

—Perdón, se me ocurrió una idea.

—¿De qué tipo?

Por alguna razón, parece ansioso.

—Un picnic.

Ir de compras con Ethan es una tarea emocionante. Mientras tomamos sándwiches, pastel y cosas así, hace chistes, bailamos con la música de fondo en medio del pasillo del café, y nos reímos muy fuerte y los demás clientes nos miran molestos.

Nunca lo había visto tan relajado.

Terminamos en un lago en las afueras del pueblo. Desde la orilla puedes ver las montañas, y hay banquitas para picnic y asados. Vine muchas veces cuando era más chica, con mis papás los fines de semana. Papá hacía carne asada y mamá y yo jugábamos volibol. En el verano puedes rentar botes de remos en una tienda cercana, y a veces papá me llevaba los fines de semana en que mamá tenía trabajo de la escuela y tratábamos de pasar la tarde pescando. Nunca volvimos después de que deportaron a mamá.

—Escogiste un buen lugar —dice Ethan después de darle una mordida a uno de los sándwiches que trajimos.

—Sé lo que hago, hijo —en el momento en el que sugirió un picnic, supe exactamente adónde quería ir. Era probable que venir aquí me pusiera triste, pero en cuanto pasamos la entrada al parque, aquélla con un oso tallado en madera en el portón, me sentí justo en casa. Era reconfortante—. No había venido en mucho tiempo.

—¿Por qué?

—La vida.

Nos sentamos en silencio un momento, escuchando las olas estrellarse contra las rocas. Unos patos graznan sobre el sonido del agua y el viento sopla por nuestra mesa, removiendo las bolsas que trajimos, que pesan por la comida.

—Te ves alterada —dice Ethan.

—No lo estoy. ¿Por qué lo dices?

Se encoge de hombros, quitando un pedazo de pimiento rojo de su sándwich y haciéndolo a un lado—. No sé, la manera en que dijiste "la vida" y te volteaste, sentí tristeza. Es un lugar hermoso; he vivido en Westray la mayor parte de mi vida y creo que nunca había estado aquí.

—Venía con mis papás, antes de que mi mamá… se mudara a México.

—¿Por trabajo? —me pregunto si sabe a lo que me refiero o si en serio piensa que mamá se mudó por trabajo. No estoy lista para decirle la verdad.

—Algo así —hago una pausa—. Es raro cómo pasan las cosas en la vida y luego estás en un lugar totalmente distinto del que imaginabas años antes.

—La vida no ha sido justa contigo, ¿verdad, Sol?

Contengo una risa.

—Ethan, la vida no siempre es justa con todos, ¿no es así?

Ethan bebe de su botella de té helado que compró para compensar el café que se tomó en la mañana.

—Creo que algunas personas tienen mejor suerte al nacer. Luego la vida se hace cargo y es cuando te das cuenta si esa primera suerte importa o no.

—¿Qué significa eso?

Ethan se endereza.

—No estoy diciendo que sea el más privilegiado, pero mis papás son abogados, se conocieron en la facultad de derecho. A pesar del divorcio, mi infancia fue bastante buena al ser hijo único y todo. Has visto la casa de mis abuelos, no nos va mal. Mis papás pagan la mayor parte de mi colegiatura, así que podría haber ido a cualquier lado, pero decidí quedarme aquí —se estira y toma una uva de la bolsa antes de lanzarla al suelo.

Un pato se acerca rápidamente a nuestra mesa—. En lo que respecta al dinero, la vida ha sido justa conmigo.

—Pero eso no significa que ha sido *justa* —agrego—. Estoy segura de que el divorcio de tus papás y las peleas constantes te han afectado.

—Así es.

—Y no quiero *asumir*, pero no creo que tus papás tengan una casa en las Bahamas y un avión privado, ¿o sí?

—No.

—Vivir con comodidad no significa que vivas con lujos. O sea, hay gente que lo tiene todo en el mundo y sigue pensando que la vida no vale la pena. Si estás tratando de decirme que, de alguna manera, mi experiencia ha sido menos buena porque mi mamá no está conmigo, te equivocas.

"¿Está jodido? Sí. Pero ¿qué crees? Hay gente a la que le va mucho peor. Gente que no tiene a ninguno de sus papás, o tienen papás horribles y no tienen dinero para sobrevivir. Pero eso no debería minimizar tus dificultades o hacerte sentir que no importan. Sé que el dinero no te preocupa, tú mismo dijiste que no puedes ponerlo de una manera en que lo entienda fácilmente, cómo es crecer siendo negro, y está bien. No deberías sentirte culpable sólo por el dinero.

Papá y yo tenemos una cuenta de ahorros para los honorarios del abogado para el proceso de ciudadanía de mamá; no hay mucho dinero ahí, pero nos da esperanza. En términos monetarios, no estamos en el peor lugar y, de hecho, fuera de extrañar mi antigua casa y las cosas que teníamos, creo que podemos encontrar un tipo de felicidad algún día.

Hay algunos patos reunidos alrededor de nuestra mesa, esperando que les demos comida, así que agarro la bolsa y les doy uvas mientras sigo hablando.

—Tuve una infancia muy feliz, de verdad, incluso si crecí sin hermanos ni primos con quienes jugar. Era feliz con lo que me daban, y aún ahora desearía haberla atesorado más de lo que lo hice. Sólo porque no tenía dinero para derrochar no significa que me dé envidia lo que puedas tener. Y aunque fueras hijo del gobernador o muy pobre, honestamente no me importaría un carajo mientras fueras una buena persona, y lo eres.

"¿El dinero marca la diferencia? Sí, a veces implica una diferencia enorme respecto a comida, educación y vivienda. Debería haber una manera en la que, como país, pudiéramos marcar la diferencia en la vida de otros, pero eso no te hace una persona diferente. La vida nunca es justa, Ethan. Es una apuesta, y lo que eliges hacer con tus monedas es tu decisión. No quiero despertar lástima por lo que me ha pasado. Quiero mirar hacia el futuro, a lo que puedo cambiar en el futuro.

Ethan parpadea.

—¿A partir de mi comentario armaste todo un discurso?

—No armé un discurso.

—Incluso si no lo hiciste, fue un poco atractivo.

Golpeo su pierna con mi pie y sonríe, devolviéndome la pequeña patada.

—Me gusta que eres… tú —se estira sobre la mesa y pone una mano sobre la mía; la calidez de su piel envía una sensación de vértigo por mi cuerpo.

—¿Una persona que analiza tu argumento y se desborda para poder elogiar tus antecedentes aunque estás tratando de decir que tienes más privilegios que ella? —pregunto, apretando su mano, lo que lo hace reír.

Siempre es agradable escucharlo reír; no me canso de ello.

—No, me gusta que eres genuina; puedo leer cada emoción en tu rostro, puedo darme cuenta cuando estás enojada o triste, y pude ver con claridad cuando te sentiste culpable por lo que pasó. Puedo ser un idiota por decir esto, pero ese día que ofreciste ayudarme en el patio, sentí que cada palabra era real, Soledad —sus dedos se entrelazan con los míos—. Sabía que para mí no tenía sentido confiar en ti, pero lo hice. Aún lo hago.

Es duro escucharlo decir esto porque, a lo largo de todo este tiempo, estaba segura de que me odiaba, de que no había manera de que me ganara su confianza. Aún ahora que está sentado justo frente a mí, me cuesta trabajo creer que confiaba en mí en aquel entonces; pero aquí estamos, con las manos unidas a unos metros de la orilla del lago que significaba tanto para mí de niña. Tal vez sea un paso hacia algo mejor. En este momento no se siente como un simple ligue, y la forma en que me mira fijamente me dice todo lo que necesito saber de lo que dijo. Tal vez esto funcione si nos damos una oportunidad.

No hemos dicho una sola palabra desde que entramos al coche. Westray está tranquilo cuando pasamos por Main Street; hoy los negocios cierran un poco más temprano, y el ocaso se cierne sobre las montañas. En el radio suena música indie no muy alta, los sentimientos que revelamos en el parque flotan en el aire, y tengo demasiadas preguntas para seguir conteniéndolas.

—¿Entonces?

—Entonces —dice como un eco, mirando el camino.

—¿Somos novios? —me hice una trenza lateral decente a un lado y juego con el extremo para distraerme.

—¿Qué no ya hablamos de esto?

Miro por la ventana. Hay algunas tienditas y no hay mucho tráfico.

—Ethan, detente.

—¿Qué? ¿Por qué?

—Sólo hazlo.

Y lo hace, se lo reconozco. En una maniobra que me recuerda a lo que hizo antes para ir a la tienda de abarrotes, serpentea hacia el carril derecho y entra en el primer estacionamiento disponible. Tras detener el auto, me mira.

—¿Somos novios?

—Sí —se ríe—. Sol, estamos…

—¿Estamos en una relación? Porque me gustas y lo que dijiste antes no me gustó. Para mí salir siempre ha significado más que una cita. Tengo que preguntar porque no quiero atormentarme con eso hasta las tres de la mañana, y me voy a levantar tarde para ir a clases, y voy a reprobar mis exámenes y a convertirme en un fracaso en la vida.

Ethan se desabrocha el cinturón de seguridad.

—Ven aquí —me abraza por encima del portavasos.

—¿Qué?

—Respira.

—Estoy respirando.

—Y estás diciendo cien palabras por segundo —retrocede para recargar su frente sobre la mía—. ¿Por qué estás tan ansiosa?

—No estoy ansiosa, soy… precavida.

—¿Por qué?

—Porque no me gusta no tener respuestas definitivas, y me gustas.

—Tú también me gustas, y no quiero ir demasiado rápido. Lo siento si no estaba siendo claro antes. Tampoco quiero que pienses demasiado acerca de cuando te invité a salir. ¿Qué tal si piensas que estoy tratando de usarte?

Sonrío.

—Eso suena a algo en lo que pensaría demasiado. Tampoco quiero que pienses que quiero aprovechar la primera oportunidad que se me presenta. Sé que saqué todas esas cosas, pero también quiero ir despacio.

—Pero si no tienes problema con eso…

Me inclino hacia delante y presiono mis labios contra los suyos. Primero despacio, luego, cuando me devuelve el beso, acelero el ritmo y siento la suave presión de sus dedos sobre mi nuca.

—No tengo problema con eso —digo—. Pero quizá deberíamos dejar de besarnos en tu coche o se volverá costumbre.

—Es una costumbre que no me molestaría mantener.

Me lleva a casa mientras en el coche suena música suave. Nuestros dedos están entrelazados en el posabrazos mientras maneja, y no decimos una sola palabra en todo el camino. Incluso cuando se estaciona frente a mi departamento, nos quedamos sentados en la oscuridad de su coche. Se desabrocha el cinturón de seguridad y cuando salgo a la calle él sale también le da vuelta al coche y, con uno de los movimientos más delicados que le he visto, pone sus brazos sobre mis hombros y reposa su barbilla sobre mi cabeza.

—Estamos bien, Sol —susurra contra mi cabello mientras nos balanceamos suavemente y, en ese momento, mientras nos abrazamos en las primeras horas de la noche, le creo.

18

El cuarto de Diane es lo que espero lograr cuando ya no viva con mi padre. Su departamento tiene cuatro recámaras que comparte con otras personas a las que casi nunca veo. Su cuarto tiene todas las paredes tapizadas, plantas que decoran cada esquina y lucecitas que cuelgan del techo en un ángulo tan perfecto, que me sorprende que algún modelo de Instagram no la haya reclutado como diseñadora de interiores. No importan los metros cuadrados que tenga el lugar porque los aprovecha maravillosamente.

—Así que la respuesta fue sí —dice Natalie.

—Prácticamente —respondo.

Diane me mira con sospecha. Natalie está sentada junto a ella, con la barbilla sobre las palmas de las manos mientras escucha con atención. Les di un resumen completo de mi vida, detalles truculentos sobre mi ex, mi ola de besos en las fiestas, incluyendo el amigo con verdaderos beneficios.

—Pero nunca lo dijo —menciona Diane.

—No, pero la intención estaba ahí —por la forma en que se sentían sus brazos a mi alrededor, podía decir que todo lo que dijo era real.

—Al chico claramente le gustas, así que supongo que no hay que cuestionarlo.

—Tú me invitaste a salir —Natalie le da un golpecito de lado a Diane.

—Pero yo soy así —le pasa una mano por el pelo a Natalie.

—Por Dios, váyanse a un hotel —recojo mi mochila del suelo. La casa de Diane está cerca del campus y me gusta venir entre clases a veces. Me sorprende lo poco que ha cambiado desde que empezó a salir con Natalie. Siempre es bueno ver que las parejas no traten de cambiar su forma de vida por la otra persona, significa que hay buena conexión.

—Sol, ¿ya estudiaste para el examen de Historia? —pregunta Diane.

—Algo así —el primer examen de Historia es un ensayo escrito en clase. El profesor nos da cinco preguntas y tenemos que escoger tres para responderlas a manera de ensayo. Todas tienen que ver con las eras que hemos visto hasta ahora, de la Guerra Civil a la Época de Oro, así como con los materiales de lectura que nos han dado. Sin embargo, debido a las actividades del club y el trabajo (y la flojera), no he tenido tiempo de estudiar.

—No has estudiado un solo periodo, ¿verdad? ¿Ya compraste un manual para el examen?

—No —me levanto y me echo la mochila al hombro—. Voy a comprar uno y a estudiar ahora mismo sin distraerme. ¿Cuándo es el examen?

—El viernes, en clase.

—¿Ves? Es lunes, tengo tiempo de sobra para prepararme para una…

—Tres.

—Tres preguntas de ensayo, no hay problema —le lanzo un beso cuando me mira con incredulidad—. Bye, Nat. Bye, Di, diviértanse. Yo me voy para ser una buena alumna.

—Hazlo y luego me mandas mensaje —grita Diane cuando salgo.

Sí, voy a la biblioteca y me obligo a leer todo, desde los temas más recientes hasta los primeros que vimos. Hay algo acerca de la Edad de Oro que se parece a lo que estamos pasando ahora, con gente superrica y la brecha de opulencia que parece expandirse, los altos niveles de materialismo en la cultura de *influencers* y todos los seguidores que tiene, sin mencionar la tensión cultural y los problemas de migración que había en aquellos días.

Incluso los tiempos más oscuros en Estados Unidos se pueden teñir de oro.

Miro mis notas.

Llevo una página.

Mi teléfono vibra.

Anna: ¡Reunión sorpresa! Necesito que todos se presenten en el club a las cuatro ;)

Son las 3:27 p.m. No ha pasado ni un minuto desde que leí el mensaje cuando entra una llamada, que no es lo mejor cuando estás en la biblioteca.

—Dame un momento, estoy en la biblioteca y necesito guardar mis cosas —murmuro.

—Estoy cerca de la biblioteca, paso por ti —contesta Carlos.

Me espera en un área con sillones y una mesa de centro.

—¿Sabes de qué se trata esto? —le pregunto cuando salimos.

—No, es una sorpresa para mí también.

—Eres un mentiroso —golpeo mi hombro contra el suyo.

218

—No miento. Ella no me dijo nada. ¿Estás bien con Winston?

—Sí, ya somos pareja.

—Wow, graduada de la clase de solteros. Tendré que encontrar otro chivo expiatorio para rechazar los avances de la gente —Carlos y yo usamos nuestras fotos como fondo de pantalla del teléfono para evitar que otros coqueteen con nosotros. Funciona muy bien.

—Puedes mantener mi foto y llamarme.

—¿Ah, sí?

—Por supuesto, sigues siendo mi persona molesta favorita.

—Me enorgullezco de ello —me jala la cola de caballo—. No puedo perder a mi compañera del IHOP.

—*Eso* nunca lo perderás.

Nos abrazamos como si estuviéramos saliendo de una película de los 90. No puedo pensar en no tener a Carlos a mi lado. Ahora que Ethan y yo somos pareja, sólo espero que mi amistad con Carlos no sea un tema. Fue un gran tema con Tyler, pero Ethan me ha visto con Carlos y nunca ha parecido el tipo de chico que se intimida por un amigo. Sin importar lo que pase, siempre podemos hablarlo. Y Diane y Natalie parecen estar de acuerdo con que pase tiempo con ellas.

Las amistades no se terminan sólo porque empieces a salir con alguien.

—Gracias por venir con tan poca antelación —Anna está sentada sobre el escritorio del salón. Después de que se desvaneciera el azul de su cabello, se lo pintó de un brillante verde menta. Le va bien con el corte bob, y el largo de su pelo sólo afina la apariencia de su cara.

Además de Carlos y yo, los otros miembros que asisten son Ophelia, Scott, Alan y Xiu.

—Como todos saben, tenemos parciales la próxima semana, lo que es horrible, pero tengo algo para que se emocionen: las vacaciones de primavera —salta del escritorio y se pasea como un general hablándoles a sus soldados—. Haremos un viaje.

—¿Adónde? —pregunta Carlos.

Anna gira, apuntando hacia él.

—Gracias por preguntar. Por supuesto que estoy al tanto de que no todos podrán ir ya que es muy repentino, pero digamos que *adquirí* una casa en el lago de las montañas para el último finde de las vacaciones. Será privado, y mientras todos cooperen para la comida, se les brindará la mayoría de las cenas. No es obligatorio, pero me gusta pensar que es un regalo para ustedes por ser miembros de esta linda familia.

No suena para nada sospechoso.

—Suena bien. ¿Necesitas conductores? —pregunta Scott.

—Eso depende de cuántos decidan ir, pero pagaremos la gasolina. Nos iríamos el viernes en la mañana para regresar el domingo. Hay un asador y un bote. Será divertido, lo prometo.

Un fin de semana para relajarse sin pensar en las aplastantes responsabilidades de la universidad. Supongo que por eso los estudiantes van a la playa y se la pasan en un sopor etílico, para olvidar que tienen exámenes, ensayos, y la inminente posibilidad de ser la decepción de la familia.

—Suena bien, me apunto —me sorprende un poco ser la primera en decirlo, porque en general *no* soy la primera en hacerlo.

—Entonces somos dos —Carlos pone una mano sobre mi cabeza.

—Todos los que vayan a venir, por favor, firmen esta forma —Anna saca una hoja blanca con algunas líneas a mano de un fólder sobre el escritorio y se la pasa a Ophelia—. Le mandaré mensaje a cada uno para asegurarme de que la lista esté actualizada. No olviden sus horas comunitarias normales, tenemos que asegurarnos de que todos se mantengan al día. Fuera de eso, la reunión se terminó.

El resto de los chicos se pone de pie y hace fila para firmar la forma.

Scott saca a Alan de la fila, y él se da vuelta con los puños en alto, listo para simular una pelea; lo hacen, aunque es más tierno que divertido. Los rebaso y me dirijo al frente de la fila, donde Anna está de pie del otro lado del escritorio, apoya las manos en la mesa, sus uñas en gradiente combinan con el tono menta de su cabello.

—Me enteré de las buenas noticias sobre ti y el Sr. Winston.

—¿Por quién? —no le he dicho a nadie además de mis amigos cercanos, y sé que ninguno de ellos habría dicho nada.

—Me lo dijo un pajarito —menciona—. Todo el tiempo les eché porras, como estoy segura de que lo hicieron los demás miembros del club.

La tinta aún sigue secándose en la hoja de papel cuando se la regreso. La facilidad con la que se entera de las cosas siempre me ha desconcertado, pero cuando se trata de Ethan, estoy más que lista para pelear por él.

—¿Qué hay de sus cosas?

—Ah, ¿no te dijo? Le di la llave la misma noche en que finalizaron su iniciación —toma el papel de mis manos y lo sostiene por encima de mi hombro, lo que permite que uno de los chicos detrás de mí lo tome—. Ya no importa, ¿correcto?

—No, ya no importa —le paso la pluma que usé para firmar—. Me alegra que se las hayan devuelto.

No espero respuesta; tomo mi mochila de la silla en la que estaba y me dirijo hacia la puerta. Afuera del salón, Carlos y Ophelia sostienen una profunda conversación que muere cuando ven mi cara.

—¿Estás bien, Sol? —pregunta Ophelia.

—Estoy bien —me aparto el pelo de la cara—. Anna me dijo algo que no sabía.

Ella asiente.

—Anna puede ser un poco intimidante la primera vez, pero es superrelajada cuando la conoces. Nos cuida a todos aquí. Aun cuando parece que se enteró de algo de la nada, siempre hay una fuente de información.

Lo que dice Ophelia tiene sentido, aunque lo que hirió mi orgullo no fue que Anna supiera de mi relación, sino que Ethan no haya mencionado que le devolvieron la llave.

Carlos me lleva a casa y le pido que pase y se quede a cenar. Después de que pongo la pizza congelada en el horno, porque tengo demasiada flojera para cocinar de verdad, nos acostamos en mi cama; Michi salta en medio. A veces me pregunto si Carlos extraña mi antigua casa igual que yo. Papá bromeaba con que el cuarto de visitas debería ser de Carlos, por lo mucho que nos visitaba cuando estábamos en la escuela. Estudiábamos para clases que ni siquiera tomábamos juntos, sólo para pasar tiempo en el patio.

Carlos bromeaba sobre preferir mi casa a la suya porque prefería a mis papás que a los suyos. Aunque le pedía que no dijera eso, empecé a entender con los años. Su padre siempre estaba en viajes de trabajo, y su mamá estaba demasiado ocupada traba-jando durante el día y tomando clases por la noche como para ponerle atención a él. También peleaban seguido, por el choque cultural, y Carlos se sentía en medio de una gran brecha.

Encontró atención en las fiestas y conociendo a gente, como pedacitos de amor dispersos en los cuerpos de las perso-nas que conocía.

—Tu familia se siente como un hogar. Verlos juntos es como ver un portarretrato sobre una chimenea —dijo una vez, en algún momento de la prepa—. Encaja a la perfección y ustedes se llevan bien. No mucha gente tiene eso, Sol.

—¿Qué pasa? —me pregunta ahora, tomando a Michi en sus brazos.

—No pasa nada.

—Mentirosa, ¿crees que no te conozco como a la palma de mi mano?

Me estiro y acaricio la cabeza de Michi, sintiendo cómo ronronea en mi mano.

—¿Quieres ver *El diablo viste a la moda* y *Legalmente rubia*, comer pizza, tomar cantidades malsanas de refresco e ignorar todas nuestras responsabilidades?

—¿No ya hacemos eso último todo el tiempo? —dice Carlos, levantando la cabeza.

—Pero estoy agregando la primera parte.

Finge pensarlo un segundo antes de decir:

—Ese plan suena bien. Hasta podemos invitar a Diane, le gustaría.

—Está bien, pero ¿sabes qué pasará primero?

—¿Qué?

Tomo una almohada debajo de mi cabeza e intento gol-pearlo, pero rueda de la cama, se ríe y agarra otra almohada.

Saco mi cuerpo de la cama, lanzo el primer objeto de plumas que encuentro, e inmediatamente esquivo el golpe que me intenta dar en la cabeza.

Michi huye en medio de nuestra pelea de almohadas.

Entre risas y gritos, nos perseguimos hasta la sala cuando papá entra por la puerta principal.

—*Hey, daddy!* —me empujo el pelo hacia atrás, le doy un beso en la mejilla y trato de recuperar el aliento—. Carlos estará aquí el resto del día y tal vez venga Diane. Tenemos una pizza en el horno y alitas que quedaron de ayer. ¿Quieres algo más?

—No tengo hambre, hija. Pero gracias.

Voltea a ver a Carlos, que sigue parado con una almohada al lado.

—Hola, Carlos —papá le da la mano con una sonrisa—. Es bueno verte, ya tenía tiempo.

—*Thank you*, Sr. Gutiérrez. Siempre me da gusto cuando Sol me invita, es como mi casa.

—Sabes que ésta también es tu casa —se dirige a mí—. Voy a llamar a tu mamá y a tomarme una cerveza en el balcón. Pero no hagan mucho ruido o se enojarán los vecinos.

Mamá y papá pueden estar al teléfono horas. A veces cuando regresa del trabajo ya habló con ella en el camino. Me gusta pensar que eso es amor verdadero. Camina hacia la cocina y abre el refrigerador para agarrar una cerveza. Carlos y yo nos miramos.

—¿Peleamos hasta que nos detenga el horno y luego vemos una película? —dice.

—Suena bien —lo golpeo con mi almohada antes de que pueda ponerse en posición de pelea.

Resulta que Diane está ocupada esta noche, pero promete invitarnos la próxima vez que queramos ver algo. Carlos y yo estamos a mitad de *El diablo viste a la moda* y casi al final de la pizza, cuando le pongo pausa a la película y volteo a verlo.

—¿Tú le contaste a Anna sobre Ethan y yo?

—No.

—Alguien le dijo —le doy una mordida a mi rebanada—. No me molesta, sólo me parece raro.

—Bueno, ella sabe todo.

—¿No es raro?

—Un poco, pero ¿quién sabe? Quizás Ethan le dijo. Anna no tiene superpoderes, la información siempre proviene de una fuente específica. Ya oíste lo que dijo Ophelia hace rato.

Agarro mi teléfono.

—Ya regreso.

Michi maúlla y me sigue al baño, como todos los gatos tienen derecho a hacerlo, y espero a que entre antes de cerrar la puerta. Bajo la tapa de la taza, me siento y marco el número de Ethan. Suena dos veces antes de que conteste.

—Hola, Solecito, ¿qué pasa? —su voz suena más profunda por teléfono, y no sabía que me resultaría tan atractiva.

—Pregunta rápida. ¿Tú le contaste a Anna sobre nosotros?

—De hecho, es curioso. Vino a la tienda hoy con su novio y te mencionó mientras pagaban. ¿Fuiste a la reunión? Una casa en el lago, suena… interesante.

—Sí, creo que será divertido. Otra cosa. Dijo que te dio la llave, lo que es grandioso, sólo me parece raro que no me hayas dicho —Michi me pone las patas sobre la pierna, exigiendo que la acaricie.

—Mierda, lo siento. Se me olvidó totalmente —suena sorprendido de verdad—. La noche en que me dejaron en mi casa, Anna me dio la llave. Hasta ahora recuerdo que nunca te lo dije.

—No lo sientas, no es algo malo.

—Pero es importante.

—¿Lo es? Supongo que no puedes salirte del club ya que estás dentro.

Se ríe.

—Es verdad.

—No estoy enojada. Es raro cómo funcionan las cosas en el club. No sólo con Anna, ella es otro miembro como nosotros y tuvo que pasar por el proceso también. A veces me pregunto si está tan frustrada como nosotros y simplemente no puede decir nada… No sé.

La manera en la que Anna parece tener confianza sobre cómo funcionarán las cosas me hace preguntarme cuál fue su proceso. Debe haber tenido que tomar algunas decisiones difíciles y trabajar mucho para ese puesto.

Ethan se queda en silencio un momento.

—Sol, ¿eres feliz en el club?

—No estoy *no* feliz. Me cae bien la gente, es… un desastre. Desearía que las cosas no fueran como son.

Todavía no estoy cómoda con las cosas que hicimos. Aunque no son extravagantemente ilegales, aún me hacen sentir culpable. No les he mentido a mis papás sobre el club, pero les he ocultado cosas, y he hecho otras que tal vez pondrían en riesgo mi relación con ellos.

—Pero no hay vuelta atrás, ¿o sí? Si hubiera sabido entonces lo que sé ahora, quizás ambos estaríamos en mejores lugares.

—¿Y si…? No, olvídalo.

—¿Qué?

Ethan suspira.

—Nada, a veces también desearía que las cosas hubieran sido diferentes, pero te conocí por toda esta locura, y no quisiera que fuera de otro modo.

—Yo igual. No quiero que parezca que enloquecí porque no me dijiste sobre la llave, valoro mucho la comunicación —lo que me hizo sentir insegura fue la manera en que Anna comentó que estaba sorprendida de que él no me hubiera dicho. Tampoco es su culpa, a fin de cuentas, dijo que nos echaba porras.

—Está bien. Debí haberte dicho, fue mi error. ¿Quieres ir por unas hamburguesas mañana para compensarlo? Yo pago.

—Estás aprendiendo a llegar a mi corazón con comida. Eso es peligroso.

—Oye, se puede decir lo mismo de mí. ¿Estamos bien?

—Estamos bien, siempre estuvimos —me levanto—. Ahora debería irme, estaba viendo películas y comiendo pizza con Carlos.

—Qué bien, diviértanse. Acabo de salir del trabajo; necesito un baño y luego a dormir, pero te veo mañana, ¿de acuerdo?

—Está perfecto para mí.

Es bueno quitarme eso de encima, aunque sabía que probablemente no había nada malo. El hecho de que Ethan fuera tan abierto y honesto conmigo es una bocanada de aire fresco en cuanto a la historia de las tonterías del club. Ya que lo saqué de mi mente, logro ponerme el teléfono de vuelta en el bolsillo, cargo a mi gata como si fuera un bebé y regreso tranquila a la sala, lista para deleitarme con la nostalgia de principios de los 2000.

19

El jueves en la mañana por fin le cuento a mamá sobre Ethan y yo. Sí, me salté muchos detalles importantes acerca de cómo nos conocimos, pero ya no importaba porque ella estaba muy interesada en mi vida amorosa en este momento, y no había podido ofrecerle drama amoroso como lo habría hecho cualquier adolescente.

—¿Es lindo? —pregunta mamá.

Sonrío y le pongo leche a mi cereal.

—Lo es. El otro día tuvimos un picnic.

No había hablado regularmente con ella en un rato, y eso me carcomía. Es como si el club se estuviera apoderando de mi vida poco a poco, cuando debería estar concentrada en las cosas importantes de la vida, como la escuela y mi familia.

—¿Cómo es que no había oído de él antes?

Hago una pausa.

—Nos conocimos en la escuela, pero no quería hablar de eso para que no pareciera que me está distrayendo de la escuela.

—Sol, tienes dieciocho, casi diecinueve, y has tenido novios antes. Sé que eres buena estudiante, conozco a la hija que crie —me mira de una manera expresiva que me hace un nudo en el estómago— me da mucho gusto. Tal vez un día llegue a conocer a Ethan.

—A lo mejor ya lo conoces. Es el nieto de los Winston.

—Ah, claro, los de la otra casa. Eran muy lindos.

—Es una de las casas más viejas del pueblo, hasta les dieron un reconocimiento por ello. Creo que la construyeron a finales del siglo diecinueve —la mayoría de la información me la dio Anna, pero tengo la seguridad de que si me gustara un chico me contaría este tipo de cosas él mismo, y mamá no lo sabría.

—Wow. ¿Dónde aprendiste todo eso?

—Ethan —me van a regalar carbón en Navidad.

—Creo que lo recuerdo. Estoy segura de haber invitado a sus abuelos a una de tus fiestas de cumpleaños y lo llevaron. Sus papás se estaban divorciando o algo así.

Me pregunto si ya nos habíamos conocido antes. Si, por casualidad, Ethan golpeó mi piñata, o si alguna vez convivimos con los chicos del vecindario. Es mayor que yo, así que sé que no nos habríamos conocido en la escuela, pero ahora que mamá lo mencionó, me doy cuenta de que no lo ubico en mi memoria. Sólo destacan sus abuelos cuando pienso en mi niñez.

—Sí, no tiene la mejor relación con sus papás. Como te dije, ahora vive con sus abuelos.

—Una familia no siempre tiene que ser una mamá, un papá y un hijo; a veces es un padre soltero y un hijo, o abuelos y un nieto, o incluso una pareja sin hijos. A veces es mejor cuando los papás están separados.

—Nosotros no. Estábamos mejor juntos.

—Es cierto, pero lo vamos a solucionar. ¿Cómo van tus clases? Te tocan parciales, ¿correcto?

—Tengo uno hoy, para el que debería estar estudiando, y otro mañana. Después de eso termino. Ah, y voy a ir a una casa en el lago a finales de las vacaciones de primavera con el Club de Historia.

—Suena muy divertido —mira hacia un punto arriba de su cámara, la señal de que tiene que irse pronto.

—No evitará que saque buenas calificaciones —cuando era más chica teníamos juntas familiares si sacaba menos de diez, para hablar de la razón por la que mis calificaciones habían bajado y lo que podíamos hacer como familia para subirlas.

—Estarás bien. No te presiones mucho, ¿ok? —se endereza y se remueve el pelo, como yo hago con frecuencia, para estar presentable para su clase. Su cabello es tan oscuro como el mío pero, a diferencia de mí, mamá fue bendecida con cabello lacio y lustroso que no le da batalla cuando decide hacerle algo.

—No lo haré si tú no lo haces tampoco.

Me señala con el dedo.

—No me hables así. Soy tu madre.

Es una broma, porque todos en nuestra familia son trabajólicos.

—Te amo, mamá —le digo adiós con la mano.

—Yo también te amo, *sweetheart*, buena suerte en tu examen —se estira y, al segundo siguiente, el cuadro se congela antes de mostrar su información. Es un poco raro pero empiezo a acostumbrarme a esta forma de comunicación con ella. Las llamadas matutinas, los mensajes, las llamadas por Skype a la hora de la cena con ella y papá; todo eso se siente como algo normal ahora, y no me gusta del todo.

Entiendo que las matemáticas son importantes y que no habríamos logrado muchas cosas como raza humana sin chicos nerds haciendo cuentas. Sin embargo, si alguien anunciara que tenemos todas las matemáticas que necesitamos como sociedad, brindaría por ello.

El alumno que está a dos asientos de mí deja caer la cabeza sobre el papel con un fuerte golpe.

Lo entiendo.

Treinta minutos después me obligo a pararme de mi asiento y entrego el examen. Mi profesor parece sentirse terriblemente mal por el dolor que nos está causando. Salir del salón es como una bocanada de aire fresco.

Saco mi teléfono de la mochila y lo volteo para revisar de qué me perdí mientras hacía el examen.

Ethan: Hola hermosa, quieres venir a cenar a mi casa más tarde?

Mi corazón late más lento.

Yo: Claro me encantaría

Yo: No tengo que vestirme elegante ni nada o sí? Lol

Sintiéndome un poco idiota después de mandar el segundo mensaje, me pongo el teléfono en el bolsillo trasero. Salgo del edificio de Matemáticas y Física.

—¡Hey, Sol!

No reconozco a Angela hasta que está justo frente a mí; de hecho, su linda mochila verde militar cubierta de pines me llama la atención antes de darme cuenta de quién es.

—¿Qué hay? —caminamos juntas, ya que quedarse quieto en un pasillo universitario lleno es una gran idea si quieres que te saquen del camino a empujones.

—No mucho, rumbo a mi siguiente parcial.

—Ay, no, ¿tienes más de uno hoy?

Hace un gesto.

—Sip, y son mis clases menos favoritas.

—Qué horror.

—¿Vas a ir al viaje del club?

—Sí, será divertido después de toda esta basura. ¿Y tú?

—Sí. El club es un poco loco, pero estoy segura de que el viaje al lago será como la fiesta de iniciación —su cabello café claro cae un poco más debajo de los hombros en ondas lindas como de playa. El hecho de que estemos a la mitad de los parciales muestra verdadero compromiso por parte de aquellos que se arreglan el cabello en la mañana. Ahora la respeto mucho.

—Seguro. Yo no pensé terminar en un club así, pero me ha cambiado la vida —digo, un poco sorprendida de lo real que es eso. El club es parte de mi vida diaria, ante todo. Ya sea que esté con Ethan o conviviendo con Carlos, si estoy conversando con Diane, o si estoy en casa haciendo la tarea, el club siempre se asoma en mi mente.

Angela asiente.

—Siento más o menos lo mismo —luego, en voz más baja—. Aunque a veces siento que las cosas serían mejores si eso no fuera por algo.

—¿Cómo?

Hace una cara.

—No te lo dije yo, pero digamos que profané una tumba. Me dio un susto de muerte. Hay una alta probabilidad de que, si se sabe algo de esto, no acabaré en la cárcel pero me multarían y me pondrían en libertad condicional.

Damos vuelta a la esquina afuera del edificio, siguiendo el camino a la plaza principal. El cielo está claro y los pájaros cantan; sería un lindo día para un picnic si no fuera por el estrés omnipresente de los estudiantes universitarios corriendo hacia el siguiente parcial que podría arreglar o arruinar sus semestres.

—O sea, lo entiendo. Siento que atenté contra mí misma con lo que hice —contesto. Al menos ella entiende las consecuencias; siento que seguí todo a ciegas hasta que fue demasiado tarde.

—¡Exactamente! Es como si me hubiera traicionado a mí misma al hacer lo que hice —suspira—. Ni siquiera siento que valiera la pena.

—Dímelo a mí; me digo lo mismo cada día —no creo que haya habido un solo día desde mi reto en el que no haya cuestionado mi lugar en el club.

—¿Verdad? A veces quisiera que todo se acabara, pero, al menos, tenemos un lugar donde quedarnos en spring break. Bueno, tengo que dar vuelta aquí, pero te veré el próximo fin de semana —Angela me sonríe y sostiene las cintas de su mochila mientras se aleja con la cabeza ladeada.

—De acuerdo. ¡Buena suerte en tu examen! —grito.

Mientras miro alrededor para descubrir exactamente en qué parte del campus estoy, recuerdo que dejé mi bici encadenada afuera del edificio de Matemáticas.

—Mierda.

Ethan intenta no sonreír mientras maneja. El aire acondicionado de su coche está a todo lo que da mientras me recargo y trato de no sudar hasta del trasero. Resulta que usar un suéter de manga larga en un día que llega a los veintiséis grados no es divertido, lo que no sorprende a nadie. En primer lugar, no esperaba que fuera a hacer tanto calor, pero debí haber sabido que mi lindo atuendo me iba a traicionar al intentar conocer a la familia de mi nueva pareja.

—Olvidaste la bicicleta y tuviste que caminar de regreso —Ethan se ríe.

—No fue la primera vez ni será la última que lo haga —era peor cuando recién empezaba a pedalear a la escuela. Salía de clase y caminaba al estacionamiento del otro lado del campus y entonces recordaba que ya no tenía coche. Así fue como comencé a trabajar los músculos de las piernas.

—¿Qué voy a hacer contigo?

—Valorarme por lo que soy —nos detenemos en la entrada de su casa.

—Ya lo hago —Ethan pasa el dorso de sus dedos por mi mejilla—. Me encanta lo rara que eres.

—En primer lugar, eso es un insulto. En segundo, no es tan raro olvidar cosas —o quizás es algo que sólo hacemos papá y yo, sin mamá para recordarnos las cosas que dejamos en otro lado o cuando olvidamos las cosas más sencillas. Su almuerzo, por ejemplo, o las llaves adentro de la casa, o recordarme que tengo tarea y darme cuenta de que me quedan tres horas para entregarla.

—Bien, peculiar.

Arrugo la nariz.

—Nah, no tengo suficientes seguidores en Instagram para ser peculiar.

Se ríe.

—Ok, entonces regresamos a que eres rara.

—Bien. Tus abuelos van a cenar con nosotros, ¿verdad? —salgo del coche y agarro la bolsa de pastelillos que compré en el camino de regreso a casa.

—Sí. ¿Estás nerviosa?

—¡No! Me siento rara porque la última vez que estuve aquí yo… —giro mis manos lentamente hacia él, consciente de que sabe a lo que voy.

—¿Te metiste a su casa? No les conté nada.

—¿En serio?

—Les dije que había cambiado las cerraduras porque es buena idea hacerlo cada par de años —qué alivio. No me hace sentir mucho mejor, pero él me toma la mano mientras caminamos a la puerta principal, y el calor de sus dedos contra los míos me reconforta.

La vida es buena.

Tan pronto entramos, el aroma de la comida casera es casi arrollador. Quizá sea porque me acostumbré a comer fuera o cocinar yo misma, pero no he comido algo bueno hecho en casa en un buen tiempo.

—Mima, ya llegué —Ethan se quita la chamarra de mezclilla y la cuelga en el asiento donde duerme su gato, Muffin. Por supuesto, voy de inmediato y lo acaricio. El gato ronronea y presiona su cabeza contra mi brazo. No sé nada fuera de su nombre, pero moriría por él.

—Hola, bebé —la Sra. Winston sale del pequeño comedor, limpiándose las manos con un trapo. Es como una cabeza más baja que yo, lo que hace adorable la diferencia de estatura con Ethan. Sus lentes son gruesos y las arrugas de su rostro hacen que su sonrisa sea cálida cuando camina hacia mí—. ¿Es quien creo que es?

Doy un paso hacia ella y le tiendo la mano.

—Hola, Sra. Winston, cuánto tiempo.

—No, ven aquí, nena —me envuelve con sus brazos y me aprieta tan fuerte como creo que puede. Sus extremidades tiemblan y parece frágil, pero puedo sentir la felicidad pura que transmite—. ¡No te he visto en mucho tiempo! ¿Cómo has estado? —se aleja de mí y mira a las escaleras—. ¡Samuel!

—He estado bien, la vida ha sido… interesante, pero aquí estoy.

—Supe lo de tu mamá, lo siento mucho. Ven, siéntate —toma mi mano y me conduce a la pequeña mesa del comedor, donde puedo colocar la bolsa de pastelillos y sentarme. Es tan extraño estar aquí otra vez.

—¿Qué pasó? —el Sr. Winston da vuelta a la esquina del comedor mientras la Sra. Winston se sienta junto a mí. Él está más cerca de la estatura de Ethan que su esposa, pero camina un poco jorobado, aunque no lento, al dirigirse hacia nosotros. Tiene un aparato auditivo en la oreja izquierda, que gira hacia la Sra. Winston.

—Es Soledad, ¿la recuerdas? La hija de Margarita y Emanuel.

El Sr. Winston entrecierra los ojos, luego toma sus lentes del bolsillo en el pecho y se los pone. Ha hecho eso desde que yo era pequeña.

—No, no la recuerdo.

Mi sonrisa se desvanece.

—Es broma. Claro que te recuerdo, niña.

Eso me hace la noche. Él también me da un abrazo. Cuando le ofrezco ayuda a la Sra. Winston, ella me calla y me dice que no me preocupe.

Hizo pastel de carne con un toque de salsa que aún humea cuando coloca el plato frente a mí, así como macarrones con queso, verduras al vapor y un esponjoso y dorado puré de papa. En el centro de la mesa hay una jarra de gravy, así como bisquets con mantequilla derretida. Siento que voy a llorar.

—¿Cómo estás, querida? ¿Cómo está tu papá? —pregunta la Sra. Winston.

—Está bien, trabajando mucho como siempre.

Ella asiente. El Sr. Winston se ríe y suena tan parecido a Ethan que casi me da miedo.

—Tu papá trabajaba sesenta horas a la semana y actuaba como si no fuera nada —le pone más gravy a su comida.

—Sip, así es papá.

—¿Cómo está tu mamá?

—Está bien, sigue dando clases de inglés —me sirvo un poco de puré con una rebanada de pastel de carne—. Nos extraña y la extrañamos, pero no hay nada que podamos hacer por el momento.

—Es una pena —murmura la Sra. Winston—, debe ser tan difícil para ti también.

—Con el sistema de ahora no se puede hacer nada —gruñe su esposo.

—No hasta que cumpla veintiuno —le doy un trago a mi agua—. Bueno, no se puede abrir un caso real hasta que yo tenga veintiuno, y luego tengo que esperar seis años más porque tiene una prohibición de diez años. Todos los abogados con los que hemos hablado papá y yo nos han dicho que esperemos.

—Pero no tiene antecedentes criminales, es la mujer más dulce… —dice la Sra. Winston.

El Sr. Winston la interrumpe.

—Ahora todos los inmigrantes son criminales para el gobierno.

No podría estar más de acuerdo, pero si hablo tal vez se me quiebre la voz.

Puedo sentir el peso de la mirada de Ethan sobre mí. Nunca me ha preguntado por qué mamá trabaja en México, o sobre mi situación. No se me ocurrió que no sumara dos más dos, o quizás estaba esperando a que yo le dijera.

—Hey.

—¿Sí?

—¿Estás bien?

Estamos sentados en la cornisa de su ventana, la misma desde la que salté. La inclinación del techo parece más peligrosa ahora que antes. Después de la cena y el postre, los viejos Winston se acomodaron para ver la tele y yo subí con Ethan a su cuarto.

Las paredes están pintadas de gris y los detalles de su cuarto son blancos. Mantiene las cosas limpias y ordenadas, más que yo. Sobre su escritorio hay una pequeña pecera en la que nada un pez beta; hay papeles esparcidos y su laptop se ubica al centro. Sobre su cama cuelga un mapa del mundo, grande y oscuro, y hay un par de fotos en la mesa de noche.

—Estoy bien, perdida en mis pensamientos.

—Eso me da miedo.

Me burlo.

—¿Por qué?

—Porque lo normal es que hables mucho y, la verdad, es aterrador cuando estás en silencio.

—Deberías estar aterrado, sí —espero que note el sarcasmo en mi voz, aunque es difícil después de perderme en mis propios pensamientos por un rato.

—Estás aceptando que no te sentías bien y luego me mentiste al decir que estabas bien.

—¿Sabes qué? Esta conversación se terminó.

Se ríe.

—Eso dijiste esa noche también.

Miro el árbol, un poco incrédula de haber caído desde esa altura.

—Sentía tanta adrenalina, no puedo creer que lo hice.

—Puedes decirlo de nuevo —suspira—. No sabía lo de tu mamá. O sea, tenía una corazonada, pero no quería entrometerme.

—Debí habértelo dicho —me duelen los dedos de tanto retorcérmelos esta noche—. Nunca es un buen momento para contar que a tu mamá la deportaron.

—No tenías que decirme. Ahora me siento como un idiota por el comentario que hice acerca de que tu mamá probablemente no ganaba mucho dinero.

Pongo mis manos sobre sus rodillas.

—No lo sabías. Es maestra, y una de las que luchan, pero sobrevive. Como todos, ¿no?

—¿Sobrevivimos? Sí —sus dedos golpetean mis brazos—. ¿Quieres hablar de eso?

Se escucha un coche que pasa cerca, luego el crujido de las ramas del roble mientras se balancean con la brisa y esperan la primavera para mostrar todos sus colores. En el gran esquema de las cosas, sí quiero hablar de ello, sólo que no sé por dónde empezar, o cómo hacerlo en primer lugar.

—Pues, el año pasado estaba aprendiendo a manejar, ¿ok? —era un hermoso día, casi demasiado hermoso. Mamá me despertó y me dijo que tomara las llaves porque papá nos mandaba por el súper para poder comer en el parque más tarde—. Estaba emocionada porque era la última semana de las vacaciones de invierno y ella había prometido darme clases de manejo más seguido. En fin, um, decidimos ir al Walmart de Washington Street porque estaba más lejos y podía practicar entrar y salir de la autopista. Pero mientras me acercaba al carril más cerca de la entrada, alguien, vamos a llamarla Beatriz, decidió que era un gran día para ir a exceso de velocidad y no revisar sus espejos.

Ethan tensa los hombros.

—Dios.

—Se llevó toda la parte trasera de mi coche, y el impacto fue tan fuerte y tan rápido que nos mandó a mamá y a mí derrapando por dos carriles de tráfico y hasta el pasto. Perdí la conciencia después de eso y cuando desperté papá me dio la noticia de que mientras mamá me hablaba, gritando para que alguien la ayudara, llegó la policía. No tenía mi permiso de instrucción, pero mi mamá tenía una licencia AB 60; y aunque la policía no podía hacerle nada, ellos o alguien en la camioneta que nos golpeó llamó a Inmigración cuando me estaban revisando en la ambulancia. Papá dijo: "Van a deportar a tu mamá y tú tienes un brazo roto y una herida en las costillas". Fue un gran final para mis vacaciones.

—Sol, no tienes que continuar…

—Y es… todo se vino abajo desde ahí, Ethan, no sé qué decirte. El año pasado de mi vida ha sido tan confuso que podría ser una laguna mental. Hasta que me encontré contigo.

Se recarga en mí, posa una palma suave sobre mi mejilla.

—Siento que hayas tenido que pasar por eso.

—Quiero que regrese y todo apunta a que no ocurrirá hasta dentro de diez años, e incluso entonces parece como una batalla legal ardua y complicada.

—Mis papás no son abogados migratorios, pero quizá conozcan a alguien que pueda ayudar —me ofrece.

—Está bien. Pero gracias. Hemos hablado con un par de ellos y dicen que es mejor que esperemos por ahora. Dependiendo de dónde estemos en un par de años, puede que acepte tu oferta —inhalo—. Perdón por soltar toda esta historia trágica. Te prometo que no lo hago tan seguido a menos que alguien en serio me guste.

—Está bien, quiero conocerte mejor —me pasa la mano por el pelo y la sensación me provoca un cosquilleo en la piel—. Puedes contarme tus antecedentes trágicos de superheroína en cualquier momento, Soledad.

Sonrío.

—Dicen que nunca conoces realmente a una persona.

—¿Sí? —está tan cerca de mí que apenas respira.

Nos besamos despacio y dulcemente. Entonces me empujo contra él, le muerdo el labio y entrelazo mis brazos en su cuello. Él aparta su rostro del mío y me besa el cuello, la ligera aspereza de su barba me trae diferentes sensaciones. Lo aparto, tomo el frente de su camiseta, y lo acerco otra vez para poder besar sus labios, esta vez con más desesperación.

La cosa es que, seguimos sentados en la cornisa. Yo, torpe como soy, trato de recargarme y olvido que no hay apoyo, y por un momento todo lo que veo es la noche estrellada sobre el techo de su casa. Me brinca el estómago y siento la vergüenza de todos mis ancestros.

Esta vez seguramente habría muerto, de no ser porque Ethan me agarró.

—Diablos, Sol.

—Ay, Dios, casi muero —logro decir entre risas.

—¿Sabes quién hubiera tenido que lidiar con eso? Yo —Ethan se pone las manos sobre la frente—. ¿Estás bien?

—Sip, el universo es un aguafiestas —me levanto, me acomodo la camiseta—. Debería irme a casa, no vine a faltarle al respeto a tus abuelos.

—No estaba planeando eso con ellos allá abajo —juega con su cabello antes de jalarme para un abrazo—. Me diste un susto de mierda.

—Creo que es un augurio de que debería irme.

—Te copio. Te llevaré a casa —Ethan toca su frente con la mía—. Me da mucho gusto que vinieras hoy, y que conocieras a mis abuelos aunque, técnicamente, ya se conocían.

—Me da gusto que me hayas invitado. Perdón por casi caerme de tu ventana… de nuevo.

—Que ésta sea la última vez.

Le doy un besito en los labios.

—Está bien por mí.

Ethan estira su mano y la tomo de inmediato. Mientras caminamos a la puerta de su cuarto, miro por encima de mi hombro una vez más, hacia la ventana por la que salté aquel primer día; a la salida y la entrada a esta extraña parte de mi vida que no sabía que existiría.

20

La luz se filtra a través de las persianas en la ventana de la cocina. Los rayos de sol dibujan patrones sobre la taza de café que coloqué sobre la mesa pero que me he negado a tocar desde que la preparé. Es el tipo de mañana tranquila que me encanta, cuando el mundo parece arrastrarse lentamente sobre el tiempo, y los pequeños detalles de la vida parecen deleitarse con el dorado sol, pero lo valoraría más si no estuviera tan cansada.

—¿Ya estás despierta? —bosteza papá mientras entra en la cocina. Echo un vistazo al reloj del microondas: marca las seis y media de la mañana.

—Sí, nos dijeron que estuviéramos listos para esta hora —con toda honestidad, Anna nunca nos dijo a qué hora nos íbamos a la cabaña, o dónde estaba el lago exactamente.

Pasé todas las vacaciones de primavera flojeando y me negué a salir. Me quedé en casa, redecoré mi cuarto, ayudé a papá a mover cosas en el departamento, e hice maratón como de cinco programas en línea. Era la primera vez en mucho tiempo que tenía tiempo libre para mí, y me aseguré de usar cada segundo para disfrutar mi soledad. Por supuesto, eso significó quedarme despierta hasta altas horas anoche hablando con Ethan.

Así que cuando me llamó Anna, y supongo que al resto de los miembros, alrededor de las cuatro de la mañana con la noticia de que debía alistarme porque Scott pasaba a recogernos a las cinco o seis de la mañana, no estaba lista.

Papá resopla.

—¿Ni siquiera te peinaste?

—Um, no —parece que me acabo de levantar, y la explicación simple es que así fue—. Al rato me hago un chongo.

—¿Cuándo regresas?

Un aplauso para mi papá por estar despierto tan temprano, ya vestido para el trabajo, y aún con energía suficiente para preocuparse por los viajes escolares de su hija.

—El domingo en la tarde.

Le da un trago a su café y asiente.

—Bueno, cuídate mucho. ¿Tienes el spray de pimienta que te compré?

—Sip, siempre lo traigo.

—Ésa es mi chica.

Pasa junto a mí para agarrar la jarra de café. Logré hacer algo de comida anoche para que almuerce hoy. Hice arroz con elote y pimientos verdes, y milanesas empanizadas. Es simple, pero con eso se llenará. No cocinaba tanto cuando mamá estaba aquí, y la curva de aprendizaje es considerable, pero papá nunca se ha quejado de mi comida.

Suena el timbre de mi teléfono cuando le doy un trago a mi café.

Carlos: Hey, estamos estacionados afuera de tu casa, sal

—*Well, daddy*, me tengo que ir —bajo mi taza antes de saltar de la barra de la cocina y darle un beso en la mejilla.

—*Ok, sweetheart*, cuídate. No te ahogues en el lago y dile a Carlos que, si algo pasa, voy sobre él.

Agarro mi bolsa de lona y me detengo en la silla en la que duerme Michi para plantarle un beso en la cabeza, que estoy segura de que no le gusta.

El cielo es de un púrpura nebuloso, y hay rocío sobre los vehículos y las plantas. La camioneta de madre de familia de Scott está estacionada justo afuera de nuestro edificio de departamentos, y casi puedo distinguir la fuerte música de los 70 que suena dentro.

Efectivamente, cuando Xiu abre la puerta, suena "Dancing Queen".

—Rayos, Scott, ¿no es un poco temprano para esto? —le paso mi bolsa a Alan, quien está en la parte trasera con el resto del equipaje. Xiu y Angela están en el asiento medio guardándome un lugar, y Carlos va de copiloto.

—Sol, ¡nunca es muy temprano para ABBA! —responde Scott—. Ahora, entra. Tenemos un viaje de cuatro horas por delante.

Por suerte, le baja a la música cuando me pongo el cinturón y vamos en camino.

—¿Y los demás?

—Los va a recoger Anna —dice Carlos. Al igual que yo, luce como si necesitara cuatro espressos más para estar al nivel de entusiasmo de Scott a esta hora de la mañana.

Aunque me gustaría que estuviéramos en el mismo vehículo, todos vamos al mismo lugar, así que no me preocupo. De todos modos, tomo mi teléfono para ver cómo le está yendo a Ethan después de haber pasado toda la noche al teléfono.

Yo: Días, nuestro coche está lleno así que pasarás tiempo de calidad con los otros miembros del club.

Responde casi de inmediato.

Ethan: Ya estamos en camino. Ya quiero verte

Eso me hace sonreír. Scott canta sus canciones y, a mi lado, Xiu y Angela también bailan al ritmo de la la música. Me siento transportada al pasado, cuando una banda de amigos podía reunirse y viajar por carretera. Así que cierro los ojos y dejo que el sonido de la música cree videos cursis en mi mente mientras nos encaminamos hacia la casa del lago.

La naturaleza es alucinante. La manera en que los caminos se vuelven colinas, y las colinas montañas. Cuando están más lejos son azules y grises, pero cuando te acercas más los colores cambian, y tú también. Las montañas siempre me han recordado lo pequeños que somos.

También me recuerdan el miedo que me da estar en un coche con otras cinco personas mientras el conductor vibra con "I Just Want to Be Your Everything" y toma curvas cerradas en el camino empinado. Tengo que concedérselo a Anna. Cuando salimos de la camioneta y caminamos entre los árboles hacia la entrada principal, reparo en el tamaño de este lugar. Hay tres espacios en el garaje, uno de los pasillos tiene una hilera de frondosos arbustos verdes.

La casa de dos pisos está hecha de madera oscura y tiene un techo de tejas color gris oscuro. Tiene puertas de dos hojas hechas del mismo material que las paredes, pero con vidrio esmerilado y detalles dorados. Hay cuatro ventanas a lo largo de la pared del frente, también adornadas con hierro forjado.

Scott silba.

—Esto seguro cuesta más que mi colegiatura.

—¿Me estás diciendo que ésta es la casa de descanso de alguien? —masculla Angela cuando abrimos la puerta.

Desde la antesala se puede ver un balcón en el segundo piso. Dentro de poco llegamos a una sala con una de las paredes hecha totalmente de vidrio que revela el muelle y el lago.

—Genial, están aquí, chicos —Anna lleva una camiseta blanca y shorts de mezclilla cubiertos por el tipo de bata que usarías para asesinar a tu esposo rico. Trae una cola de caballo, con algunos mechones sueltos que enmarcan su rostro.

—¿Qué lugar es éste? —pregunta Alan, y Scott le tiende los brazos.

—Uno de nuestros amables miembros del club nos prestó su casa del lago. Maravilloso, ¿no? Nos paramos en el McDonald's cercano, así que llegan justo a tiempo para el desayuno, vamos.

La seguimos hasta una enorme cocina, con una isla en la que caben seis personas. La cocina también tiene vista al lago, así como una sección de asador hecha de piedra que contiene una hoguera y muebles para patio salidos de una revista de decoración de jardines.

Los otros miembros del club están alrededor de la isla de la cocina, comiendo sándwiches de McDonald's de una gran bolsa en el centro.

Ethan se anima tan pronto como me ve, y no puedo evitar sonreír como tonta cuando se levanta para abrazarme.

—¡Hola, extraño! Diablos, este lugar es tan lindo —digo.

Sólo necesita abrir los ojos y apretar mi mano para hacerme saber que está de acuerdo.

Cuando todos terminan de desayunar, Anna se quita la bata asesina, camina al centro de la cocina y se detiene justo enfrente de la isla.

—Como pueden ver, nuestro patrocinador fue muy generoso al permitir que nos quedáramos aquí. Por favor, muestren respeto. Hay cuatro cuartos y somos diez, así que las chicas se quedarán en el lado oeste. Xiu, Melina y Angela estarán en un cuarto, y Ophelia, Soledad y yo estaremos en el otro. Los chicos estarán en el ala este; Ethan y Carlos en un cuarto, y Scott y Alan en el otro. Cada cuarto tiene su propia televisión, pero traten de pasar tiempo con sus compañeros. También hay dos baños completos, pero como somos tantos, traten de hacer un horario de ducha o tomen regaderazos muy rápidos.

"El refrigerador está lleno gracias a nuestras donaciones de veinte dólares. Como vieron, estamos fuera de la civilización así que, hasta donde sé, no hay entregas hasta acá. Tenemos un bote y tres jet skis para quien sepa cómo usarlos. Por favor, no se vayan a lastimar, no quiero tener que llamar un helicóptero. Pueden hacer senderismo, nadar o jugar videojuegos todo el día, ustedes deciden. Diviértanse.

"Vuélvanse locos, mis niños —levanta la mano—. Pero no demasiado locos.

Lo primero que hago es llevar mi bolsa de lona a mi cuarto. Me lleva todo un minuto encontrar las escaleras, que están pasando otra sala de estar. No tiene televisión, en vez de eso, la pieza central de la habitación es una chimenea ornamental, sobre la cual cuelga una pintura del lago meticulosamente detallada.

Hago mi mejor apuesta sobre cuál es el lado oeste y me aventuro hacia el vestíbulo hasta que encuentro una puerta con un pizarrón que dice "Ophelia, Sol, Anna".

Scott estaba equivocado. Este lugar es probablemente más costoso que nuestras cuatro colegiaturas juntas.

Hay dos camas queen size perfectamente tendidas, y que lucen tan cómodas que tengo que resistir el deseo de tomar una siesta de doce horas.

Hay una gran TV en la pared encima de un tocador. Hay artículos de baño, como toallitas para desmaquillarse, y una notita que dice: son nuevas, úsalas con confianza.

—Me siento como una *sugar baby* —dice Ophelia al entrar al cuarto.

—En este momento, todas somos primas *sugar* —digo al bajar la notita. Si toda esta casa le pertenece a alguno de los miembros antiguos del club, empiezo a preguntarme cuánto poder pueden tener en el mundo exterior.

—Llevo dos años en el club y nunca habían hecho algo así —deja caer su bolsa sobre la cama cercana a la ventana—. Aunque es la primera vez que Anna es presidenta.

—Parece ser muy estricta con los códigos —dejo mi bolsa de lona junto a la suya y busco entre mi ropa hasta que encuentro mi traje de baño. Ni modo que venga a una casa en el lago y no me meta al agua.

—Te sorprenderías, el último presidente era extremadamente estricto con las horas y con quiénes podían entrar. Anna trata de hacerlo divertido —se estira, bostezando—. Se esmera.

Ophelia no está del todo equivocada. La fiesta en la alberca y ahora esto, ciertamente son cosas que no esperaba para nada del Club de Historia. Aunque sigo sin estar feliz por algunas de las cosas que hice para entrar al club, ha sido un viaje muy entretenido (y completamente estresante).

Cuando regresamos al primer piso, encontramos a Alan y Xiu jugando Super Smash Bros., mientras que los otros chicos conviven en la parte techada del muelle. Me puse un traje de baño completo y unos shorts, y Ophelia lleva un traje de dos piezas color musgo y una bata vaporosa estilo Anna, así como un sombrero de ala ancha y unos lentes de sol redondos. Parece salida de una sesión de fotos de verano, y desearía tener ese poder.

En el muelle, me apoyo en el pasamanos. Scott y Carlos rompen las olas sobre los jet skis, persiguiéndose.

—Se ve divertido —dice Ophelia, lleva su copia de *El cuento de la criada* a la orilla del lago, donde hay sillas reclinables y Anna también lee un libro.

—Me siento en una película —dice Ethan, rodeando mi cintura con su brazo. Siento el calor de su piel contra la mía antes de darme cuenta de que está en traje de baño.

Jesucristo, ¿cómo estás tan guapo?

No parece una película. Se siente como un sueño.

—Me voy a echar un chapuzón —digo, jalando su mano—. ¿Vienes?

—¿Ahora?

Ya estoy a medio camino del muelle, desabotonándome el short.

—En este momento.

Me quito el short y lo dejo con mis sandalias en la silla junto a la de Anna. Corro por el muelle, acelero y la emoción corre por mis venas cuando llego al extremo y salto.

Sólo vuelo por un segundo o dos, pero parece más tiempo.

Si pudiera tomarle una instantánea a mi vida de los últimos dos meses, sería ésta. Justo aquí, donde todo se siente tan sencillo y simple. Mientras los miembros de esta familia, rara y como un tipo de culto, hablan y ríen entre ellos. Porque en este preciso momento no tengo que preocuparme por la escuela, o mi familia, o cualquier otra cosa.

En este momento, sólo soy una chica lanzándose a un lago con sus amigos.

El resto del día es borroso. Nadamos en el lago. Carlos me lleva en el jet ski. Me doy un regaderazo, y luego todos jugamos Mario Kart.

Por ahí de las siete, decidimos preparar la cena. Alan se ofrece para asar hamburguesas. Carlos sugiere que hagamos *s'mores* en la fogata y todos estamos de acuerdo. Asaltamos el refrigerador y la alacena en busca de comida, y luego nos dirigimos al muelle.

El sol se oculta sobre el lago y le da un destello anaranjado brillante. Me siento junto a Ethan en un pequeño sillón cerca de la fogata. Scott llega con una bocina portátil. A nuestro alrededor suena Tame Impala a volumen bajo.

—¿Pensaste que estarías aquí hace dos meses? —reposo mi cabeza sobre el hombro de Ethan.

—Dios, ¿apenas han pasado dos meses?

—Como dos meses o menos —suena a muy poco tiempo de conocerlo. Antes de eso, ni siquiera recordaba que existía; para el caso, ni siquiera sabía que existiera el resto de los chicos. Y aquí estamos.

Scott se sienta al otro lado, tomando algunos ingredientes de los *s'mores* de la mesa.

—¿Adónde van a ir después de Westray?

—¿Qué quieres decir? —pregunta Xiu.

Le pone un palillo a su malvavisco.

—¿Qué planes tienen? Yo tal vez seré indigente por un tiempo y andaré de mochilero. Veré el mundo, dejaré atrás a mi asquerosa familia.

—¿Por qué no me sorprende? —se ríe Alan, bajando la tapa del asador, en el que acababa de voltear las hamburguesas que había hecho él mismo. Él y Scott se miran fijamente antes de que él responda—: Quiero hacer un posgrado, pero no hay dinero para eso, así que buscaré trabajo.

—Yo también quiero hacer un posgrado —Angela se agarra el pelo con una liga antes de morder su *s'more*—. Espero conseguir un trabajo de investigación, ganar algo de dinero y viajar cuando no esté encerrada en el laboratorio.

—Yo quiero hacer un doctorado y dar clases —dice Xiu—. No aquí, pero en algún lado.

—Yo quiero construir cosas, mejorarlas —Carlos voltea a verme—. Quiero ver feliz a la gente a mi alrededor.

—Carlos, querido mío, haces feliz a la gente tan sólo con mostrar tu linda cara —Scott logra meterle un bombón entero en la boca. Entre mordidas, me señala—: ¿Qué hay con ustedes? ¿Sol? ¿Ethan? ¿Ustedes? La pareja de oro.

—Quiero cambiar mi carrera y mi especialidad, para estudiar Ciencias de la Computación y, espero, entrar en IT —responde Ethan, pero me siento desconectada.

¿Qué es lo que *yo* quiero hacer?

No sé si alguna vez lo he sabido. Cuando estaba en la prepa todo lo que quería era entrar en la universidad y descubrir si la Antropología era para mí. Mis papás querían algo más rentable que eso, pero yo sólo quería descubrir eventos pasados y patrones humanos. Cuando deportaron a mamá, supuse que entendería mejor el mundo con una subespecialidad en Ciencias Políticas y, como el WCC no tiene una carrera en Antropología, decidí entrar desde cero en Historia. Aunque no parecía un plan, sentía que estaba encontrando algo que podría escribir sobre un papel.

—¿Y tú, Soledad? —pregunta Alan.

—No sé. Sigo tratando de descubrirlo.

—Claro, salud por eso —Scott alza su lata de té helado Arizona—. Nuestra generación dice que quiere hacer todo eso pero, honestamente, nadie sabe.

Algunos asienten en aprobación, mientras el aroma de comida asada llena el ambiente. La música suena en el fondo mientras surgen más preguntas acerca de la vida, pero mi mente está en otro lado: en el futuro inminente que nos arrastrará a pesar de todo.

Las estrellas brillan en el cielo, las nubes se confunden de vez en cuando mientras las hojas oscuras de los árboles las hacen parecer piezas de un rompecabezas cósmico. Mientras me pierdo en el mar de luz estelar, me percato de que nadie le ha preguntado a Anna qué planea hacer con su vida, pero, cuando miro alrededor, no la veo.

21

Me toma un minuto recordar dónde estoy cuando despierto. El techo es alto e inclinado, y la luz que entra por las grandes ventanas a la derecha está difuminada por los árboles alrededor.

Me volteo de lado. Ophelia está profundamente dormida, pero escucho un repiqueteo de llaves, así que me siento. Anna está en su cama, con las piernas cruzadas, con su antifaz de dormir sobre el cabello revuelto. Sus dedos golpetean con rapidez; no parece verme.

—Días —digo—. Te extrañamos anoche.

—Surgió algo —sus ojos siguen pegados al teléfono.

—¿Todo bien?

—Es personal —se levanta con una pequeña sonrisa—. Pero gracias por preguntar.

Anna sale del cuarto y se lleva con ella su misterio.

El baño del ala de chicas está ocupado, así que no me puedo bañar. Vuelvo a dejar mi bolsa dentro del cuarto y me dirijo a la lavandería, donde pudimos secar los trajes de baño, y me cambio ahí.

Afuera en el muelle, los chicos, excepto Ethan, y dos de las chicas están usando el asador. Carlos descansa en una de las sillas, con lentes oscuros y una camisa turquesa de colores desabrochada para mostrar su pecho pálido, que es exactamente donde le doy un manotazo.

—¡Ah, Sol!

—Perdón —me río—. Estabas tan vulnerable, no lo pude evitar.

—Eso es exactamente lo que un asesino serial le diría a su víctima.

—Qué infantil eres.

Empuja mi mano cuando trato de agarrarle las mejillas.

—Te voy a aventar al lago, mujer.

—No, no lo harás.

—¿Crees que no?

—Creo que eres un cobarde.

En su rostro se dibuja una sonrisa siniestra.

Oh, mierda.

Al momento siguiente, lucha conmigo mientras trato de hacer mi cuerpo pesado.

Déjame decirte, no soy la más delgada. Sin duda me comería ese último taco que queda en el plato, pero Carlos es adicto al gimnasio. Cuando pasa sus brazos por una de mis piernas mientras el otro me agarra por debajo del torso, estoy impresionada y aterrada.

—¡Carlos, detente, nos vamos a caer y moriremos!

Se ríe y camina por el muelle conmigo en brazos.

—Míralo de esta manera: ya traes puesto el traje de baño.

—Te juro que te jalo —caigo, gritando como loca antes de que mi cuerpo choque contra el agua.

—Está heladísima.

Nado a la superficie, ignorando lo entumido de mis brazos y piernas. Carlos se carcajea en la orilla del muelle, como un villano en una película infantil.

—¡Te odio, maldito! —grito.

Él me manda un beso.

—Yo también te amo, hermosa. Ve a nadar, te llamaré cuando esté listo el desayuno.

Le muestro el dedo, me doy vuelta y nado por el lago. Cuando me muevo, ya no está tan frío, y mi piel empieza a calentarse con el sol de la mañana.

Me dejo fluir un poco, asegurándome de no estar muy lejos de la orilla, pero lo suficiente para no escuchar el murmullo de la conversación de los demás. La música *groovy* de Scott es el único sonido fuera de la misma naturaleza. Nubes blancas y esponjosas obstruyen la luz del sol de vez en cuando. Cierro los ojos, pienso en lo que he logrado hasta ahora en el año. Conocí a Ethan. Mis calificaciones no han bajado, a pesar de la cantidad de tiempo y estrés que dedico al club. Tengo una buena relación con mis papás, aunque me siento culpable de no hablar con mi mamá tan seguido como antes.

Me pregunto si mi situación hubiera sido diferente si no hubieran deportado a mamá. Antes de que se la llevaran, había enviado solicitudes a diferentes escuelas del sur de California, lejos de donde vivimos ahora. Estaba más que lista para mudarme, independizarme y dejar atrás mi pequeño pueblo.

¿Habría sido mejor así? Creo que ahora no podré saber. Ni siquiera estoy segura de conocer a la chica que era antes del choque. La pequeña niña que correteaba por la casa y arrastraba a sus papás a los parques, la adolescente que discutía con su madre sobre futuros tatuajes e ideas de perforaciones, la joven adulta que no temía al futuro.

Yo.

Y Ethan. Si mamá estuviera aquí no lo habría conocido. Hay un lado egoísta en mí que dice que estaría bien con eso mientras pudiera tener a mamá de regreso. Pero él me gusta mucho, y estoy feliz de que esté en mi vida.

Si hubiera sabido quién era antes de meterme a casa de sus abuelos, creo que lo habría hecho todo otra vez.

—¡Sol! —me llama Carlos.

Abro los ojos, la luz del sol casi me ciega.

—¡La comida está lista! ¡Regresa!

Giro en el agua y me preparo para regresar nadando a la orilla. Siento el peso de la corriente sobre mis hombros y la realidad de mi vida. No hay manera de que pudiera haber anticipado las cosas que pasaron, y las decisiones que he tomado desde entonces, ya sean por voluntad propia o al calor del momento, le han dado forma al curso de mi vida.

Nuestro desayuno es un festín. Papas rojas, sazonadas y braseadas a la perfección, acompañadas de salchichas y esponjosos huevos aderezados con especias. En medio de la mesa hay un tazón con fruta picada: mangos, plátanos y manzanas verdes con un poco de miel y rociadas con almendras tostadas. Al lado hay un tazón de guacamole para el pan tostado untado con mantequilla.

Ethan y los demás ya están comiendo cuando llego al muelle. Me coloco una toalla y me siento junto a ellos. Scott me pasa un vaso de jugo de naranja.

—Qué vida, ¿no? —dice Alan, tomando un poco de guacamole para untar en su pan.

Scott se ríe.

—Ninguno de nosotros vivirá aquí pronto. A menos que sus familias sean ricas, porque la mía seguro que no —hace una pausa—. Pero si alguno de ustedes *es* rico, tienen mi teléfono.

—Todos vamos al Westray Community College, por favor —se ríe Melina—. Estoy segura de que ninguno de nosotros tiene dinero para pagar un soborno para entrar en las universidades prestigiosas.

—Eso no impide que un chico haga su lucha. Si no me caso con Alan tengo que encontrar a alguien que me lleve a viajar por todo el mundo —Scott alza su vaso de jugo de naranja para brindar con Melina antes de darle un trago.

—Querrás decir alguien que te soporte por todo el mundo —responde Alan.

—Velo de esta manera —Carlos se sienta—, si esta casa la prestó uno de los antiguos miembros, tienen dinero. Aunque ninguno de nosotros tenga esa cantidad de dinero ahora, no deberíamos dejar de soñar. El sistema está jodido, pero tenemos que arreglarlo. Esta generación, quiero decir.

—Mierda —se ríe Alan—, ya postúlate para presidente.

—Güey, no sólo quiero una buena vida.

Seguimos comiendo, los vasos y cubiertos tintinean sobre los platos. Me recuerda a cuando platiqué con Ethan sobre cómo vive la otra mitad, que la equidad sólo se les otorga a algunos elegidos en la vida pero, con todo y eso, estoy aquí sentada junto a él, disfrutando un desayuno junto al lago.

—¿Alguien ha visto a Anna? —pregunto.

—Ya se había ido cuando me levanté —dice Ophelia.

—Salió a comprar comida —contesta Carlos, volteando hacia mí con la cabeza un poco ladeada—, dijo que le había surgido algo personal.

—Bueno —digo, cortando un pedazo de salchicha—, espero que esté bien.

Todo mundo ayuda a recoger y a lavar los trastes. Es bonito vernos a todos trabajando juntos, como un programa infantil en el que cantan sobre el trabajo en equipo. Después, algunos se ponen a jugar mientras los otros regresan a sus cuartos a ver televisión.

Decido bañarme para quitarme el agua del lago. Como el resto de la casa, el baño es elegante. Aunque el piso es del mismo concreto pulido que el resto, la tina es de puro mármol blanco, al igual que el lavabo y las manijas de los cajones. El espejo está hecho de un material que no se empaña, así que no tengo que limpiarle el vapor cuando me cepillo el pelo.

Me estoy poniendo un short cuando alguien toca la puerta.

—¡Está ocupado!

Apenas se escucha la voz de Ethan a través de la puerta de madera.

—Soy yo.

Abro la puerta, con el pelo aún muy mojado para mi gusto.

—¿Qué pasó?

Lleva una camiseta y pants; es la primera vez que no está vestido como un icono de la moda.

—Me preguntaba si querías ir a caminar.

—Suena divertido —veo mi atuendo—. Déjame encontrar algo que ponerme y te veo en el muelle.

Sonríe y me besa la frente. Me derrito por dentro como la tonta cursi que soy.

—Ok, te veo allá.

Después de ponerme los únicos leggins que traje y mis maltrechos tenis para correr, lo encuentro en el muelle. El sol ya llegó hoy a su punto más alto y está bajando. Hay un pequeño sendero en el muelle que lleva al bosque. Caminamos en torno a la orilla del lago. Como no hay gente perturbando a la naturaleza en jet skis, unos patos flotan sobre el agua.

—Es tan bonito y tranquilo aquí —digo, con las manos en los bolsillos de mi sudadera de gorro. La brisa está fresca gracias al agua. Incluso a principios de marzo puede hacer mucho calor en Westray, pero las temperaturas tienden a ser más frías en las montañas.

—¿Verdad? Esta mañana me desperté y olvidé que había venido aquí ayer.

—¿Cómo estuvo el camino con Anna, por cierto? —chocamos los brazos un segundo.

Resopla.

—Habló mucho con Ophelia sobre todas las cosas que planeaba hacer aquí. Me preguntó por ti, pero no le contesté por discreción.

—Gracias.

Me extiende la mano y sonrío, la tomo y dejo que nuestros dedos se entrelacen.

—Sé que tú también eres una persona muy discreta.

—Lo soy. No me gustan las sorpresas, me desestabilizan —esquiva una raíz y me jala hacia él para que no me caiga con ella.

—Ah, yo te *desestabilizo* —me acerco mucho—. Es bueno saberlo.

—Solecito, casi me matas de un susto. Te estrellaste en mi vida de la nada. Y ahí estabas, en la biblioteca. De repente estabas en todos lados, hasta mis abuelos te conocían. Al principio estaba molesto, pero entre más empecé a conocerte, mejor entendí por qué hacías ciertas cosas. Cuando supe lo de tu mamá, como que todo encajó.

Dejamos de caminar y ya no puedo ver la casa del lago, se mezcla tan bien con el entorno. Ethan y yo estamos parados en un pequeño claro con pasto que empieza a convertirse en maleza; escuchamos el canto de los pájaros en lo alto.

—No justifica la forma en que nos conocimos —cuando volteo a verlo le tomo la otra mano y observo la expresión en su rostro.

Ethan ladea la cabeza.

—No, pero se siente como que estábamos destinados a conocernos. Me haces feliz, Soledad.

Le rodeo el cuello con los brazos, parándome un poco de puntitas, y lo abrazo tan fuerte como puedo.

—Tú también, aun cuando a veces quiero pelear contigo.

—¿Sólo a veces?

—Muchas veces, pero no arruines el momento —puedo sentir su respiración antes de besar mi cabeza.

Continuamos caminando por el sendero, deteniéndonos de vez en cuando para robarnos un beso. El camino se vuelve más empinado, y a veces tiene que ayudarme para subir. Al fin, llegamos a un punto alto que mira hacia el lago, que brilla triunfante con un azul como el del cielo, con reflejos resplandecientes del sol. Los árboles alrededor siguen el contorno a la perfección. Estamos en el valle entre dos montañas, y se levantan en torno a nosotros como amables gigantes, con fuertes sombras de árboles verdes y un peñasco gris azulado que toca el cielo.

Desearía tomar una foto de todo esto, sacar mi vieja cámara y capturar este momento. Cuando mamá se fue del país, me parecía casi imposible ver las viejas fotos. Eran pequeños recuerdos congelados en el tiempo que me rehusaba a ver. Me recordaban una época que se había cerrado para mí. Un pasatiempo que me había dado alegría ya no me parecía atractivo al ser infeliz en mi lugar en la vida. Después de eso no podía agarrar la cámara.

Sin embargo, al caminar por el vívido paisaje, me sentí extrañamente en paz con la idea de enmarcar este momento si pudiera.

Quizá pueda empezar de nuevo.

—Mierda, esto es hermoso —Ethan está parado con una mano apoyada en la montaña, sin acercarse a la orilla, que es donde yo estoy parada. Casi olvido que le teme a las alturas hasta que lo veo tensarse ante el panorama —qué loco que sólo veamos esto una vez.

—¿Quién sabe? —me le acerco; me pasa el brazo derecho y me acerca, y yo reposo mi mejilla en su clavícula—. Tal vez regresemos con el club el próximo año.

—Tal vez —me besa: sus suaves labios contra los míos. Nunca se me ocurrió antes cómo las diferentes personas muestran afecto, pero cada vez que Ethan me besa, siento calidez en el pecho. Siempre es tan cuidadoso y afectuoso—. Me alegra estar aquí en este momento, contigo.

—A mí también —lo miro—. Me gustó mucho conocer a tus abuelos la semana pasada. Tenías razón, no se merecían lo que hice.

Hace una mueca mientras exhala.

—Mis abuelos siempre han estado involucrados con Westray. Me criaron cuando las cosas eran complicadas en mi familia sin satanizar a ninguno de mis papás, han hecho donaciones a la escuela y otras beneficencias y son, literalmente, el par de octogenarios más *cool*.

—Sé que soy una mala persona por haberlo hecho.

—No estoy de acuerdo. Fue una decisión tonta, y estaba tan enojado cuando pasó, pero mira dónde estamos ahora. Te has disculpado muchas veces, creo que es hora de que acepte tu disculpa.

—¿Todavía no la habías aceptado?

—La aceptación viene por etapas, Solecito —recarga su cabeza en la mía—. Pero ahora estamos bien.

—Bien.

Nos quedamos en la cima de ese mirador un rato, viendo el sol alto en el cielo que marca la tarde, y las nubes que se mueven como lentos botes en un mar azul; el paisaje recuerda a una pintura expresionista, con diferentes borbotones de colores que se mezclan. Me hace tan feliz estar aquí con él; no importa cómo nos conocimos, o adónde vayamos a partir de ahora, se siente bien estar en este momento.

La bajada es mucho más difícil que la subida. Más porque es cuando te das cuenta del esfuerzo que hicieron tus extremidades al caminar y la escalada te empieza a pesar.

Cuando regresamos al muelle, vemos a la gente reunida en la cocina a través de las paredes de vidrio.

—¡Muchachos! —dice Scott cuando entramos en la cocina. Carga como cinco cajas de pizza—. Nuestra chica Anna llegó con comida.

Anna está sentada en la barra de la cocina y sonríe, se encoge de hombros.

—¿Qué puedo decir? Soy bastante fabulosa. Fue un largo camino pero logré llegar a tiempo para la comida.

—La reina que en verdad merecemos —Ophelia se ríe y abre una de las cajas de pizza.

Mientras todos se sientan en torno a la isla de la cocina, pasándose vasos de plástico y cajas de pizza, yo miro a Anna. Se ríe con los chistes, come pizza y actúa normal.

Pero hay algo raro.

Ethan me mira con una sonrisa en el rostro y aprieta mi hombro mientras se acerca a la primera caja de pizza, Scott saca otra botella de té helado del refrigerador. Anna voltea a verme con una lata de refresco en la mano, y me guiña un ojo.

Quizás estoy pensando demasiado otra vez.

Más tarde esa noche, tenemos otro concurso de Mario Kart. Después, Alan pone unas salchichas en la parrilla y todos convivimos y hablamos de nuestra vida. La hoguera se aviva con nuestras historias una vez más, mientras las estrellas resplandecen en lo alto. Las sombras del bosque parecen menos misteriosas y más familiares.

Después de que Scott describe todas las maneras en que se ha roto la gran mayoría de los huesos, decidimos que es hora de regresar a la casa. Cuando estamos en la sala, nos acomodamos con un poco de helado y Alan busca entre algunas películas antes de elegir la primera de terror que encuentra. Xiu y Angela dicen que no son grandes fans del género, así que se van a su cuarto para ver tele solas.

Ethan y yo nos sentamos en la orilla del gran sofá en forma de C, y yo doblo las piernas cerca de mi cuerpo, reposando la cabeza en su pecho cuando inicia la película.

—Me gusta —susurra, poniendo su mejilla sobre mi cabeza—. Me da gusto estar aquí contigo.

—A mí también —la realidad de los hechos me sorprende un poco. Estar en una habitación con personas que antes eran extrañas, que ahora se han convertido en un extraño grupo de amigos, recostada junto a alguien a quien puedo llamar mi novio es una forma de felicidad simple pero verdadera que no sabía que era posible.

Estoy feliz, y en el momento en que siento el brazo de Ethan que me acerca más a él, sé que él también lo está. Es como si el universo me hubiera visto corriendo todo este tiempo y notara lo adolorido de mis músculos, y, por primera vez, me dijera que puedo descansar. Es reconfortante y dulce, un tipo de calma que no sabía que necesitaba y eso, por un momento, me permite respirar con más tranquilidad.

22

La luz que se cuela por las cortinas blancas en la casa del lago me despierta a la mañana siguiente. El cuarto está frío, y cuando me doy vuelta noto que Ophelia se robó la mayor parte de la cobija que compartíamos. Ella sigue profundamente dormida, y yo me planteo volver a dormir otra hora, pero en vez de eso me siento para estirar los brazos.

El lado de Anna en el cuarto está vacío.

Salgo de puntitas, tratando de no despertar a mi compañera durmiente y cierro la puerta detrás de mí. Por suerte, el baño está vacío.

Me baño para aliviar mis músculos adoloridos de la caminata de ayer. También, cuando hay una tremenda tina de mármol, *tienes* que bañarte. Hay un surtido de bombas de baño en el lavabo con una nota que dice que podemos usarlas. La pila parece más pequeña que ayer, así que seguramente las otras chicas también las aprovecharon.

Mientras me remojo, mensajeo a mamá y a papá para decirles que estoy bien y divirtiéndome. Luego veo unos videos de YouTube en mi teléfono. Cuando el agua se entibia, me salgo.

Me visto, y como no me mojé el pelo, me deshago la trenza y dejo que las ondas medio rígidas me caigan sobre los hombros.

Como es temprano, y asumo que todos están dormidos, la mejor opción es ver Netflix en la sala. Mientras voy hacia el pasillo principal que lleva a la escalera, casi choco con Carlos, que parece haber visto un fantasma.

—¿Estás bien?

No voltea a verme.

—Carlos —le pongo una mano en el hombro y se sobresalta—. ¿Estás bien?

—Perdón —se pasa una mano por el pelo y se mete el teléfono en el bolsillo de los jeans. Es claro que lleva más tiempo despierto que yo, lo que me sorprende un poco al considerar cuántas veces he tenido que llamarlo para que se despierte y se aliste para ir a clases.

—¿Qué pasa?

—Nada.

—¿Nada? ¿Crees que no te conozco como a la palma de mi mano?

Me mira un par de segundos, luego me toma por el codo y casi corre por el pasillo. Yo no hago preguntas. Nunca lo había visto así. Nuestros pasos se intensifican por la casa mientras nos dirigimos al primer piso. No me sorprendería si los demás se despiertan por nosotros.

Llegamos al cuarto de lavado y, una vez dentro, cierra la puerta y habla en voz baja.

—Mira, nadie puede saber porque todavía estamos consiguiendo información. Alguien nos acusó.

—¿Qué quieres decir? —susurro.

—Alguien le habló del club a la policía. Nombres, teléfonos, todo —Carlos pasa saliva—. Alguien del comité le mandó mensaje a Anna ayer. La policía está investigando el club y a sus miembros. A nosotros.

Lo que me está diciendo me cae como agua helada o un puñetazo en el estómago. Pienso en mil cosas tratando de encontrar la manera de armar frases correctamente.

—Carlos, ¿es... broma?

—Ojalá lo fuera —se acerca a la puerta—. Nos dijeron que necesitamos regresar a Westray lo más pronto posible, así que les va a dar la noticia a todos después del desayuno. Anna va a ir a la estación de policía a declarar porque no queremos que citen a cada uno de los miembros del club.

Sigue hablando pero no puedo escuchar.

No puedo respirar.

Me pongo una mano en el pecho como si eso me fuera a ayudar a armar palabras. Carlos me pone las manos sobre los hombros; sus labios se mueven pero no entiendo nada de lo que dice. El mundo a nuestro alrededor se siente inestable, como si el piso fuera a caerse en cualquier momento, y lo único que me sujeta al presente son sus manos sobre mí.

Cuando era chica, de unos seis o siete años, mi familia fue al lago al que llevé a Ethan, y mientras papá y yo estábamos pescando en un bote, me resbalé y caí al agua. Entonces no sabía nadar y entré en pánico. Cada vez que intentaba subir hacia la superficie, sentía como si me arrastrara hacia abajo. Me estaba ahogando, no había arriba ni abajo, sólo el interminable abrazo del agua, hasta que mi padre me jaló.

Este momento, en el cuarto de lavado de la casa del lago, se siente casi igual. Es como volver a despertarme en aquella habitación de hospital, recibiendo malas noticias una vez más.

La policía me está investigando.

—Mis papás me van a matar —me ahogo—. Me van a correr de la escuela por esto.

No sé cómo terminamos en el suelo; Carlos me abraza fuerte.

—Sol, respira, vas a estar bien.

—Carlos, me van a meter a la cárcel.

—No, no. Todos vamos a estar bien.

—Y si acabo en la cárcel, qué tal que no aceptan mi solicitud para traer a mamá de regreso al país. Tendría antecedentes, y... —me desvanezco, el terror repentino de nunca volver a ver a mi madre me aprieta la garganta.

Después de un minuto o dos, logro recomponerme. Carlos también está pasando por esto, y no voy a volver a derrumbarme delante de él otra vez. Ya me vio desmoronarme lo suficiente el año pasado, y tengo que estar para él por sobre todas las cosas.

—Todo va a estar bien —digo, aunque el corazón me late horriblemente contra las costillas.

Quizá si miento lo suficiente lo creeré.

Salimos del cuarto de lavado. Scott, Alan, Xiu y Melina están en la sala; algunos tienen tazones de cereal en las piernas y están viendo *Jeopardy!*

Scott se anima cuando entramos.

—Estos tontos se están equivocando en las preguntas más fáciles. ¿Quieren acompañarnos?

—Síp —dice Carlos.

—Sol, ¿estás bien? —pregunta Xiu.

Aún siento como si el cuarto girara un poco y no confío en mí para no mencionar nada de lo que está pasando, así que doy la primera excusa que se me ocurre para salir de la situación.

—Creo que la pizza no me cayó bien. Voy a caminar para tomar un poco de aire fresco —Carlos me mira y yo asiento; entiende que no quiero estar ahí cuando se revele la noticia.

Cuando estoy lo suficientemente lejos de la casa, corro. Es difícil no tropezarse con las raíces retorcidas de los árboles.

Sigo el mismo camino que ayer con Ethan, pero en vez de escalar, continúo hacia el lago. El agua se desdibuja hasta que tengo que detenerme y me pongo las manos en las rodillas.

El sonido de la sangre corriendo por mis oídos es lo único que puedo escuchar además de mi lucha desesperada por respirar. El pelo se me pega con el sudor de la cara, y mi piel está tan caliente como las piedras cociéndose al sol.

Siento las piernas débiles, así que me siento en una de las enormes raíces de un árbol que mira hacia el lago.

Yo sola me hice esto.

Todos me llaman Sol porque yo se los pido, porque siempre he sentido que mi nombre es muy triste. Encaja perfecto ahora.

Mi teléfono vibra más de una vez, pero no me molesto en mirarlo. Un pájaro negro vuela bajo y se posa a mi lado. Observamos el agua, las corrientes llevan hojas y patos. Al momento siguiente, el pájaro vuela y me quedo sola de nuevo.

—Parece que asusté a tu amigo pájaro —dice Anna, y se sienta en el lugar del ave—. Ethan estaba enloquecido buscándote. Le dije que yo te encontraría.

—No lo entiendo —mascullo, no puedo parar de llorar—. ¿Cómo diablos estás tan tranquila con todo esto? Siempre estás al tanto de todo. Dijiste que no pasaría nada y aquí estamos. Yo…

No parece nada impresionada con mis palabras, enfoca la vista en el lago frente a nosotras. Quiero levantarme y sacudirla, gritar y exigir que haga algo con este estúpido club que sigue alabando.

—Cada uno respondió de manera diferente a la noticia —estira las piernas, sus brillantes zapatos azul neón contrastan con el suelo—. Xiu y Angela se paralizaron, Melina se fue corriendo a su cuarto, Ethan se enojó mucho, y luego está Scott, que dijo que iba a salirse de la escuela de todos modos.

—¿De verdad no te importa?

—Me importa mucho, Sol; no creas que porque he aprendido a manejar mis emociones mejor que la mayoría significa que no me importa lo que me pase a mí o a los demás. No tienes idea de lo que he pasado con esta organización.

—¿Entonces por qué nunca dices nada? ¿Para qué ocultar información? ¿Para qué los estúpidos retos para entrar?

—¿Por qué las fraternidades les hacen novatadas a los de primer año? ¿Por qué otras organizaciones te piden cantidades ridículas de dinero? ¿Por qué tú o los demás aceptaron el reto, Soledad? —el sonido del agua llena el vacío que dejan sus palabras—. Querías ser parte de algo, querías pertenecer porque te sientes fuera de lugar en otro lado. ¿Crees que no entiendo eso? ¿Sabes lo difícil que fue para mí entrar en primer lugar?

"Es una tradición. Los miembros tienen contactos, todos nos beneficiamos al conocernos, esto lleva años, y nadie había dicho nada hasta ahora. Se trata de a quiénes conoces; ¿de qué otra forma crees que estamos aquí? ¿Qué crees que estamos haciendo todos sino contactos que nos puedan ayudar más tarde en la vida, cuando de verdad importa? ¿Quieres ser capaz de tener una casa como ésta algún día? Tú hiciste un sacrificio, *tú te* arriesgaste.

"Esto no es Princeton o Columbia, Sol, es una pequeña universidad comunitaria en un pequeño pueblo donde nada cambiará sin importar cuánto tiempo pase. Para tener influencia ahí debes tener el valor suficiente para correr riesgos.

—¡Pero *no puedo* darme el lujo de correr riesgos!

—¡Lo hiciste! Tú lo hiciste y yo también, igual que todos. No es una sentencia de muerte. De hecho, difícilmente es una sentencia en prisión.

—¡Ni siquiera puedo permitirme eso! ¡Mi vida está en juego, mi madre está en juego!

—¿Entonces por qué lo hiciste, Soledad? —grita también, y por un momento ya no puedo escuchar el lago ni los árboles, sólo el golpeteo de mi propio corazón—. ¿Por qué lo hiciste?

—Yo… —me vienen a la mente diversas razones: Carlos, mi currículum, mamá animándome a entrar a las organizaciones, los llamativos volantes, el hecho de que era un club relacionado con mi carrera, pero nada me parece verdadero. Lo único que se siente verdadero es el vacío en mi tórax.

—Me imaginaba —suspira.

Quiero gritar y decirle que está equivocada, que, de algún modo, hay algo diferente en lo que hice para entrar, pero cada vez que quiero explicar ese pensamiento termino en el mismo lugar.

—¿Nos van a expulsar? —mi voz suena rasposa.

Anna suspira.

—Para ser honesta, Sol, no estoy segura de lo que va a pasar. Voy a llamar al fundador para ver qué sigue, posiblemente una audiencia con la escuela. Luego, dependiendo de lo que suceda ahí, podrían empezar a levantar diferentes cargos, sobre todo en los casos criminales —me mira, la sola mención de eso me hace un nudo en el estómago—. No hay muertes ni consumo de drogas, seguro podemos encontrar una justificación, como que somos chicos universitarios haciendo estupideces. Vandalismo, allanamiento e irrupción, así como algún robo, hasta donde vamos. Por el momento, lo más que podemos hacer es regresar al pueblo.

—¿Sabes quién fue?

Coloca la barba sobre sus rodillas.

—Tengo una idea, pero no es momento de señalar. No quiero correr el riesgo de que se desaten peleas en un lugar que no nos pertenece.

—Supongo que no tienes permitido hablar de ello tampoco.

—Supones bien.

Agarro una piedra pequeña y la aviento al lago, un silencio aletargado sigue el *plop* en el agua. Los patos flotan apaciblemente; el mundo está tranquilo en torno a este caótico perímetro.

—¿Qué va a pasar?

—No lo sé.

—Dime algo, Anna, maldita sea. Al menos dime lo que hicieron los demás para tener una idea de en qué se está metiendo cada uno. No es justo que estemos en la oscuridad en todo momento.

—Melina subió al puente en la entrada de Westray y tuvo que pintar con spray las siglas en inglés WCCHS; nos llamamos Club de Historia, así que no necesariamente se da por sentado "Sociedad de Historia". Lo hizo mientras colgaba a seis metros sobre el río. A Angela se le dio una serie de tareas que terminaron excavando en el cementerio bajo la tumba más vieja, de la edad de oro, para conseguir un medallón que se colocó ahí para ella. Es algo tenebroso, sobre todo a las dos de la mañana.

—Xiu tuvo que convencer a su jefe del Departamento de Biología para que le prestara las llaves del laboratorio. Después de clases, tomó algunos químicos y los usó para maltratar una fotografía del director pasado del departamento de Artes. Nadie se enteró, por supuesto. Y, bueno, ya sabes lo que hizo

Ethan. Yo vandalicé la propiedad de la escuela, Carlos casi daña su propia imagen, y Ophelia tuvo que ir al área de minas, que está cerrada al público, y encontrar algo que estaba colocado allí para ella. Scott se metió a la oficina del presidente de la universidad, y Alan robó un objeto del archivo —hace una pausa y voltea a verme, el cabello brillante le cae sobre una de sus mejillas—. ¿Te sientes mejor?

Dando vueltas, busco qué más preguntarle, alguna explicación divina que le dé sentido a todo otra vez. Pero, nada de esto tenía sentido desde el principio. Puede que tenga razón: el club podría tener los contactos para sacarnos de este desastre. Después de todo, ella dijo que han descubierto a otros miembros antes, pero la manera en que reaccionó no apacigua ninguno de mis miedos.

Mi mayor miedo es tener antecedentes y poner en peligro las solicitudes futuras para la ciudadanía de mi madre. Era un pensamiento tan lejano que, al comprenderlo, se me comprimen los pulmones. Arriesgué demasiado por unas monedas doradas, creyendo como tonta que éramos intocables. Debí haberlo sabido mejor, debí haberlo *hecho* mejor.

La posibilidad de un futuro feliz se desmorona frente a mí, como un bote que se hunde en el agua. Una vez más, he tomado una decisión en mi vida que tiene el poder de partirme a la mitad y, justo como el año pasado, no puedo hacer nada más que observar horrorizada cómo se desarrollan las cosas.

—No —hay tensión en mi voz, palabras que podrían quedarse sin decir. Me enderezo, siento el peso de mi propio cuerpo, el dolor en mis pies por las carreras y la caminata, el cansancio de mi alma mientras me alejo de Anna y regreso a la casa del lago.

23

Además del jazz suave que suena en el radio, en la camioneta de Scott hay un silencio sepulcral. Salimos a la carretera después de las cinco de la tarde. Tuvimos que limpiar nuestros cuartos, los baños y la cocina, pero Anna nos aseguró que llegaría personal de limpieza profesional.

Recargo mi cabeza en el regazo de Ethan. Vamos en la parte trasera de la camioneta, con todo el equipaje. Miro por la ventana cómo se entremezclan los árboles. Ethan me acaricia el pelo distraído, con los audífonos puestos y los ojos perdidos en el paisaje también.

Llegamos a Westray como a las nueve y media. Dejamos a las chicas una por una. No dicen adiós, cada una está perdida en su propio mundo.

Después dejamos a Alan. Se inclina y besa a Scott tan rápido que casi me pregunto si lo imaginé.

Luego sigue mi departamento.

—Vas a estar bien —asegura Ethan, y me abraza mientras busco la manija de la puerta. Asiento y me pongo la mochila al hombro antes de inclinarme y rozar mis labios contra los suyos.

En el pueblo sopla una brisa fresca y me doy un momento para apreciarla. Me permito oler Westray. Como la tierra mojada, cuando no sabes si va a llover o no y la incertidumbre te hace llevar un paraguas.

Mis llaves tintinean cuando abro la puerta. Mi gata está dormida sobre el regazo de papá y él está viendo programas de crimen en nuestra vieja tele.

—¿Cómo estuvo tu viaje? —pregunta.

Tiro mi bolsa de lona en el suelo y lloro. Sollozos terribles y feos. Michi maúlla y papá se arrodilla frente a mí, porque me caí al suelo.

Me pone enfrente una lata de Coca-Cola. Al fin usamos la pequeña mesa de la cocina en la que casi nunca nos sentamos. La luz de la cocina es la única por el momento, lo que hace que esto se sienta como un interrogatorio. Mi cuerpo tiembla por el hipo de vez en cuando, pero he dejado de llorar. Me siento como un cuerpo vacío.

Papá no habló para nada mientras le conté todo.

—Entonces, ¿vendrá a buscarte la policía, o qué va a pasar?

Sacudo la cabeza.

—No lo sé. No lo creo —siento la boca seca—. Dijeron que la policía está investigando, pero nadie sabe lo que significa. Si estuvieran buscándonos, ya hubieran venido a nuestras casas.

—Bueno, me siento responsable por lo que está pasando, *sweetheart*.

—¿Qué? ¿Por qué?

—Pensé que te habíamos enseñado mejor, que estarías consciente de no… meterte voluntariamente a una cosa como ésta —mira su cerveza, con la frente recargada en una mano—. No quiero decir que estoy decepcionado, Soledad, pero siento que te esforzaste demasiado y te pusiste en un riesgo innecesario.

—*Daddy*, no —estaba equivocada, sí puedo llorar más—. Todo lo que quería era que mamá y tú estuvieran orgullosos de mí, pero no hay nada que pueda hacer y yo…

—Soledad, tu mamá y yo ya estamos orgullosos de ti. No era necesario que ingresaras en un club ni nada por el estilo. Ver cómo pasabas de niña a mujer es suficiente para hacernos felices a tu madre y a mí. Pero, en este momento, siento que no te reconozco.

—Lo siento, *daddy*.

Pone su mano sobre la mía y me mira. Su rostro está curtido por el sol, las arrugas de su frente están tensas y sus ojos cansados. Esto me duele más que lo que me dijo. A su vida se agrega estrés que no tenía antes; la confianza se ha quebrantado y, además de su trabajo y su esposa, ahora tiene que preocuparse por su hija.

Yo hice esto.

—Sé que lo sientes, nena. Mamá y yo estamos aquí para ti, pero, no importa cuáles sean las consecuencias, te enseñamos que debes enfrentarlas.

—Voy a llamar a tu mamá —se levanta—. Deberías descansar un poco.

Michi me sigue a mi cuarto, maullando en busca de atención. Ni siquiera puedo estar alegre por ella.

Mi cuarto está como lo dejé: las sábanas desordenadas por lo temprano que me levanté el viernes. Pongo mi bolsa en el suelo cerca de mi escritorio. Mi laptop, aún descompuesta, sirve de pisapapeles para los exámenes para los que había estado estudiando.

En el espejo veo cuán horrible luzco después de haber llorado sin parar durante una hora.

Me siento en mi silla giratoria y reviso mi teléfono. Ethan llamó dos veces, Carlos me mandó mensajes y, raro, Angela llamó y mandó una serie de mensajes con las mismas palabras:

Aunque lo único que quiero es ignorar a todos y dormir dos días, le marco.

—¿Sol?

—Hola, recibí tus mensajes.

—Muchas gracias. Sé que es supertarde y, con todo lo que está pasando, no esperaba que contestaras, pero me alegra que lo hicieras —hace una pausa—. Eres una buena chica, Sol, y sé que Ethan y tú tienen lo suyo, lo cual es grandioso. Él se enredó en todo esto por ti, y lo que hicimos es diferente comparado con otros clubes, pero todo mundo lleva su carga, ¿me entiendes?

—Angela, ¿qué quieres decir? No te sigo —Angela y yo no somos muy cercanas; he tenido encuentros con ella antes, pero nada que indique amistad.

—Todos sabíamos que lo que estábamos haciendo no estaba bien. En realidad, fuimos más Xiu y yo, pero Ethan se involucró al principio.

—¿De qué se trata? Dilo.

—Yo fui quien llamó a la policía. Al principio éramos Xiu, Ethan y yo. Lo habíamos estado planeando desde que entramos al club, porque no es correcto lo que obligan a hacer a los que quieren entrar. Esa vez del festival, mencioné que llevaba una clase con Ethan para ver si sabías que él y yo nos conocíamos, pero él fingió que no, así que me imaginé que aún no te había dicho nada.

—Después, Ethan quería salirse por ti, pero luego ustedes empezaron a salir, así que Xiu y yo decidimos proseguir. El viaje al lago fue el momento perfecto porque nadie lo hubiera esperado.

No tengo palabras.

—Lo siento. No eres la única con quien quiero disculparme, pero no me arrepiento. Por favor, no te enojes con Ethan. Hay rumores del Club de Historia por todos lados, pero nadie pensó que fueran reales. Cuando supimos de eso y de lo que le había pasado a Ethan, y posiblemente les pasaría a otros en el futuro, pensamos que no debía seguir.

Cuelgo con la rapidez de un rayo y me levanto. Una energía extraña recorre mi cuerpo mientras tomo las llaves del candado de mi bici y salgo corriendo de mi cuarto.

Papá sigue sentado en una silla en el balcón, así que no me ve cuando salgo por la puerta.

Afuera hace frío. La brisa contiene la electricidad de una tormenta que se acerca, y me caen algunas gotas mientras pedaleo. El viento canta en mis oídos y mi aliento se vuelve pesado con la tensión de ir tan rápido como me es posible entre nuestras pequeñas calles. A esta hora de la noche no hay muchos coches, así que me tomo la libertad de esquivar los topes.

Para cuando llego a casa de Ethan, mi energía es tanta que casi brinco de la bicicleta, la dejo caer sobre la banqueta mientras camino hacia la puerta principal y toco el timbre. Como no hay respuesta, lo llamo por teléfono.

No contesta.

Encuentro el árbol del que me caí, tomo una piedra y la lanzo. No le atino. Lo vuelvo a intentar, vuelvo a fallar. Esto ocurre unas cinco veces antes de que al fin le dé a la ventana.

—¿Sol? —por fin veo su cara cuando abre la ventana. Los recuerdos de cuando nos conocimos y me miró desde el mismo punto, me retuercen el estómago—. ¿Qué haces? Estaba dorm…

—¡Idiota! —grito, y vuelvo a llorar—. ¡Tú los ayudaste! Pensé que me había ganado tu confianza, pensé que te gustaba.

Sus cejas se funden y luego toda su expresión titubea; al comprender, sus facciones se suavizan y se cubre los ojos.

—Soledad, por favor, escúchame.

—Ni siquiera lo mencionaste.

—¡Lo intenté!

—¡No es cierto!

—Lo hice, pero parecías tan feliz que me dio miedo arrebatarte eso. ¡Les dije a las chicas que no lo hicieran por ti! —Ethan se aleja de la ventana, con las manos en la cabeza, antes de regresar rápidamente—. Te pregunté muchas veces si pensabas que lo que pasaba estaba bien, pero me dabas señales confusas. No quería lastimarte, sobre todo después de que conociste a mis abuelos; descubrí tanto de ti.

—¡No soy sólo yo, Ethan! ¡Es mi familia! ¡Son los demás! No soy el único miembro de este maldito club —estoy cansada de gritar, cansada de estar enojada y triste y todo eso—. Me voy a casa. No me llames.

—¡Espera, Sol!

Lo ignoro y regreso a mi bici. Me duelen las extremidades y también los ojos; mi cuerpo sólo quiere apagarse. Cuando me voy, abre la puerta del frente y corre hacia mí.

Su mano toma la mía, pero rehúyo.

—No me toques.

Ethan retrocede.

—Lo siento, Sol.

—Se terminó. Mis papás no volverán a verme de la misma manera, ya no confiarán en mí. Puede que haya arruinado la posibilidad del regreso de mamá… y todo es culpa mía —la relación con mis papás se formó a través de adversidades, y aunque sé que saldremos de esto juntos, no será igual que antes. Les oculté cosas voluntariamente, y eso me dejará una cicatriz emocional que espero que el tiempo borre—. Me gustabas, Ethan, de verdad. Pero mi vida es lo suficientemente difícil sin esta mierda.

—Sol, tienes que pensar en lo que hiciste por el club.

—¿Qué hice por el club? Dijiste que estábamos destinados a conocernos. Dijiste que estabas en paz con que me sintiera culpable por meterme a tu casa, pero, además de eso, ¿qué *hice*? Fui a las reuniones, hice voluntariado en el archivo e hice amigos. Te ayudé *a ti* a romper la ley. ¿Qué hice, Ethan? ¿Ayudé a mantener secretos? ¿Pues, qué crees? Tú también —pienso en lo que me dijo Anna sobre los demás, las cosas que hasta Xiu y Angela hicieron para ser parte de la organización—. Todos participamos, y sé que las cosas se resolverán de una u otra manera, sean cuales sean los resultados, pero podrías haberme dicho algo. Prometí devolverte tus cosas, podrías al menos haberme dicho lo que estaban planeando.

—Sol, por favor.

—Obtuviste lo que querías. Tienes tu llave, el club se terminó, y yo tal vez termine en la cárcel. Será un milagro si algún día vuelvo a ver a mi mamá otra vez —me subo a mi bici, poniendo el pie en el pedal—. Se ha hecho justicia.

Me llama por mi nombre una vez más, pero no puedo escucharlo porque el viento me alcanza. Poco después, la lluvia empieza a caer, empapando mi ropa mientras pedaleo de vuelta a casa.

24

El departamento de policía de Westray es digno de contemplarse cuando te preguntas si te van a detener. Está hecho de ladrillos rojos, y todas sus ventanas tienen barrotes gruesos de acero negro. Dentro, los pisos son de color beige claro y las paredes están pintadas con un azul pastoso y, como un hospital, tiene esa sensación extraña, como si no debiera haber nadie y la gente acabara allí de todos modos.

Papá no dijo una sola palabra cuando me trajo hace un par de minutos. Ha estado tenso desde ayer, y aunque no he hablado con mamá aún, sé que probablemente está tan preocupada como él.

Pero tengo que hacer esto. Sin importar lo que pase, tengo que intentar hacer lo correcto.

—¿Soledad Gutiérrez? —un oficial sale de la oficina al pequeño recibidor en que he estado esperando. La mujer que tomó mis datos nos mira de reojo antes de volver a su papeleo.

Hubiera sido más sencillo llamar y dar una pista anónima; de hecho, ésa hubiera sido la decisión inteligente, pero no he podido dormir desde anoche.

—Sí, señor, soy yo —me levanto y me aseguro de mantener distancia de él. Papá dice que a los oficiales no les gusta sentir que intentas intimidarlos. Me dio muchos tips sobre cómo actuar con la policía y cómo acatar las reglas. Sólo puedo imaginar que se deba a tantos años de temer ser descubierto como ilegal, y después de que se enteraran de su esposa.

—Por favor, sígame —me hace una seña con la mano y camino tras de él en silencio.

Pasamos por la puerta de seguridad y entramos en un salón con escritorios dispuestos en un área abierta. Un par de oficiales más están sentados trabajando en sus computadoras; uno de ellos también habla por teléfono. En parte esperaba que todos voltearan a verme con miradas acusatorias en cuanto entrara en el salón, pero nadie nos pone atención cuando pasamos. El oficial me lleva a una oficina del lado derecho del edificio, separada del área abierta por una pared de cristal y una puerta de madera.

—Por favor, tome asiento, Srita. Gutiérrez —pasa por las sillas y se dirige a la parte trasera de su estación de trabajo. En su escritorio hay altas pilas de papeles en desorden, pero el centro está libre de objetos, y una pequeña placa dorada me dice que su apellido es Salazar.

—¿En qué le puedo ayudar? —es una pregunta sencilla, algo que no debería causar que el pánico me suba por la garganta y me haga querer salir corriendo por la puerta.

—Quisiera reportar algunas actividades ilícitas en el Westray Community College.

Ésta no es la primera noticia que tienen del tema, y Angela y Xiu ya reportaron lo que estaba pasando. En su rostro no hay ni sorpresa ni conocimiento sobre mi comentario; en vez de eso, asiente y toma una pequeña libreta y una pluma del bolsillo de su camisa.

—¿Qué quiere reportar?…

—¿Y qué les dijiste? —pregunta papá cuando abro la puerta del copiloto de su camioneta. Por el ligero aroma a tabaco en el ambiente, me doy cuenta de que ha estado esperando con desesperación a que yo saliera de aquel edificio.

—No mencioné nombres, o las cosas de las que fui parte, pero les dije la verdad —el motor cobra vida con un fuerte chillido al principio; afuera, el sol tiñe la tierra de un café amarillento. Casi es primavera, pero el calor del verano se siente como un dios omnipresente; el miedo a la temporada de incendios escala cada día—. Veremos cómo funciona el sistema ahora.

—*You feel better?* —sabes que las cosas son serias cuando papá intenta comunicarse conmigo en inglés. Muestra que tiene toda su atención puesta en el tema. No sé cuándo empecé a notar esta tendencia, pero así es.

—No. *But we'll see how it goes* —veremos qué pasa.

Suspira, se estira y prende el viejo radio. Suena "La jaula de oro", de Los Tigres del Norte, mientras regresamos a casa. Me muevo y bajo la ventanilla, recargo mi cabeza contra el borde y dejo que el aire cálido me dé en la cara.

Acomodar libros en la biblioteca es tranquilizante. Cuando entiendes el método alfabético y el numérico, tomas un libro de tu carrito y encuentras su hogar. Ya tengo memorizada la mayoría de los pisos, los pasillos llenos de tomos pueden parecer interminables para muchos, pero su estructura como de laberinto me da un sentimiento de serenidad.

Han pasado tres días desde que regresamos de la casa del lago. Dos días desde que hice el reporte en la estación de policía. Fuera de Angela e Ethan, no he sabido nada de los otros miembros, ni tampoco he intentado contactarlos.

La tarde del lunes, recibimos mensajes de Anna en el chat del grupo.

Anna: Así están las cosas. Tuvimos una audiencia con el Departamento de Participación Estudiantil aquí en el Westray Community College y desmantelaron la organización por el material filtrado y ahora la policía investiga el club y a sus miembros.

Anna: La policía busca clasificar nuestro grupo como una organización ilegal, y eso podría significar que podrían perseguir a cualquier miembro del grupo como co-conspirador. Es importante saber que en estos tipos de investigaciones tienden a enfocarse en el líder o las personas que pueden probar, sin lugar a dudas, que participaron en una actividad ilegal. Alguien hurgó en mi bolsa y mi cuarto, y tomó algunos artículos de los miembros del club. Ya descubrí quién es esta persona, pero no lo haré público porque me lo pidió.

Anna: Tuvimos que entregar toda la información a las autoridades y cruzarán las referencias para validar las declaraciones que dimos Carlos y yo. Estén tranquilos todo el tiempo y cooperen con las fuerzas de seguridad. Los miembros anteriores, así como el fundador del club y yo, nos aseguraremos de que se sigan todos los pasos para que ninguna responsabilidad caiga sobre sus hombros, aunque esto puede cambiar según las circunstancias y los cargos que levanten otros individuos.

Anna: Los mantendré informados como vayan surgiendo las cosas.

Sólo Scott respondió a sus mensajes con un link a "Angel", de Sarah McLachlan.

Se sintió raro leer esos mensajes al lavarme los dientes por la mañana antes de la escuela. Fue una confirmación de que esto estaba pasando, y aun cuando nos aseguraba que estaríamos bien, no podía evitar sentir que la tierra bajo mis pies se iba a desmoronar en cualquier momento.

Por supuesto, llamé a mamá. Nuestra plática fue muy parecida a la que tuve con papá, sólo que con menos lágrimas. Nunca dijo estar decepcionada de mí; de hecho, no dijo mucho además de que las cosas se solucionarían solas.

Ahora todos estamos esperando, preguntándonos qué pasará después. Los últimos dos días todo lo que he esperado es que alguien en uniforme venga a hablar conmigo de todas las cosas.

—Hey, Sol.

Miranda asoma la cabeza por la orilla de un pasillo. Un oficial de policía camina despacio a su alrededor.

—Este caballero quiere hablar contigo.

Es extraño, aunque estaba preparándome mentalmente para esto, verlo parado frente a mí es tan angustiante como la primera vez.

—Por supuesto —lo digo como si nunca en mi vida lo hubiera visto, pongo mi libro en el estante y me acerco, asegurándome de mantener una distancia sana y no amenazadora—. Soledad Gutiérrez a sus órdenes, señor.

Tiene veintitantos y, a pesar de las circunstancias, tengo que admitir que es guapo. Su piel es morena clara, está bien rasurado y lleva un corte rapado que le sienta muy bien.

—Srita. Gutiérrez, soy el oficial Salazar. Mi compañera y yo estamos aquí para hacerle algunas preguntas sobre una organización de la que, presuntamente, usted es parte —sostiene una pequeña libreta. Me pregunto a cuántos de los chicos habrá interrogado ya. O si aún tiene las notas del lunes—. ¿No tiene problemas con nada de esto?

—No, señor —papá mencionó que la policía necesita una orden si quieren arrestarte en tu casa o trabajo. También me habló sobre lo que se puede esperar de un interrogatorio. A veces, en los lugares donde trabajaba había redadas de migración y a él le preguntaban si trabajaba con inmigrantes ilegales, pero fuera de pedir tu identificación, la policía no puede hacerte preguntas que no quieras responder.

—Sólo di, no quiero responder, *but quietly*, y no pueden hacerte decir nada legalmente.

—No está bajo arresto, Srita. Gutiérrez, es libre de irse en cualquier momento y no tiene que contestar a nuestras preguntas. ¿Aun así quiere hablar con nosotros? —sabe que sí, a fin de cuentas, es la misma persona que me tomó declaración en la estación.

—Sí, señor.

—Por favor, sígame, Srita. Gutiérrez —el oficial sonríe y me pregunto si se supone que eso deba reconfortarme un poco. Nunca he confiado en la policía, considerando lo riesgoso que era tener a mamá cerca; después de que la deportaron sentí lo mismo. Aunque entiendo que están haciendo su trabajo, no puedo evitar sentirme un poco inquieta mientras caminamos por los libreros que normalmente son mi santuario.

Al caminar por la biblioteca, los otros estudiantes se nos quedan viendo. ¿Alguno de ellos lograría tomarme otro video? ¿Quién sabe? En este punto, si lo peor es que pierda mi trabajo, me consideraré afortunada.

Me lleva a un cuarto de estudio donde espera otra oficial, una mujer que parece que podría ser estudiante aquí, y que tiene pómulos altos y ojos cafés penetrantes.

El oficial dice:

—Por favor, tome asiento, no tomará mucho tiempo. Ya tenemos la mayor parte de la información que necesitábamos de su parte.

Escojo una silla contra la pared, para que no crean que estoy tratando de escapar. Él se sienta también, saca su libretita y una pluma negra de sus bolsillos una vez más. Pensé que esto iba a ser una escena de policía bueno/policía malo, pero la mujer se va y se para frente a la puerta.

Supongo que eso anula cualquier posibilidad de escape.

—Mi compañera y yo hemos estado investigando un caso referente al Club de Historia aquí en el WCC. Como mencionó antes, es miembro y fue parte de algunas de las actividades mencionadas, aunque aún tenemos varios detalles que resolver.

—Sí, señor. Trataré de responder lo mejor que pueda.

—Gracias —le da clic a su pluma y repasa sus notas. *¿A cuántos ya ha interrogado?* Me lo imagino en la casa de los Winston, o incluso en el trabajo de Ethan. Aunque fui yo quien terminó las cosas, espero que esté bien.

—Nos informaron que entró a la organización este invierno, después de que uno de sus amigos la reclutara el pasado diciembre. Su "prueba", como le llaman, fue allanar la casa más vieja del pueblo y robar algo de dicha propiedad. ¿Es correcto?

Me retuerzo los dedos por debajo de la mesa.

—Sí, señor, lo es.

Escribe algo en la libreta y me doy cuenta de que uno de sus dedos tiene un callo, supongo que por la forma en que agarra la pluma.

—Srita. Gutiérrez, ¿estaba totalmente consciente de que estaba cometiendo una actividad criminal al cumplir su misión con este club? Específicamente, ¿un delito menor al entrar e invadir propiedad privada?

Uno... dos... tres... cuatro... Podría salir corriendo.

—Srita. Gutiérrez, ¿en algún momento fue cómplice de otras actividades ilegales que realizaron otros miembros de esta organización?

Pienso en Ethan. En la manera en que me sujetó contra la pared en el archivo para evitar que nos agarraran. ¿Por qué lo hizo si quería que todo esto se supiera?

—Sí, señor —me aclaro la garganta. Nos quedamos en el archivo histórico después de la hora de cierre para tocar la campana. Aunque no fue allanamiento ni invasión.

—¿Quién estaba con usted esa noche, Srita. Gutiérrez?

Ethan, quien pasaba sus dedos por mi mejilla con tanta delicadeza, y me decía que lo hacía feliz. Su cabeza sobre la mía mientras observábamos el lago desde el peñasco. Su risa cuando hicimos la promesa de meñiques. Cuando se aseguró de que estuviera bien en la fiesta de la alberca.

—Elijo no responder a esa pregunta, señor.

Me mira por un momento y el estómago se me tensa. Luego asiente, escribe sobre el papel y lo pone adentro del fólder.

—¿Formó parte de los siguientes procesos de iniciación, que incluyen pero no se limitan a: vandalizar la propiedad del WCC, vandalizar la propiedad de la Ciudad de Westray, profanar tumbas en el cementerio local, alterar del orden público, o allanamientos ilegales en el WCC? —pega con la pluma cuando menciona cada uno.

Echo un vistazo a la puerta de cristal del cuarto de estudio. La otra policía sigue resguardando la puerta. ¿Qué tanto le dijeron los otros miembros? Le dije todo lo que pude la primera vez, entonces, ¿la mayoría de estas preguntas es simplemente de rutina?

—Antes de que responda a esa pregunta, me gustaría mencionar que uno de los químicos que se usaron para desfigurar la fotografía del presidente Warwick es también un químico precursor en la manufactura de explosivos —hace una pausa, sosteniendo mi mirada mientras deja de golpear con la pluma—. Si quisiera, podría involucrar al Departamento de Seguridad Nacional y señalar a cada uno de ustedes como parte de una organización terrorista.

La boca se me parte. Esto escaló muy rápido de ser un mero químico precursor a usar la palabra con "t". No puedo imaginar a Xiu sentada aquí, analizando la posibilidad de que un líquido en una botella arruine mi vida. De nueva cuenta, ella fue quien nos delató, y quizá lo hizo a propósito.

—Pero no quiero hacer eso. Quiero pensar que fue una broma que se salió mucho de control, pero necesito que sea honesta conmigo y me diga lo que necesito saber.

Sacudo la cabeza. La broma fue un desastre totalmente diferente en el que no estuve involucrada, y planeo mantenerlo así.

—No, señor, sólo estuve involucrada en lo primero que me preguntó y en lo que mencioné.

—¿Estuvo involucrada en la *planeación* de tales eventos?

—No, señor.

Me mira y se asegura de que mantenga contacto visual. Si acaso ve a otra estudiante universitaria haciendo tonterías para impresionar a sus amigos, o a una delincuente menor que un día hará algo así otra vez y no logrará nada en la vida, no puedo decirlo. Quizá ve a una hermana o una prima, o tal vez está pensando en el almuerzo. De cualquier modo, trato de mantener una expresión tranquila.

—Creo que con esto se termina nuestra entrevista. Tal vez tengamos más preguntas en el futuro. Comuníquenos si planea salir del estado —cierra su libreta y se levanta.

Me siento un poco agitada y, sin poder evitarlo, hago una pregunta.

—Espere, ¿eso es todo?

El oficial Salazar gira hacia mí, con la mano en el bolsillo para volver a colocarse la pluma y la libreta aún en la otra mano.

—¿Hay algo de lo que quisieras hablar?

—Yo, no, no sé cómo reaccionar. ¿Qué sigue ahora?

—Nadie hizo una denuncia policial por su allanamiento, Srita. Gutiérrez. Las víctimas se rehúsan a levantar cargos. En cuanto al club, alguien se presentó y asumió toda la responsabilidad en nombre de sus miembros. Estamos asegurándonos de que todos los hechos coincidan. Contáctenos si hay más detalles que le gustaría compartir. Y si alguna vez vuelve a hacer algo así, no escapará con tan sólo una advertencia. Violó la ley, ¿sabe lo serio que es eso?

—Sí, señor.

Me levanto y lo sigo a la salida. Mis extremidades se sienten como plomo, pero también tiemblan un poco mientras salimos del pequeño cuarto de estudio. El mundo oscila a mi alrededor mientras trato de recuperar la compostura.

Esto fue bueno; fue jodidamente bueno, y aun así siento que algo no cuadra.

La mujer policía mira a su compañero y ambos asienten.

—Gracias por su tiempo, Srita. Gutiérrez —dice ella, y ambos se alejan.

Alguien asumió la responsabilidad en nombre de sus miembros.

—Anna —susurro. Los abogados y su seguridad de que todo estaría bien permanecen en lo profundo de mi mente pero, al ver alejarse a los policías, me pregunto si hay algo más en juego.

Olvidé lo difícil que es pedalear bajo el sol justo después del mediodía. Las semanas de *rides* de y a la escuela me echaron a perder. Lo bueno es que el departamento de Carlos no está muy lejos, así que sólo he sudado un poco para cuando llego.

Carlos tiene suerte de no vivir con sus papás. Me ofreció que compartiéramos cuarto después de graduarnos de la prepa, pero no me alcanzaba para salirme de la casa de papá.

Toco la puerta: tres toquidos fuertes seguidos de dos cortos. Y, como tengo que ser molesta, le mando también un mensaje de texto.

Yo: Estoy afuera de tu casa, estás ahí?

Carlos: Me acabo de ir, salí a comprar unas cosas pero regresaré pronto. Puedes tomar mi llave del lugar de siempre si quieres

Yo: Estoy bien, estaré en el parque hasta que regreses

Carlos: Bien, regreso como en quince minutos

Yo: Tráeme algo para compensarme

Yo: De preferencia algo dulce

Carlos: Sabes que lo haré ;)

El edificio del departamento de Carlos tiene un pequeño patio para niños, así como un parque para perros. A veces, después de ir de madrugada al IHOP, vamos al patio de juego a ver las estrellas o a jugar en el pasamanos.

Me siento en uno de los columpios vacíos. Las cadenas de metal rechinan con el peso de mi cuerpo mientras hago los pies hacia atrás y me balanceo un poco. El parque está bien cubierto por el follaje de los árboles, lo que hace la luz del sol más soportable.

Tomo mi teléfono y llamo a mi mamá por WhatsApp. Su última clase de la mañana es al mediodía, y ya son las dos y media de la tarde. Las clases vespertinas empiezan hasta las seis.

—Hola, *my love.*

Sonrío, no sé por qué esperaba que siguiera enojada. Mamá nunca ha sido muy estricta, ése era más el trabajo de papá en la familia, pero incluso él me dio mucho espacio para estirar mis alas. Cada vez que veo cómo representan a los papás latinos enojados en las películas y las redes sociales, me pregunto si crecí de manera diferente por lo distanciada que estaba de mis otros parientes, porque mis papás siempre han sido amables y comprensivos en todas las fases de mi vida.

—*Hey, mommy* —un pájaro que se parece mucho al del lago baja y aterriza sobre el pasamanos—. La policía vino a hablar conmigo. No voy a ir a la cárcel.

—Gracias a Dios —suena como si hubiera liberado todo el aire en su cuerpo—. Le estuve rezando a la virgencita estos últimos días, estaba tan preocupada.

—Sé que los decepcioné a papá y a ti. Sé que al intentar lo mejor que podía me convertí en lo peor posible —pateo las piedras bajo el columpio—. Sé que les fallé.

—Sol, no nos fallaste. Nunca esperé que fueras una hija perfecta, amo que seas imperfecta.

Las piedras bajo mis pies se ven borrosas cuando parpadeo.

—Te desgastaste tratando de hacer todas estas cosas que pensaste que me enorgullecerían y no viste que te estabas fallando a *ti misma*.

—Lo siento, mamá.

—Lo sé. Tomará un tiempo que vuelvas a ganarte nuestra confianza, pero debes saber que no estamos enojados contigo. Sólo estamos heridos.

—Ya sé —me limpio la cara con el dorso de la mano libre—. Te amo.

—Yo también te amo, mi amor.

—Quisiera que estuvieras aquí.

—Yo también quisiera estar ahí contigo, querida. No importa cuán lejos esté, te sigo adorando y también tu papá, ¿de acuerdo? No tengas miedo de hablar con nosotros —suspira—. Tengo que irme, voy a almorzar con algunos de los maestros.

—Está bien. Yo voy a ver a Carlos para hablar de todo esto.

—*And tell him not to hang out with bad people* —le dices que no se junte con gente mala. Sé que no puedo decirle que la gente con la que andaba no es mala; de hecho, son grandes personas.

—Ok —el pájaro negro se va volando, lo que de nuevo es un poco triste—. ¿Hablamos pronto?

—Sí.

—¿Era tu mamá? Carlos se recarga en uno de los postes de los columpios, con tres bolsas de compras colgando de cada mano. Está ligeramente bronceado después de los dos días en la casa del lago, pero se le ve bien.

—Síp —salto del columpio—. ¿Necesitas una mano?

—Por fa —agarro una de sus bolsas y caminamos por el parque de vuelta a su departamento.

—¿Nos puede traer la muestra de aperitivos, los hot cakes de cheesecake neoyorquino para mí, y unos de chispas de chocolate para ella?

La mesera escribe nuestra orden después de dejar dos cafés fríos de vainilla sobre la mesa.

—¿Qué va a pasar? —pregunto, removiendo el jarabe dulce del vaso.

Carlos se encoge de hombros.

—Cosas legales; Anna sigue positiva sobre que vamos a estar bien. Puede que me llamen para testificar en la corte, pero los miembros que no tenían un puesto no tienen que hacerlo. A menos de que seas un componente clave, como Angela y Xiu, tal vez incluso Ethan. La que más me preocupa es Anna.

—Siento que cometí un error.

Ethan ha mantenido su distancia, como se lo pedí, lo que agradezco y me duele al mismo tiempo.

—Mi mamá me dijo que el no haber hablado con ella o con papá le dolió más que mis errores. Le dije a Ethan que me sentía mal porque no había confiado en mí sobre sus planes de desmantelar el club —los cafés fríos de vainilla del IHOP triplican tus niveles de azúcar, pero no puedo evitar beberme un cuarto de un trago—. Lo culpo por hacer exactamente lo que yo hice. Tal vez cometí un error al terminar con él en ese momento.

—Sabes que me siento responsable por todo lo que pasó, ¿verdad? —Carlos me lanza un pedazo de servilleta—. Yo fui quien te recluté. Tus papás me odiarán por el resto de sus vidas.

—No, te aman —golpeo su pie con el mío—. Además, ya te perdoné. Al final, era mi decisión entrar. Los errores que cometí fueron míos desde el principio.

Carlos levanta un dedo, luego busca dentro de su chamarra y saca un sobre.

—Anna me dio esto ayer, dijo que era lo único que no habían tomado como evidencia y que tú sabrías qué hacer con él —coloca el sobre en medio de la mesa—. Hasta donde sé, conocer a Ethan no fue un error. Parecías más feliz, incluso más en el presente.

Recorro despacio el contorno del papel encerado del sobre.

—Sí lo estaba.

En lo que respecta a mi amistad con Carlos, no cambiaría nada. Siempre ha tratado de ayudar, incluso si las formas no eran espectaculares. Estuvo cuando me tocó el peor golpe antes, y yo estaré ahí para él sea lo que sea.

—¿Cómo lo tomaron tus papás, por cierto?

—Bueno, mamá está furiosa, dice que me va a dar unos chanclazos la próxima vez que me vea. Papá se rio —no me sorprende mucho, su papá es muy tolerante. Carlos dice que es por ser estadounidense y más relajado que su madre—. Sé que está preocupadísimo, pero…

La mesera llega a la mesa con nuestra comida. Los tenders de pollo y los palitos de mozzarella aún humean y tienen un poquito de aceite chorreando. Nos damos un momento para deleitarnos con la comida, nos sumergimos un poco en los hot cakes antes de que continúe.

—Pero sé que yo también la cagué. Ni siquiera creo que quiero una subespecialidad en Historia; creo que las matemáticas me ayudarían más en mi carrera —Carlos se frota la mejilla para quitarse un poco de jarabe de fresa de la cara.

—Genial, me da gusto que hayas descubierto lo que quieres combinar con tu carrera —justo como yo en el lago, pienso que necesitamos tomar decisiones sobre lo que queremos hacer con nuestra vida o, de lo contrario, la vida elegirá por nosotros.

—Aunque no pasaremos tiempo juntos tan seguido.

—Carlos, te conozco desde hace unos siete años. Creo que no importa si nos vemos una vez a la semana o al mes, estaremos bien. Además, vivimos en un pueblo pequeño; es difícil no encontrarnos —me robo el palito de mozzarella que él estaba a punto de agarrar y lo muerdo, triunfante—. Después de que se acabe todo este asunto legal vamos a estar bien.

—Mierda —se recarga—. Tienes razón.

Con un guiño, le hago saber que estoy consciente de ello. Así que continuamos comiendo y haciendo chistes sobre el impredecible pero bienvenido futuro. Sabemos que, sin importar lo que pase, lograremos llegar al otro lado.

25

Los chiles rellenos son quizás uno de mis platillos favoritos. También es una pesadilla hacerlos. Tienes que asar los chiles y ponerlos en una bolsa, quitarles la piel, batir las claras de huevo, preparar el relleno, meterlo en los chiles, cubrirlos de harina, bañarlos en huevo y luego, por último, esperar que el huevo esponjado se quede pegado al chile mientras se fríe en un sartén lleno de aceite.

Mi mamá haría algo como eso mientras me ponía a hacer arroz amarillo y frijoles refritos. Haría dos tipos de relleno: queso y picadillo, con pedazos de zanahoria, papa, cebolla y especias, que era tan bueno que me lo comía solo en el plato.

Mientras que mamá es una fantástica cocinera, yo me contento con no incendiar la cocina.

—*Well*, se ven muy bien —mamá sonríe, cuando pongo el arroz sobre la mesa. Se ve mejor en mi nueva laptop. Diane tenía razón, los gráficos a veces marcan la diferencia.

—Lo dices para hacerme sentir mejor —arrugo la nariz y le paso un plato a papá.

—*Seriously* —hace una pausa—. Desde aquí ni siquiera puedo ver si están quemados.

—Porque no lo están, mamá.

—Yo no estoy tan seguro —se ríe papá.

—Qué groseros son.

—¿Cómo va la escuela? —papá corta un pedazo de su chile relleno y lo embarra de frijoles.

—Bien. Voy a estudiar en casa de Diane mañana, y me dieron un turno en la biblioteca el domingo —no me corrieron; Miranda se enteró de lo del Club de Historia y dijo que los universitarios deberían ser libres para cometer errores y ser perdonados. Tengo suerte. También se abren los cursos para el siguiente semestre la semana próxima, así que tendré que hacer una lista de los que quiero tomar. Los de último año escogen primero, así que me toca hasta el jueves.

—¿No vas a allanar casas? —mamá le da un trago a su agua.

—Nah, eso es la próxima semana.

Nos reímos. Aunque no puedo cambiar el pasado, mis papás ya lo superaron… un poco. Los papás mexicanos nunca te dejan olvidar tus errores. Te molestarán con eso hasta el fin de los tiempos. Al menos ya pasaron la fase de estamos-muy-serios-en-las-llamadas-porque-necesitas-pensar-en-lo-que-hiciste.

Pongo arroz en mi cuchara.

—Me voy a cambiar de carrera el siguiente semestre.

Papá espera hasta que acaba de masticar antes de responder.

—¿En serio? ¿Por qué?

—La Historia no es para mí. No es tarde para cambiar, necesito reunirme con mi asesor, lo que planeo hacer antes de escoger mis clases para el otoño —después de hablar con Carlos en el IHOP me quedé pensando en lo que dijo. No es que no me guste la Historia; de hecho, me encanta aprender sobre lo que ocurrió en el pasado para entender cómo podemos moldear el futuro y mejorarlo.

Quiero entender mejor el sistema, ser capaz de ayudar a familias como la mía, que han estado sujetas a un sistema que te castiga por querer estar cerca de tu familia. Una red legal que atrapa a la gente que trabaja mucho con la misma indiscriminación con la que atrapa a criminales. No quiero que haya niños temerosos de que los arranquen de los brazos de sus papás en cualquier momento.

—¿A qué te cambiarías? —pregunta mamá.

—Ciencias Políticas —la miro. Quizá no hay nada que pueda hacer ahora, o en varios años, pero hay mucho que puedo aprender durante estos años de espera—. Cambiar de carrera y subespecialidad no me afectará, y quiero ver si puedo hacer un cambio, tal vez incluso entrar a la Facultad de Derecho.

Mamá y papá se miran con las cejas levantadas a través de la pantalla de cristal. Papá nunca terminó la prepa y a mamá sólo se le permitió obtener su grado técnico por el status que tenía entonces. Pensar que su hija aspire a una carrera en Derecho debe sorprenderlos bastante, pero está bien para mí. Durante el último año me he debatido una y otra vez sobre qué hacer con mi vida, y ahora creo que por fin empiezo a ver un camino que seguir.

Yo: Hola, Anna, no te escribo en el chat del grupo porque quería retomar la última conversación que tuvimos

Yo: Tenías razón, entré al club y cumplí mi reto por voluntad propia. Incluso ayudé a Ethan con el suyo. Creo que buscaba aceptación como dijiste. No creo que fueras mala presidenta, de hecho, con este asunto legal, que hayas asumido la culpa muestra que en verdad te importan los miembros del club

Yo: De algún modo, que se haya desbandado el club me ha quitado un peso de los hombros, me pregunto si es igual para ti

Yo: Espero que las cosas vayan bien, y tal vez un día en el futuro (si todo sigue bien entre nosotras) podremos ir por un café y hablar al respecto. Seguro Carlos se apuntaría también

Yo: Tampoco tengo idea de cuándo leerás esto, si lo haces, pero gracias por el regalo. Sé exactamente qué hacer con él

Después de que termina la temporada de exámenes, se reúnen menos estudiantes en las cafeterías del campus, fuera de los hípsters y los artistas que escriben sus novelas. La música tranquila de saxofón y piano que flota en el ambiente es un buen cambio del silencio de la biblioteca, donde he estado las últimas cuatro horas.

Suena una de las campanas arriba de las dos entradas al café, y de inmediato me estiro para ver quién entra.

Creo que he estado volteando durante los últimos quince minutos, pero ahora Ethan está parado en el umbral. Nuestras miradas se encuentran por un segundo. Gracias a Dios que respondió bien a mi mensaje de encontrarnos aquí.

—Hola —digo cuando se sienta frente a mí—. ¿No vas a pedir nada?

—Estoy bien —Ethan coloca las manos cuidadosamente sobre las mías—. ¿Cómo estás?

—Mejor —parece estar bien. Ha pasado una semana y media desde que nos vimos por última vez. Pensé muchas veces en buscarlo, pero como estaba pensando sobre qué hacer con mis cursos del próximo semestre, y recibiendo actualizaciones de

Carlos sobre cómo iba el caso del club, no tenía tiempo de enfocarme en arreglar algo que de verdad debería.

—¿Y tus papás?

—Todavía se andan un poco con cuidado, me hacen muchas preguntas, pero creo que están volviendo a la normalidad —anoche tuvimos una cena normal por Skype y nadie dijo la palabra *policía* ni una sola vez—. ¿Cómo están tus abuelos? De seguro los visitó la policía.

—Se rieron y dijeron que eso es lo que hacen los adolescentes. Dijeron que no se habían llevado nada de valor, así que no tenían problema —frota sus pulgares contra el dorso de mis manos—. Le aseguré a la policía que había cambiado las cerraduras y…

—Y que no querías levantar cargos. Lo sé.

—Sol, no sé cómo decirte lo mal que me siento por no haberte dicho. Debí haber…

—Ethan, está bien. Hiciste lo que sentiste que era correcto —tomo el sobre de mi mochila—. Esto no va a arreglar las cosas, pero deberías tenerlo.

Arruga la frente al tomar el sobre, lo abre con cuidado y saca un tenedor.

—Ahora tienes todo de vuelta: el tenedor, las llaves y tu vida —recorro el cierre de mi mochila con una mano.

—¿También te tengo a ti de vuelta? —susurra.

Sacudo la cabeza.

—Mira, lo que pasó no cambia lo que siento por ti, pero dame tiempo para recuperarme, para encontrarme en la vida —hago una pausa, me estiro y entrelazo mis dedos con los suyos—. Siento mucho lo que pasó la noche después de la casa del lago. No debí haberte gritado, debí haber escuchado.

—Está bien, yo debe…

—No te disculpes. Cuando pase todo esto, cuando los asuntos legales estén al margen y ambos hayamos tenido tiempo de respirar, me gustaría verte otra vez.

Quiero estar segura de que no sólo me gusta porque nos obligaron a pasar tiempo juntos por el club. Emocionalmente, quiero ordenar mis sentimientos y asegurarme de no estar usando a la gente a mi alrededor para sentir que pertenezco a algo. Quiero llevar las riendas a mi manera.

—Tómate todo el tiempo que necesites, Solecito —se agacha para besarme la mano, y me revolotea el estómago—. Te estaré esperando del otro lado.

Me paro y rodeo la mesa para darle un abrazo, y la sensación de sus fuertes brazos envolviendo mi cintura es reconfortante. Cuando se va, me mira antes de que nos despidamos y nos preparemos para ir por caminos separados. El piso de concreto del café se siente sólido bajo mis pies mientras me alejo hacia la tarde caliente de marzo, lista para continuar a mi manera.

EPÍLOGO

—¿Quieren oír un dato curioso sobre el Club de Historia? —pregunto, recostada en la parte trasera del coche de Diane, cámara en mano, lista para algunas tomas al azar.

—Claro —dice Diane, girando a la izquierda. Natalie va de copiloto.

—Para empezar, nunca fue un club de Historia. Cuando se formó, hace tres décadas, unos chicos decidieron hacer una sociedad de broma, pero los amenazaron con suspenderlos así que lo cubrieron creando un club diferente. El fundador estudiaba Historia y se aprovechó del hecho de que nadie había hecho un club de Historia para la escuela —repaso las imágenes que he tomado de Diane y su novia, así como las que ellas me tomaron a mí en la heladería a la que fuimos.

—En realidad, eso tiene un poco de sentido —dice Natalie—. ¿Cómo es que nadie sumó dos más dos?

—El fundador era hijo del alcalde. Luego se volvió asquerosamente rico después de graduarse y meterse en la política —examino una foto en la que me gusta mi pose al sostener un cono con dos bolas de helado. También sonrío y el helado se me escurre por los dedos—. Movió muchos hilos para que su nombre no se mencionara en el juicio, y fue él quien contrató a los abogados para asegurarse de que todo marchara sobre ruedas.

Me sigo adaptando a mi nuevo corte de cabello al hombro. Cortarlo fue liberador. Me gustó lo que vi en el espejo cuando el estilista le dio vuelta a mi silla. Después de mucha investigación en línea, descubrí cómo lograr que no se esponjara y el estilo me quedó bien.

—Al menos ya no tienes que preocuparte por esas cosas —si hay alguien aparte de mis papás que no tenía nada que ver con mis tonterías y estuvo conmigo todo el tiempo, fue Diane. Ella cree en el libre albedrío cuando se trata de arruinar tu propia vida, y no cambiaría eso en ella.

Hoy es el primer día de las vacaciones de verano. No estar en el club me dio tiempo de enfocarme más en mis estudios y en los otros clubes a los que había entrado en mi primer año. La escuela desmanteló el club. Anna fue citada a la corte, Carlos testificó, así como Scott, que había sido el conductor en cada reto.

—Deberías haber visto al juez, parecía tan harto de todo —me dijo Carlos en su departamento el día después de presentarse en la corte—. Todos pensaron que éramos chicos estúpidos. Al menos, ése fue el argumento de la defensa. La escuela quería expulsar a Anna al menos, pero hasta ella logró salir sin un rasguño siempre y cuando cortara con todas las actividades y lazos con el club. Estoy seguro de que ya le fue bastante mal, me alegra que también esté fuera.

—¿Crees que el fundador haya tenido algo que ver? —pregunté. A fin de cuentas, cada vez que el club se involucraba en algo parecía que había algo más que no estaba a la vista.

—¿Cómo? ¿Qué el fundador haya tenido que ver con el departamento legal de la escuela? —se encogió de hombros—. Pues, a lo mejor, Sol. Da las gracias de que nuestras vidas volverán a la normalidad ahora; el mundo se rige por asuntos turbios todos los días.

Después del juicio, los miembros del club se volvieron como parientes lejanos a los que ves de repente o con los que te mensajeas de vez en cuando. Por lo que Carlos me informó, Scott y Alan estaban saliendo. A veces veía a Ophelia y a Melina en la biblioteca, y más de una vez vi a Angela y a Xiu de camino al edificio de Ciencias. No les deseo nada malo. Carlos tenía razón, quizá sólo deberíamos agradecer que nos devolvieran nuestras vidas normales.

Carlos y yo nos vemos cada tercer día o algo así. Como decimos: la gentuza que hace amistad sigue siendo gentuza siempre.

Papá y yo llamamos a mamá casi diario a la hora de la cena, por fin me siento tranquila con ellos. Nunca seré una hija perfecta, pero no tienen problema con eso siempre y cuando sea honesta con ellos.

Me pongo los lentes de sol, me siento y recargo los codos entre los asientos de Diane y Natalie.

Diane da vuelta a la derecha hacia la Magnolia Street que conozco tan bien después de haber crecido allí. Cuando pasamos por la casa de los Winston, veo a la Sra. Winston regando las plantas en el jardín frontal.

—¿Me puedes dejar aquí? —digo, desabrochándome el cinturón de seguridad en un solo movimiento.

—Todavía falta un par de cuadras para tu casa.

—Aquí vive Ethan.

Diane parece sorprendida pero detiene el coche despacio.

—Sé buena y mándame mensaje cuando llegues a casa.

—Lo haré. Bye, Diane. Bye, Nat —abro la puerta y salgo a la calle.

Hace calor pero la calle está llena de árboles, y la sombra que dan refresca el área. Es un vecindario precioso, y tengo muy presentes los recuerdos de ir en mi bici por la banqueta en días de verano como éste mientras me encamino a la casa de los Winston.

—Parece un lindo día para hacer jardinería —le digo a la Sra. Winston, mirando sobre mi hombro para decirle adiós a Diane mientras se aleja.

—Claro que lo es, nena. ¿Cómo estás? —responde la Sra. Winston. Extiende los brazos para abrazarme. Mientras la envuelvo con los míos, me pregunto qué tan abierto ha sido Ethan con sus abuelos. Cuando se retira, noto que trae un collar con un dije, y me detengo por una fracción de segundo.

—¿Está Ethan en casa?

—Sí, fue a traerme una bolsa de fertilizante del garaje. Mis articulaciones ya no pueden con ese peso.

Suena un golpe seco, y ambas giramos hacia donde está parado Ethan, con los brazos extendidos y una bolsa de fertilizante en el suelo.

—Sol.

—Hola —sonrío—. Creo que se te cayó algo.

—Déjame traerte un vaso de agua fría, ¿o prefieres té helado? —pregunta la Sra. Winston, mientras camina a la terraza. Hay una voz que me dice que debo estar alucinando, pero el dije de su collar luce casi idéntico al logo del Club de Historia.

—Agua está bien, gracias —es como si pudiera oír la voz de Anna en mi mente, diciéndome que no me preocupe y, en este punto, ya no lo haré. Al fin tengo tiempo de disfrutar mi vida, y eso es exactamente lo que voy a hacer.

Se toma su tiempo para subir las escaleras, pero está bien porque Ethan y yo nos acercamos despacio cuando cierra la puerta.

—¿Cómo has estado? —pregunta.

—Bien, genial, de hecho. Me alegra que se acabaran los exámenes finales.

—Igual.

—Siempre me encantó el jardín de tu abuela —hay caléndulas y narcisos adornando la parcela, junto a algunos girasoles que casi me llegan a la rodilla—. Sobre todo los girasoles.

—Son mis favoritos porque, al igual que ellos, siempre estoy mirando al sol.

Nos reímos.

—Incluso tú debes admitir que eso fue un poco cursi —le digo, chocando su brazo con el mío.

—No me arrepiento de decirlo. Me quedé congelado en el momento en que te vi.

—Ten cuidado, Winston, podrías hacer que me enamore.

Levanta la mano y toca el lado de mi cuello, donde ahora termina mi cabello.

—Qué bueno, porque así seríamos los dos.

Tomo su cara por los lados y hago que se agache para poder besarlo. Apoya los dedos en mi nuca cuando retrocedo un poco.

—Éste no es precisamente el inicio lento que buscaba, pero quería ver si te gustaría intentarlo de nuevo. Desde el principio, a la mitad, o al final, quisiera, ya sabes… —me desvío, enfocada en sus ojos.

—Soledad, ni siquiera tienes que preguntarlo —me da un beso en la cabeza—. Claro que podemos.

—¿Se están divirtiendo, chicos? —la Sra. Winston trae una charola con agua y un tazón de fruta—. Vengan a la terraza, hace mucho calor aquí.

Ethan toma mi mano mientras subimos los escalones al pequeño porche. Hay sillas en torno a una mesa de hierro forjado sobre la que la Sra. Winston colocó la comida y las bebidas. Nos sentamos juntos y ella sirve un poco de fruta en un tazón antes de colocarle un tenedor arriba y pasármelo.

Un tenedor que conozco muy bien.

Ethan se da cuenta de mi mirada y se ríe.

Aunque mi vida está lejos de ser perfecta y aún hay muchas cosas que tengo que descubrir y hacer por mi cuenta, las cosas están bien por ahora. Voy a tomarla un día a la vez y mantener mis ojos en el presente. En este momento, estoy exactamente donde quiero estar. En donde todo comenzó: en el mismo lugar, con el mismo tenedor y, lo más importante, junto al mismo chico.

RECONOCIMIENTOS

Primero que nada, me gustaría agradecer a mis lectores de Wattpad por hacer esto posible. Era una joven preparatoria que necesitaba expresarse y Wattpad me ofreció una plataforma. En ese momento no sabía que cambiaría mi vida por completo. Gracias por su apoyo y sus comentarios, me han ayudado en las partes difíciles de la vida.

Quisiera agradecer a mi directora editorial, editora y, sobre todo, maravillosa persona, Deanna McFadden, por ayudarme en el camino hacia la publicación. Gracias por leer este libro una y otra vez y ayudarme a pulirlo; no podría haber hecho esto sin ti. A Marcela Landres, que tuvo que leer el primer borrador y fue súper amable al mostrarme cómo podía mejorar esta historia. A Rebecca Mills por su increíble trabajo y su ojo para los detalles que yo jamás habría encontrado. A Gwen Benaway por su visión y sugerencias. También gracias enormes a Mónica Pacheco, Samantha Pennington, Robyn Cole y a todos en Wattpad Books y Wattpad HQ que hicieron posible este libro. No puedo decirles cuánto bailé en mi sala, dando saltos cuando me dijeron que eligieron *Históricamente inexacto* para publicarlo. En serio fue un sueño hecho realidad.

No estaría escribiendo esto sin la ayuda de mis papás, para quienes lo traduciré, a quienes amo con todo mi corazón. Hicieron lo que pudieron para criar a tres niñas en México, y cuando golpearon las adversidades decidieron que el mejor camino a seguir era una vida en los Estados Unidos. Ellos me inspiran cada día con su trabajo y el amor que me han dado a mí y a mis hermanas, y los respeto mucho. Mis dos hermanas son químicas, mucho más inteligentes que yo, y ambas me han ayudado en mi travesía como escritora. Jenny, cuando viviste en México mientras se arreglaba la situación de nuestra residencia, te mandé una carta con una *fan fiction* muy mal escrita acerca de mis personajes de videojuego favoritos, y tú me enviaste una respuesta diciendo que un día sería una gran escritora; eso le llegó a mi corazoncito de trece años. Naila, tú fuiste el primer miembro de la familia que leyó algo de lo que subí a Wattpad, y te gustó; aunque sea vergonzoso, siempre recordaré que me preguntabas por mis personajes y actualizaciones.

También debo agradecer a mi amiga del otro lado del mundo, Theodora Cristea, porque nos conocimos en Wattpad y ahora hemos sido amigas casi ocho años (¡el tiempo vuela!). Gracias por ser honesta sobre mi material escrito y por ayudarme cuando pedía crítica constructiva; gracias por las recomendaciones de libros y los mensajes de texto en las noches. Prometo que terminaré de escribir ese proyecto secreto uno de estos días y podrás tenerlo en tus manos como este libro. También tenemos que hacer un viaje en coche por la campiña rumana; no creas que lo he olvidado.

Quisiera agradecer a Louis, mi pareja, que saltó gritando "¡Sí!" cuando le dije que me iban a publicar, y quien llena mi vida de alegría y diversión. Ya sea que nos aventemos una serie completa en *streaming* toda la tarde, o vayamos por una taza de café bajo el cálido sol texano, no te cambiaría por nada. Gracias por ayudarme con los modismos estadounidenses, por darme consejos sobre mi pronunciación, y por mantenerme cuerda a través del proceso de edición. Estemos en Texas, Iowa o Tennessee, seré feliz mientras esté a tu lado.

Gracias también a mis profesores universitarios: Elizabeth García, Philip Zwerling, así como a Amy Cummins, por apoyarme en mi viaje como escritora.

Por último, una ronda rápida de agradecimientos para todos mis amigos escritores que me han ayudado e inspirado en el camino. Anna Sophia, Nessa Brown, Wendy Pérez, Heather Provost, Ashley Lovie, Zulema Paredes, Dennis Kim, Kell, Patty, Donovan, y simplemente a todo el grupo de Twitter que empezó como el reto-de-mil-palabras-al-día, a mis amigos y compañeros de cuarto de NaNoWriMo, y a todos mis demás colegas escritores de Wattpad. Gracias a todos por ser una inspiración para jóvenes escritores y por seguir sus sueños.

Quiero agradecerte a ti, ya sea que hayas comprado este libro en formato físico o electrónico, lo hayas tomado prestado de la biblioteca o encontrado en una tienda de segunda mano, gracias por leer *Históricamente inexacto*.

Para mis lectores,
muchas gracias por todo
su apoyo. ♡
— Shay Bravo

Históricamente inexacto de Shay Bravo
se terminó de imprimir en junio de 2022
en los talleres de
Litográfica Ingramex, S.A. de C.V.,
Centeno 162-1, Col. Granjas Esmeralda, C.P. 09810,
Ciudad de México.